前方有盏葵花灯

旷野 著

山西出版传媒集团
山西人民出版社

图书在版编目(CIP)数据

前方有盏葵花灯/旷野著. —太原：山西人民出版社，2015.8
　　ISBN 978-7-203-09166-0

Ⅰ.①前… Ⅱ.①旷… Ⅲ.①散文集—中国—当代②小说集—中国—当代　Ⅳ.①I217.2

中国版本图书馆CIP数据核字（2015）第183461号

前方有盏葵花灯

著　　　者：	旷　野
责任编辑：	高美然
助理编辑：	郭向南
装帧设计：	明锦源
出 版 者：	山西出版传媒集团·山西人民出版社
地　　　址：	太原市建设南路21号
邮　　　编：	030012
发行营销：	0351-4922220　4955996　4956039　4922127（传真）
天猫官网：	http:sxrmcbs.tmall.com　电话：0351-4922159
E－mail：	sxskcb@163.com　发行部
	sxskcb@126.com　总编室
网　　　址：	www.sxskcb.com
经 销 者：	山西出版传媒集团·山西人民出版社
承 印 厂：	山西天辰图文有限公司
开　　　本：	880mm×1230mm　1/32
印　　　张：	8.25
字　　　数：	160千字
印　　　数：	1—580册
版　　　次：	2015年8月　第1版
印　　　次：	2015年8月　第1次印刷
书　　　号：	ISBN 978-7-203-09166-0
定　　　价：	28.00元

如有印装质量问题请与本社联系调换

村中的核桃树

屋顶的枣树

借住过的破窑洞

追思

身后那条河——汾河

荒凉的土地

歪斜了的村标

扶正

树坡中的花草

近照

凝听

父亲

母亲

母亲与二哥

母亲与她最亲近的人在一起

与母亲的第一张照片

幸福的母亲

母亲的小院

我和我的哥哥姐姐们

我与大哥

本家伯伯

赠书

与刘庆邦老师合影

与煤矿文联主席夫妇留念

全家福

认识旷野

潘洪科

认识旷野,是在山西人民出版社出版《行走者丛书》的时候。当时旷野创作了一部55万字的长篇小说《艰辛人生》,正在出版社出版。我也在为自己的第二部20万字的长篇小说《废矿》的出版与出版社接洽。在这次偶遇中,我结识了旷野;后来由于在同一个企业工作,便熟悉了,也就有了接触的机会。

说来很是惭愧,在旷野的书出版后,她曾亲自下山来我办公室,把她签名的大作送到我手中,希望我能提出些意见,说说我的看法。转眼,三年过去了,在去河南义马参加中国煤矿文联举办的全国煤炭系统中青年作家培训班的火车上,旷野又问起:"那部书看了没有?"我不好意思地说:"还没有来得及细读,主要是事情太多,没有时间,我一定会抽时间细读的!"

从义马回来后已经是深秋。一晃又到了年底,旷野交代的事还没有完成!在接下来的春节,我利用假期值班的时间,放下手中所有的工作,一个人坐在办公室,用了整个假期的时间,把这部书细读了一遍。当合上书的一刻,这个年伴随着农历正月十六落下的雪花,过去了。我的心也静了下来。

我望着窗外的雪花,一个人走下楼,在静静的雪地上,回味着书中的情节,雪洋洋洒洒地下着……

我理解旷野。

理解旷野的苦难和其心中感受与所思所想!她走过来了,并走到了今天。

对于旷野的书,我看后写了一篇评论,发在当年的《山西作家》上。没想到的是,在两年后我到徐州参加中国煤矿文联举办的创作笔会时,遇到了汾西来参会的宣传部王部长,他说:"你单位有一位写了50多万字小说的女作家来了没有?"我说:"是,遗憾她没来。你从哪里知道的?"他说:"在《山西作家》看到的,是煤矿作家的骄傲,你写了书评。"

回来后,我和旷野说起,旷野羞涩地脸一红说:"还有那样的影响!?"我笑了。

旷野在休息了一段时间后,又断断续续利用三年的时间,写出了第二部长篇小说《孔明康的老宅》,书的前半部分,我间续地读了一些,后半部分由于繁杂的事务,便搁了下来。这一放,直到书正式出版,便再没有看完。

后来我又读过旷野发表在刊物上的短篇小说《路途》,给我的印象是旷野对人生的独处、体验与感悟,是入心的啊。说来让人泣血!

那是个寒冷的冬天,作品中主人公下山为单位报送材料,到达山下,已经到了下班时间,赶在下班前把材料交上去,出来时天已经黑了!一个23岁的年轻女子,在昏黄的路灯下,来到设在山下的转运站,已经8点钟了。她还要连夜赶回去,问过站上的调度,说上山的车已经开过;要想回,只能搭顺路的车了。她等至近10点钟,夜已经深了,有一趟运设备的车路过,调度让师傅把她捎上,送到山上总部门口就行了。在那个冬夜,在寒风刺骨的近50公里的山路上,由于路不好走,走了约4个小时,深夜两点多回到山上,她经历了那痛彻心扉的惊魂一夜,情节之波澜与曲折超出了人们想象,引人之入胜,又让人长叹之!

但生活就是这样!我们在生活中前行。每个人的一生中,都有诸多的事情需要去面对和解决。旷野也一样,她同样生活在现实和矛盾之中;有这样那样的矛盾和意想不到的事情发生,要逐一地去面对。她写了《三毛兄弟与他的唢呐》《我的婆母》《草原南端的古木》等,从这些文章中,可以看到旷野的秉性、追求、情感和寄托。因为文人都是有情之人,旷野更是从乡村最底层走来的一位女子,她走出了乡村,走进了城市,并成为一名企业职工,最终离开了乡村,在城市结婚、成家、定居、生子和生活,一步一个脚印,走到了今天。她不仅担负着妻子、女儿、媳妇、母亲的义务和责任,更有自己日常的工作,她什么事情也不想落下,包括做人、处事等,这是她性格决定的。

旷野虽为女人,但她有男人一样的性格,豪爽与担当!她把家治理得井然有序,工作上也是干练有致,她把对父母、姊妹们的爱深埋于心,用行动践行着爱的分量;她把对大哥的情与牵挂,和对故土、老屋、村庄的怀念,在《远逝的村庄》中,用了相当的篇幅尽情地进行了展现。她把对故乡的情感渗透到了骨髓里,那里留有她童年苦涩、屈辱的泪水和记忆,以至于成为她成家后,发誓不再回去的主要原因。旷野身为一介女子,她说到做到,在走出村庄的这些年里,不遇特殊事情,她一般很少回去。特别是在父母去世后,她更是只在侄子、侄女们婚嫁时,回去过几次,办完事就匆匆地离去。因为一踏入这片土地,她就有一种透不过气的感觉,那不堪回首的往事就会浮现眼前。当忽然一天听说生养自己的村庄将要整体拆迁,不复存在时,她坐不住了！在这种煎熬中持续了两天，她便约上朋友一大早出发，开车赶往市区外的山村，对村内的一沟、一坎和每一道山梁，进行了细看，往事一幕幕浮现在眼前……

尽管她不愿去回首。

旷野作为一个女人，是有心之人，在她的心中，总有一种说不出的东西在涌动，想去诉说，可又说不出，这就有了《今夜无战事》《堂嫂》《那场风波》《无颜回家》等多篇文字，让人去深思、回味。在旷野的骨子里，有一种不屈的、向上的精神在闪烁，又让你看不见，摸不着，这就是旷野。也就有了这本《前方有盏葵花灯》的照亮。

是为序。

2015年6月夏天

（作者为中国煤矿作家协会理事，山西省作家协会会员，太原市民间文艺家协会副主席）

一枝独杏引来满园春色

马国牌

旷野是一位生于农村的女子,就职于西山煤电集团古交物资公司。她倔强、豁达、坚强、洒脱,乐于观察、善于思考,常常展现给人阳光、灿烂的一面。她喜好吸烟,在吞云吐雾之时,也正是她观察、思考某些问题之际。一支烟夹在她的指间似乎便成了一道耐人寻味的风景。她不是男人却有着男人的胸怀与气度。一名普普通通的职员,却扮演着各种不同角色。不仅是一个合格的妻子、称职的母亲、孝道的儿媳,更是一个榜样型的婆婆和奶奶。除了工作、家务之外,读书、写作就是她最大的业余爱好。

她的每一篇文章,无论是小说、散文或杂文,都从不同角度、不同层面传递着生活的正能量。由于过去家庭的贫困,种种境遇,小小的她心灵承载过那个年龄段的孩子们难以承载的无数困苦和磨难,以致她在后来的生活中几十年里耕耘不断。较为完整地记录了一段相当长历史中的社会变迁、纷繁复杂的人文状态及自己的心路历程。无疑,正是她长期酷爱文学,坚持写作,给她奠定了扎实的文字功底和写作经验的。令人敬佩。

2003年旷野出版了她人生的第一部50余万字的处女作

《艰辛人生》,曾经轰动了古交市这座小小山城,因为在20.5万人口的古交市,她所书写的故事和历史,50后、60后的人都曾经历过。寂静的山城仿佛一夜之间沸腾起来。因为那时出书的古交人还是凤毛麟角,认识不认识她的人,都惊呼赞叹,有人甚至不相信她能写书、出书,并且一写就是洋洋洒洒50余万字。在古交市文联组织的专题研讨会上,有位中学老师不禁感叹道:"旷野(原名:曹荃斓)都能出书,我作为中文专业的中学语文老师没有理由不出自己的书,更没有理由消沉懈怠。"

于是不久之后,就传来文友王剑威的《三八二十五》《官场无四季》,郭子林的《翰墨情》《我用心情测阳光》《阿霞·阿霞》《夜·徙》《白云之上》《凤凰琴》《荔波女人》,马明明的《早春》,邢宇琳题为《逗自己开心》的散文集,书法界王建加的书法、篆刻集《唐诗三百首》《孔门圣贤印谱》《精选古诗文》,王灵仙的散文集《一路风景》,郝天钦的诗歌《小溪从梦中流过》等作品相继出版问世的消息。紧接着,旷野的第二部长篇小说《孔明康的老宅》也出版问世。

在她的引领下,可说掀起了古交文学、艺术创作历史上的新高潮。与此同时在古交市委的大力支持下,古交市文联相继成立了作协、美协、书协、音乐舞蹈家等九个协会,为繁荣古交市的文化建设、传承国学和传统文化奠定了基础、开了个好头。真是一枝独杏引来满园春色。

我和旷野是朋友,当得知她又在整理新文稿,准备出版第三部书时,我十分惊讶。有幸第一时间阅读了她的新文集《前方有盏葵花灯》。每篇都有不同的深刻内涵,启迪着人的灵魂,无处不传播着生活的正能量。如:《那年春节》《堂嫂》《三猫兄弟的唢呐》《路途》《心灵的闪光》等作品,都极具可读性。

她不是一个男人,却有着男人的刚毅和果敢。

我所熟悉的她,内心纯朴、为人厚道,且善于观察生活、思考问题。常常主动给予身边人物质、精神上诸多的帮助。甚至是素不相识的人,如《的哥》中的"他",就是源于偶然一次打的过程中,通过跟一个出租车司机的简短对话、深刻了解,从而发现在这样一个社会中,现实给予一个普通人咋样的生活重压。于是她采用擅长的小说形体,通过的哥的讲述,客观地抛出了社会的种种乱象,并暗示了对人性良知的拷问。充分展现出她内心善良的本质和对社会的担当。

她的散文《草原南端的古木》,就是她从大同到呼市的途中所见所闻,正如她描述的那样:"……夕阳之下,公路两旁闪现出的一丛丛古木身躯……它们个个像饱经风霜的老人,佝偻着背执拗地挺立在北方的沙丘之中,晚霞辉映着它们黝黑黝黑的面容,怪异的形态,使得它们更加光怪陆离。有的像挂着拐杖寻找家人的老者;有的像海滩边上的一尊雕塑;有的像身负重担,举步维艰的劳工;有的像两手背后,目视前方,深思远虑的谋略家;有的像单腿跪地,怒眉昂扬,宁死不屈的卫士……总之个个伤痕累累,赤身露体的样子,却顽强地将苍老的身躯挺立着,努力将生命的意义展示在大自然中,用灵魂铸起一道永恒的墙,把风沙堵在塞外……

看到被岁月、风沙、高原恶劣的严寒和灼热抽打踩躏过的古木身躯,看到他们精神深处的坚毅和忠诚,心底涌出一股股悲切的伤痛和崇敬。领略到了一个不屈的灵魂,领略到了一种顽强的生命是何等的伟大!千年不死、千年不倒、千年不朽……"她写胡杨树坚强的生命力给读者的是心灵的震撼、士气的鼓舞和坚强的生命力。此情此景无不打动人、震撼人的心。

她一直都被病痛折磨着,长年大把大把地吃药,在她的家中看到最多的东西,除了书集便是各种各样的药品。毋庸置疑她的创作热情、毅力、决心,无异于来自胡杨树般顽强的品质、精神和信念。《前方有盏葵花灯》这本书集,就是在这种背景之下产生的。

2015.3.25

文学之梦依然纯真

马明明

《前方有盏葵花灯》这部文集是旷野大姐继《艰辛人生》《孔明康的老宅》两部长篇小说出版之后的第三部书集。这部书集分为两部分：散文、小说。从这部文集可以看出旷野大姐多年来创作发展轨道和总体风貌。

旷野大姐的小说始终关注当下现实生活中的芸芸众生，关注那些生活在社会底层的普通老百姓，作者是一位生活在普通群众中的作家，她的喜怒哀乐就是平常百姓的喜怒哀乐，她把身边发生的一切，作为自己创作的素材，使她的作品透着浓烈的生活气息，有些故事同龄人感同身受，这就使她的作品带上了强烈的感情色彩。我们从中能够读出作者的价值取向和心路历程。

旷野大姐擅长讲故事，同时注重人物性格的刻画。她讲的故事之所以能引人入胜，主要是在于她在讲故事的过程中推出了一个又一个栩栩如生、个性鲜明的人物形象。她的小说所反映的时代，也是我们所走过来的时代，小说中的社会生活波澜壮阔，人物关系网错综复杂，故事情节线交叉纠结，要掌握好，不容易。但她能把这一切梳理得层次清楚、脉络分明，叙述得井井有条、娓娓动听。

从她笔下的这些人物对人生的态度、对人际关系的处理方式，以及他们的遭遇和命运来看，我感到她对人生和宇宙抱着宽容与和解的态度，在她的小说中，透过种种人间的世态，最后出现的毕竟还是人情和人性的温馨。她走的是一条严格的现实主义道路。小说中的事态发展遵循着生活的逻辑，遵循着人物思想和性格的发展必然。她摒弃了一切主观随意性。因此她的小说具有极大的可信性。这也强化了作品的可读性。

散文部分行文情感真挚，用笔流畅通达，以写个人经历为主线，还扩展了很多内容，既赞美亲情之爱的崇高，也表述父母之外的家人以及亲朋好友、乡亲邻里之间的温情和友情，还描绘家乡河流山川的秀美。文学创作是一件十分艰辛的事情，是一个让精神和心灵不断完善与提升的过程。在旷野大姐的精神、情感世界里，我们更能直观地看到人类的这种热情与梦幻，守望与追求，坚强与执着的信念，筑起灵魂的欢歌与咏叹，障百川于千里，纳群峰于足下。

只有我们精神不倒，才能有生命的超越。时光雕刻经典，阅读升华精神，亲爱的读者朋友，当你读过《前方有盏葵花灯》后，一定会感受到文学所蕴含的情感力量、道德的力量、审美的力量和智慧的力量！

旷野大姐——文学之梦依然纯真！

2015年5月29日　星期五

前　言

　　我不是名人，也不可能成为名人。只是好多事情，好多时候，让我每每困惑、迷茫，甚至孤独、绝望时，脑海里、灵魂深处《前方有盏葵花灯》总会时不时地在我眼前闪耀。往往这种时候，我立刻感到自己不再惧怕什么了，只感到无比欣慰和温暖。深知前方那盏葵花灯，不是来自别人而是天堂里母亲高洁的灵魂在引领我前行。于是我的内心会立刻充满信心、勇气和力量。深夜里，朝着那亮的方向一步一步走去。

　　正因为有这样一盏灯照着，我迈开了《艰辛人生》的第一步，病痛中完成了《孔明康的老宅》，义无反顾地踏上了文学创作这条不易行走的艰难之路。

　　于是，多年来我采用不同的文体，从不同的角度，努力塑造、探寻着人性的灵魂与本质。虽然，文笔不算老道，故事不算精彩，如：小说《路途》中的楚文静、《堂嫂》中的堂嫂等女性形象，都能深深打动我自己的心。又比如，散文《那年春节》写的是我的婆母，不曾想，获得煤炭系统西山煤电集团家庭文化艺术征文一等奖。以及收编在山西焦煤西山文学艺术丛书中的《三毛兄弟与他的唢呐》等作，竟然被中国煤矿作家协会主席、北京市作协副主席、著名作家、号称中国当代短篇小说之王的刘庆邦老师，评说为情感充沛、意境深远、文字贴切的好散文。我深受鼓舞。

  为此,我有了将多年林林总总的小篇幅收编成集的想法。

  还是那句话,不为别的,只想给儿孙留个念想。除此之外,也希望有生之年,还能在自己的书柜里,再次看到署名旷野的书。

2015 年 6 月 27 日

目录

认识旷野……………………………………… 001
一枝独杏引来满园春色……………………… 005
文学之梦依然纯真…………………………… 009
前言…………………………………………… 011

散文

远逝的村庄…………………………………… 003
那年春节……………………………………… 085
偶尔拾起的童心……………………………… 090
这样一个人…………………………………… 095
朋友来自朋友………………………………… 101
假如…………………………………………… 106
人——欲望的奴隶…………………………… 110
幸福来源于…………………………………… 114
兴叹人生正思维……………………………… 118
心与脑………………………………………… 121
风中的碎片…………………………………… 123
一双花布鞋…………………………………… 125
心里的闪光…………………………………… 127

人啊人……………………………………………… 129

犟驴的感悟……………………………………… 132

草原南端的古木………………………………… 134

三毛兄弟与他的唢呐…………………………… 136

小说

路途……………………………………………… 143

今日无"战事"………………………………… 172

堂嫂……………………………………………… 187

常来……………………………………………… 200

的哥……………………………………………… 208

我要去看姨夫…………………………………… 216

那场风波………………………………………… 219

这个愚蠢的女人………………………………… 232

无颜回家………………………………………… 247

后记……………………………………………… 249

散文

远逝的村庄

一

死亡的前兆是疯狂,疯狂的结果就是不顾一切奔向死亡。

没出农历正月,人们还没有从完全散尽的年味中清醒过来。突然听说娘家村子马上就要整体拆迁新建了,这一消息,犹如一颗石子猛地投进了我的心海,溅起了无数朵浪花,那一圈圈涟漪久久不能散去。我知道,这一切似乎在提醒我、督促我赶紧回去一趟。事不宜迟啊!为了能尽快回村走一趟看一眼,我坐卧不宁,心急如焚,几夜都没合眼。

虽然,回村的路程不太远、仅仅几公里,但就是迈不开双腿。我的心焦躁、痛苦、矛盾且复杂。

家乡有个不成文的规矩,凡是出嫁的姑娘,除了出嫁时所能给予的嫁妆之外,泥土也不可带走一把。回眸,我出嫁时即将离开村子的那一情景,家人在闹哄哄的情景下,都不曾忘记再三叮嘱:"鞋,鞋,鞋……""铺好,铺好……"在车辖辘底下铺上一块破布单,待我换上男方家的鞋子,被人抱到来娶的坐骑上离开村子之后,把我脱下的鞋子,当着村人的面,抖了又抖才提回家。在这之前家人一遍又一遍地灌输、提醒、告知我:上车前的这双鞋我不可再碰——永远不再属于我。"怕,不敢……"得留给娘家其他人来穿。那就是唯恐出嫁的女儿脚上带走一丁点泥土。

泥土——财富——娘家人的命根子啊!

这就意味着,女儿在娘家村子里是没有话语权的。而我一直都在固守这一陈规。

我眷恋家乡、故土、亲人。多少年来不论有多忙、走多远,都不曾忘记生我养我的这块土地;不曾忘记我那受苦受难却没过过一天好日子就死去的父母;不曾忘记我那因操劳过度早逝的大哥;不曾忘记我那苦难、屈辱的童年;不曾忘记为填饱肚子,我那稚嫩、单薄、瘦小的身影所踏过的一座座山山峁峁、一道道沟沟坎坎、一条条羊肠小道;不曾忘记拖带着矮小、瘦弱、耳聋、只有一只眼有一点微弱感光的父亲挑水、扛粮,在山峁上的土豆地里,跟欺辱父亲的小人们厮打;不曾忘记那些年生产队打过枣之后,为能吃到高处残留的三两颗红枣而爬过的每一棵枣树;不曾忘记故土的味道,绿草的清香,洒落过的无尽的泪水;不曾忘记仍艰难地生活在此的亲人们。于是,一桩桩、一件件、一幕幕往事,好像电视画面,在我的脑海里不停地滚动出现。家乡、故土、亲人,是怎样地令我牵肠挂肚、魂牵梦萦啊!

村庄即将消失,我无论如何抑制不住一次又一次的冲动,没别的,就是想回去看看。看看那个村庄,看看她最后的容颜。

可清明节还没到,人们仍然穿着御寒的冬衣窝在家里。我反反复复问自己:你既不是房地产开发商,更不是什么政府官员。何况年前年后你已经看望过嫂嫂了。你不是一向不愿回去,每次回去都会勾起无尽痛苦的回忆,而现在却如此紧迫地想回去,到底什么目的?什么理由?在这个非常敏感且特殊的时期,你独自一人出现在村里,出现在那荒寂颓废的山峁上,村里的人们会怎么看你呢?因为你仅仅是一个出嫁的普通女儿而已。怎样开发,谁来开发,开发之后会给谁带来咋样的好处,说实在的,跟你有半毛钱的关系吗?没有。你到底回去想干什么?如果村子里的人看到你、质疑你、询问你,你如何回答?想着想着,我甚至觉得自己像个盗墓贼。真的回去是想在这不堪的村庄里、荒凉的山峁上,挖掘、盗取点什么?捡拾点什么?还是想留住点什么?或者说,还是想在这片即将铲平的废墟上栽种点什么?我说不清楚。

但有一点我非常清楚,一旦推土机轰隆隆地动起来,这里一切的一切将成为历史,成为我内心永远难以泯灭的痛苦和记忆。我的家乡、故土,母亲生前在大门口等待我回去看望她时坐过的石凳,整个村庄、树木、父母的坟墓,从此在我的眼前消失,且消失得无影无踪。

总之,在改变这一切之前,我必须回去一趟。尽管这样那样种种陈规陋俗,在束缚、困扰着我,无尽伤痛折磨着我。但不管三七二十一,我必须得回去看最后一眼,必须跟我的父母、亲人以及我那苦难的童年,做一次彻底的告别。否则,我一生都无法释怀。

在这样焦躁、烦乱的困苦之下,我不得不求助于我的朋友——马林(一国企办主任)、郝佩佩(中学老师)。由于共同的爱好——摄影,我们之间建立了很深的友谊,可说是呼之即来的那种朋友。

第二天一大早,马主任和郝老师各自带着相机如约而至,匆匆乘车陪我一起赶往我的娘家村子。

二

接近路边村口处,我们下了车,站在那块早已歪斜了的村标底下。我扶着那根倾斜了的铁杆,一种悲伤情绪立刻就漫上心头。马林说:"你可以把它扶直。"

我说:"是,村庄的村标歪斜了,我可以在不被村人发现的情况下,悄悄把它扶正。可人的心歪斜了,我怎么可能扶正呢?"郝佩佩边啪啪地拍照边说:"这就是一个女儿的'心结'。"她说的一点儿没错。

我们没有选择直接进村,而是选择相反的方向——村庄对面的南山。我想循着儿时的脚印,再次走走这里的山山峁峁。然后,站到这座早已荒寂了的山巅之上,好好俯视一下生我养我的这个地方,好好看看这个让我痛恨不已、又如此牵念万千的小山村。

我们爬呀爬,爬到半山腰,就再也爬不上去了。

马林说:"不行,拍不到你们村的全貌呀!"他还想往高处爬一爬。

"不行。不能再爬了,再爬太危险。"郝佩佩十分担心地说。

"是",我也赶紧说,"如果再爬确实太危险。"

漫山遍野,杂草丛生,寒风摇曳,到处都是不易发现的暗窟窿。我脚下打滑险些滚下坡。看来不论爬多高,依然还是望不到河床那边长城一般横卧着的那条运煤铁路,它死死地遮挡着的村子。列车整日轰隆隆地响着多次驶过。多少年来就这样将这个死气沉沉、灰头土脸的村子阻挡、包围、挤压在北山脚下,让人看不到它的影子。我早知道是这样的结果,可我就是不死心。

我跌坐在铺满荆棘的荒草中,耷拉着脑袋。不过,闭上眼睛,仿佛能够听到、看到、感到我曾经所熟悉的、亲近的那些东西,包括我家邻居疯娥唱的小曲儿:

嫁出去的姑娘,泼出去的水。

路过娘家的门前啊呀呀,你不要的个哭。

……

溢起莜面,捏饺子,
心里难活啊呀呀,唱曲子。

猪肉切片,炒角角(豆角),
我(当地音:e)想和你啊呀呀,叨歇歇。

……

我的心如此痛苦、难过和难堪。

回想起当年,十二三岁时的我,在那块地头,眼前一亮,突然发现一片鲜嫩的猪草、野菜,然后又机敏地避开小伙伴,独自一人喜不自胜拼命往箩筐里塞草塞菜。塞呀塞,塞满了也扛不动。一次暴雨来临、狂风乱作,我不顾大人们的极力阻劝,愣是头顶着满满一箩筐野菜,从那条陡峭弯曲的小道上滑落山底……

往事芸芸,思绪万千。此时此刻,时过境迁,我不知道自己到底是喜还是悲,说不出的那种滋味,真让人难受。

当我正沉湎在无尽的回忆中时,郝佩佩老师惊呼道:"快快快,快来看!"她举着手中的相机,不顾脚下磕磕绊绊、兴冲冲地招呼我,看她拍摄下星星点点的那几处突出的光鲜画面。她说:"这应该就是你们村。没错,快看!"她感到很惊奇:"啧啧啧,这肯定是庙!盖了这么多庙呀!"听了她的话,我只是笑了笑。

"像是庙。"马林主任也这么肯定地说。他的相机性能最好,爬得也最高,无疑他也在镜头里,捕拍到了那些突出的红色亮点。

"那不是庙!"我平静地告诉他们。郝佩佩根本不相信,还想跟我争论:"你看啊,这红墙、翘角鎏金瓦顶。不是庙是什么?

这绝对是庙。"

铁道后面的破烂的村庄是根本看不到,但村庄高处冒出的红墙金顶确实非常显眼。我也觉得有点可笑。

明明是庙,不是庙是什么?他们都这么说。

那确实不是什么庙,这我知道。因为我清楚,这是有钱人,听说村子要拆迁,加紧抢盖起的几栋仿古式新楼。所盖的楼房也不是为了居住,而是为了拆迁时得到加倍经济补偿而已。这跟村里大多数贫穷人的生活状态,是没有丝毫关系的。我不想解释太多,等进村后,他们自然会明白的。

年龄不饶人啊!历时4小时的攀爬,都累得够呛。

我们该下山了。虽然,没能拍到村庄的全貌,没能踏上儿时脚印,在松软的土地里走一走,但能爬上来看一看,也不枉此行。我心里非常感谢这两个好朋友的陪伴。不然,凭我独自一人想"登高望远",恐怕是痴心妄想。

小道不复存在,我们仨你拉我拽,相互搀扶着好不容易才安全下到山底。人说上山容易下山难,的确如此。

不曾想,下到山底无意间走进了一条山沟。这条小山沟,我小的时候绝对没少跑过。不过现在记性不好了,左想右想,不论怎样,还是想不起原来到底是个什么样子来着。但在这一条山沟里,令人意想不到的是,竟然出现一座酷似故宫式的红色高墙、同样庙宇般极其隐蔽的豪华建筑物。这座豪华建筑,彻底震惊了我,也震惊了我的朋友。

郝佩佩显出惊诧而浓厚的兴趣,颇为兴奋地问我:"呀!到底是不是庙啊?"

马林站在门外左打量右打量,疑惑不解:"好家伙!看这红墙,这高大的红门楼,是不是住人的地方啊,谁会往这里住呢?"

我忍不住四下里打量打量，极力驱动着我的陈年记忆。

想起来了，想起来了，我终于想起来了。这条沟原来是一片茂盛的枣树林。枣半红时，生产队看管得还不是太紧，我跟小伙伴们常常跑到这里来边剜猪羊草，边偷偷地打这里的青枣，每人胳膊上挂着半箩筐青枣，在上面苫上一些青草，就匆匆往家跑。跑回家，把青枣迅速拿碗扣在火台上，让它慢慢捂着。受热的青枣捂软了也就变红了，吃起来软绵绵甜滋滋的，即使除了核便是水济济的一团皮，但那味道可是美极了。那时等待捂青枣的这个过程非常漫长而又特别煎熬人，站在火台旁急不可耐地翻碗，总想看看捂得怎样。靠的火口太近容易烤焦，靠的火口远了热度不够又等不及，所以就不停地地翻动扣枣的碗。翻碗时往往从碗中会滚动出来好多颗半生半熟的青枣，冒着甜滋滋的热气，馋得人要死。把最先滚出来的那几颗率先吃掉。心里骂着"倒霉蛋，谁让你们早早滚出来的"。然后，再边吃边把没有捂熟的青枣用手指一个一个扒拉到碗中扣严实，继续让它捂着，耐着性子等待。尽管吃青枣拉肚子，拉得一塌糊涂，甚至有时连茅房都跑不迭，但这依然是我们孩童时唯一美好的果实。

这条沟就是我当年吃青枣最多的那个地方。我为我恢复的记忆力而高兴。

山坡上有两个老头远远地望着我们，同样用疑惑不解的神情打量着我们。一个老头快步走近我们并询问起我们的身份来。老头一走进，我一眼就认出他，他是我们村的人。但无论如何想不起他姓什么，叫什么来。我问他是否认识我，他摇了摇头。还好，不认识最好。于是，我告诉他，我们是星期天没事干出来爬山的。老头儿这才放心地离去。

"庙，这绝对是庙！"郝佩佩仍然在坚持她的观点。当她看到大门上贴着过年时的对联和高高挂着的大红灯笼时,她也有些疑惑不解了。但我认为他俩都忽略了非常关键的一点,那就是翘角灰瓦顶。

我们进到里面,看到连着前后院落的拱形门道,摸着一根根桶粗的红木顶柱,顺着长廊来来回回观摩了个遍。其实不用谁来介绍,我完全可以判断出,这是一座极具营业性质的建筑物。里里外外、楼上楼下都是镂空和雕刻为仿古式风格,后期工程还需要进一步完善,投资不菲呀。墙外栽植着昂贵的玉兰树,好一个避暑山庄。假如放在前几年,真是达官显贵们休闲、享乐的好场所啊。

不过称为庙堂,还真是一点儿都不过分。我心想:"现在的人,人人都想住上这样的庙堂,这一点都不奇怪。但奇怪的是现在的人似乎都丧失了正常的思维。只能说是有钱有势就任性,怎么任性就怎么来。说实在的,像这种事我压根不感兴趣。"这是我的真心话。设身处地地想一想,在目前这种高压防腐的态势下,那些贪官污吏们,正处在寝食难安、度日如年的煎熬之中,谁还敢再拿公款到此逍遥、享受呢?不是文物古迹,不是神仙庙堂,富人不敢住、穷人住不起。在此不伦不类,说实在的,我为它的出现而感到担忧和尴尬。

正当我们准备离开时,见到了这座豪华建筑的主人。一个村的,当然我认识。意想不到的是,该人竟是郝佩佩的老同学。于是不免进行了一番简短的交谈,然后匆匆告辞。

我想我的两位朋友也跟我一样,在思考当下这个比较现实而又严重复杂的问题。所以我们离开时,一路无语。

郝佩佩见过老同学之后,显然,现出一副与之前天壤之别的神情来,她问我:"下一步呢?"她知道我大病初愈,当然相比之下,关心我比关心别的事物要更多一些,我这么想。

走,先进村吃饭。又渴又饿,我当然得为朋友考虑。

马林问我:"村子有没有饭店?"

"过去有过,现在没有了。"我实话实说:"虽然大哥不在了,大嫂有病在身,但侄儿媳妇会让咱们吃上饭的,尽管放心好了。我事先没给小侄子打电话,就是不让他们瞎忙活。家里就那条件,有啥吃啥,只是怕委屈了你俩。"

郝佩佩老师深切地说:"咱是好朋友,怎能说委屈。"她不让我说这见外的话。

一路上马林手中的照相机几乎没有停止过,他边走边拍边说:"咱要的就是这种效果嘛。对不对?"他说的是肺腑之言,不然我们怎能成为"朋友"呢?我心里满是感动。所以我们之间没有官职称谓而是直呼其名。

三

正当午时,在这个寒冷的季节,太阳竟然微笑着从身后滚出来,照得我们的后背暖烘烘的。我们每人挂着一部照相机,疲惫不堪地朝着村子一步一步走去。

走到村口,标有"福xx福"两边福字的黄色翘角门楼,门楼前有一根同样歪斜了的限高杆,马林又对着啪啪啪地拍了几张照片。谁能看出他,除了工作之外,不仅有较高的摄影水平,还是一个相当勤奋的作家呢?他这样一副大大咧咧的样子,还真是让人敬重。

回村子的路上,我们边走边聊,聊了好多好多,现实中存在的许多问题,比如,医德、师德等等。人以类聚物以群分,我们很投缘,所以话题也很多。不知不觉中就走进了村子。

熟悉的村口、熟悉的回家小道……

触景生情,突然我的心田涌起一股莫名的感动和欣喜。这是自出嫁以来少有的感觉,一种克制不住的冲动,一种强烈的要求,饱含泪水——想亲吻太阳;拥抱爬过的每棵棵枣树;跪着爬在通往家的那条小道上,然后,扑进母亲的怀里,叙说我多年来那难以言状的生活经历和思想状态……

在我的引领下,两好朋友各自举着相机,在狭窄的街道上不停地拍照。污水、泥坑、乱石、煤堆、破屋,一直到侄子家的院中。

大嫂见我突然带两个陌生人回来,并且个个灰头土脸的,着实吓了一跳。她坐在炕边上两眼一直紧盯着我问:"你们这是……"似乎想搞明白点什么,但我深知大嫂,她永远也不会搞明白,我这是在干什么。

我只好简单告诉她:"我们去爬山了。"大嫂这才放下心来,专心照看她的两个小孙子。

二侄儿不在家,跑出租车去了。我赶紧吩咐二侄儿媳妇,先给我们倒水喝,然后有啥做啥吃。行程仅仅进行了一半,我们三人都累得够呛。我想我们得抓紧时间补充能量,继续我的行程。坐在大嫂家破旧的沙发上,我咕嘟嘟地喝了一碗水。趁他们喝水休息跟大嫂聊天、侄儿媳妇忙乎做饭的工夫,我走出屋子,站在大哥家的阳台上,四下打量起来。

院落还是大哥走时的老样子,没有什么变化。唯一变化的是屋檐耷拉下来了,侄儿子们用木头打了支柱。以前可以种菜的地儿,看来不再准备种菜了,刚刚育上了果苗。用意显然,我能了解。我怀念大哥,回想着他活着时精瘦干练的样子和他亲切的音容笑貌。不知怎么,我的眼中突然幻化出大哥的身影来。真的,我又仿佛看到大哥。看到大哥在院子里给我摘菜;看到大哥给我拿来一块小板凳上的干净坐垫,放在我坐的小板凳上;又看到大哥跳在那半人深的土坑中,独自一人一锹一锹地挖他的院墙根基,筋骨间充满着力量。像一只蚂蚁,搬动着超过他体重几倍的大石头。大哥的体貌特征酷似老父亲:矮小、消瘦,独自承受着如此繁重的劳动。于是我不禁大声喊道:"大哥,你不要命了?!嗯?!我给你的钱,就是让你雇人用的。你怎能这么不听话?往死里受呢?再说,儿女他们也都长大,成人的也都成人了,该让他们帮你就让他们来帮帮你,你干啥非得独自往死里受呢?"大哥听到我的叫喊声,扔下铁锹爬出土坑,拍拍双手就势圪蹴在我面前的土堆上,开始一支接一支地吸烟。在我一声声的质问下,他回应我的仍是"唉……"这样悠长、沉闷的一声长叹。这样的场景出现过多次。每一次回来看他时,我的心总是沉甸甸的,尽数把口袋里的钱掏出来塞给大哥,然后哭泣着离去。

那时,我有无数的话想跟大哥说,但每次刚要开口,就哽咽了。我知道我在难过,他也在难过。

大哥有两儿两女。当年矿务局开发征招当地"煤矿工"时大哥的孩子们年龄都小、不搭线,没有一个被征招成为正式工的。后来他们渐渐长大,才各自走上了他们不太平坦的人生之路。只有小儿子还待在家里。

有一次,我终于忍不住问了一回大哥:"咱们村一次性就拨回两千万的赔偿款,这事儿你知道不知道?"大哥平静地说:"没有!没有!没有的事!"他十分肯定地连续说了好几个没有。他还给我详细地分析了一番,因为他仍然是村委班子成员,村里一些事情,他一直都在参与着,如果有的话,他不可能不知道。比如,跟周边驻地单位因占地、污染等事宜进行过多次协商、谈判,但多数没什么结果。只是知道有一项青苗赔偿,给村里弄回七八万块钱。这么大的一笔款,他怎么可能不知道呢?没有,没有,绝对没有!并且还说他跟会计关系也一直不错,这事他不可能不告诉他。再说"牲口"他敢把村里这笔巨款"独吞"了?不可能,不可能。大哥坚决否决这件事。看来他(包括村里所有老实巴交的村民)是根本不知道有此事的。当时,我不想再跟大哥进一步探讨此事,唯恐大哥产生误解,怀疑我这个出嫁的妹妹有什么企图。我只好无奈地摇了摇头。

但这事儿是千真万确的。我记得大概发生在20世纪80年代中期。那时我在筹备处指挥部做统计工作,我的邻居也是一个系统的老同乡,他从前山调回来在购地处工作。下班回家途中,他跟我说:"你们村这下可是发财了。"我还说:"不可能吧?我们村怎能发财?能发什么财?""你看你还不相信。"然后,他一五一十地给我讲了,他在下班之前,刚刚给我们村拨走了两千万。这么大一笔巨款,是他亲手办的,"这还能有错?"我的妈呀!我当时听了几乎蹦起来。哎呀!老天爷,我们村果真有了这两千万,村里人该有多高兴啊!我大哥他一直都在想着,把自己家的院墙砌起来,安上大门,然后,在自家的小田地里栽种点小菜吃,多好啊!就这事他一直都在努力着、盼望着。我心想,看来这个愿望大哥就要实现了。家里人都能过上好日子,我能不高兴吗?那时,我的老母亲还活着,我想她老人家也能幸福地享受到国家给予她的那一分经济补偿。那样的话,该有多好!谁听了能不开心?

然后我就在心里独自乐去了。过我的日子,忙我的工作。再以后,也就一直没有顾上和想到回家认真地问问他们,这笔巨款回到村子里、在亲人们身上的落实情况。可反而又想,问不问都无所谓，反正自己已经出嫁，问多了反而不好。再说不论他们富裕还是贫穷，我这个当姑娘的还不得照样该孝敬孝敬，该走动走动。从心里渐渐把这事给淡忘了。

可不曾想，这笔巨款压根就没落到村子里，没有落到村民们手里半毛钱。那么这笔巨款到底去哪里了呢？现在只能说，只有"鬼"知道。这笔巨款，就像一股清风在别处悄无声息地消失了，且消失得无影无踪。连村庄的上空都没经过，别说下场雨，滋润一下这个枯干焦渴的地方，就连一片白云都不曾在上空飘浮过。几年后我才多方打探了解到，流向我们村的巨款何止这一笔。

村子里的人仍旧贫穷，仍旧落后。这还能说奇怪吗？这还能让我这个当女儿的不震惊、不愤怒吗？

那时，大哥仍然在村子里干事。凡是那些出头露面的事，比如，带领老头老太太去驻地单位的施工现场去码工、闹事、堵路、索赔等事宜，都指派他去干。我们单位凡是认识我的领导，只要碰见我，都会跟我说："总算是认识你大哥了。真是个'厉害'人啊！带领着全村男女老幼，在工地上……能说会道，道理一套一套的。弄得我们焦头烂额，什么也干不成……"这里指的"厉害"不就是"刁蛮"吗？这话我听多了。可大哥，他自己认为他绝对义不容辞。眼看村子里的地，一块一块逐渐被占用了，除了从村子里分批招工，招走了百十号男女青年。不久，从外边迁来的关系户急剧增长，人口膨胀不说，而那些已经被招收当了煤矿工的人，却又贪生怕死，不甘心一生当"窑黑子"的许多男青年，也陆陆续续放弃了这份职业，很快又返回村子里当了农民。显然在村子人口急剧膨胀，土地越来越少的情况下，村民却没有得到任何补偿。大哥能不急吗？他对村子的历史、土地面积、人口数量,再熟悉不过了。所以他认为自己是有责任为这个村子讨公道、讨说法的。于是,他率领村人上访多年……

然而可怜的大哥,他根本就意识不到自己能力是有限的,说了根本不算、算了也不能说的尴尬处境。他那么拼命胡折腾,从来没有意识到自己是被强势魔鬼所操控、所利用。我在心里为大哥不识时务而惋惜、恼火:"哎呀,我的大哥啊!你让我说你什么好呢?你就不能睁大眼睛好好看看?拿脑子好好想想?人家是什么活法?整天开着越野车,车里装满成箱的子弹,陪着乡里、市里领导漫山遍野去打猎,吃香喝辣、吃喝嫖赌,可你为啥非得给他卖命?"这样的问话当面有过多次。但是大哥不仅茫然,而且还很固执。

一次,我回去看望大哥,又忍不住劝导大哥。我说:"你能不能别再给他们胡干啦?有啥意思嘛。"

"唉……"大哥回答我的又是这样悠长、沉闷的一声长叹。然后他说,他也是没办法。因为,这"牲口"曾经答应,每月给他400块钱的工资,可这已经好多年了,也一直没有给他兑现。现在要是说不伺候这"牲口"了,那这多年来为这"牲口"鞍前马后、牵马拽蹬不就白干了。他的所谓工资,总共算下来也就有个三四万块钱。我无言以对。

年轻时的大哥是多么的刚强、干练,独自能扛起100公斤的重物。可现在,连血性、尊严都没了。面对一天天苍老、更加消瘦的大哥,我除了悲伤,就是哀叹。

我知道我没能力改变什么,但为那凄惨的村庄,我那可怜的大哥哭泣过无数次。因为,直到他死的那一刻,他也未能见到苦等苦盼梦寐以求了多年的、所谓的那份可怜的工资。这就是我的大哥。这个苦命而倔强的人。

今天,站在大哥院中的阳台上,好像又看见他那熟悉而沧桑的面容,他朝着我无奈地苦笑,我也朝着他无奈地苦笑。似乎都有无尽的话想跟对方说,似乎都又无从说起。我说:"大哥!我想你,也想父母,你知道吗?"大哥没有应答我,而是,从我的模糊的泪眼中,渐渐地隐去了。将我抛入深切无尽的痛苦之中……

自父母相继谢世,尤其是母亲谢世之后,长兄为父。哥哥姐姐们便成了我最大的牵挂。特别是我这大哥,我无法忘记,母亲临终前紧紧抓着我的手,用恳切的目光望着我说:"你最小,可你也'最大',妈走后,你要答应妈一件事。"我说:"妈,您说。"母亲沉思了一下,费力地说:"好好'包裹'他们。不要跟他们一般见识。不要计较过去……"

我哭着对母亲说:"妈,我答应您,答应您……"

从那一刻起,才真正明白了母亲是怎样地良苦用心。真正明白了她为什么,不安详地死在二哥给她盖的房屋里,非得跑到大哥家来死的真正用意。"包裹"二字,对于我来说,又涵盖了怎样的重托啊!"他们"不仅仅包括两个姐姐们的活法,最主要的是大哥的活法。二哥是天底下的大孝子,我无话可说。他有工作,我不担忧他的生活。经母亲这一交代,那么大哥的活法,不言而喻便成了我心中无以复加的牵念。

我不否认,我跟二哥以及两个姐姐最初的态度和打算,那就是,一旦老母亲过世,我们姊妹几个,至少是不愿意跟大哥,特别是大嫂有太多往来。因为他两口子对父母不好,不仅没尽孝道,而且还做过许多不尽如人意的过激行为。常常抱怨父母偏爱温良的二哥,跟二哥闹得也很僵,对我们姐妹几个总是冷眉冷眼。就连老母亲临终之际,这短暂的等待,大嫂都显现出极不耐烦地神情,甚至在院中摔摔打打。我们看在眼里,疼在心上。乘大哥大嫂不在时,守候在母亲身边的我们,就悄悄跟母亲商量:"咱们还是回上面吧?那里才是您的家。"母亲听着、看着我们姐妹几个,努起没牙的嘴巴,任性地说:"不。"还跟我们开起了玩笑。说她孙女儿(二哥家的)给她戴上耳环、头花,把她打扮得这么漂亮。到了那边,你们那瞎眼的大(爸),肯定认不出来。见母亲笑着,我们也含着泪水笑。短短几天,母亲反复问了我好几遍,她跟我说过的话,我记住没有。我说我记住了。我爬到母亲耳朵根对母亲说:"妈,就放心吧!您的话我哪敢不听!"母亲微笑着点了点头。就在那天夜晚一点半,亲爱的母亲安详地合上了她的双眼。

一个"包裹"不难理解:就是关心、照顾;一个"不计较":就是让你忘掉一切。这就是母亲对一个"不省心"儿子的良苦用心,对一个小女儿的无比信任啊!这一切,如同中央的红头文件,深入我的心灵、精神深处。所以,我多少年来,一直都在努力贯彻落实着对母亲她老人家的郑重承诺。

我了解大哥,他一向自负、性烈、好强。遇事从来不会拐弯。基于他这样一种性格,在村子里很难不得罪人,吃亏不计其数。我们兄妹五人中,他是母亲活着时,最操心、最放心不下的一个。

农田基本建设时期,大哥就是村里的党支部副书记兼基干民兵连长。在那个极不寻常的年代,二哥当兵转业回乡后,被分配在极为偏远的山区乡村工作去了。那时,二姐也已出嫁。大姐排行老二,她都已经有了自己的孩子,而我还没有出世。单人独马、势单力薄的大哥在村子里,再加上他刚愎自用、自命不凡的秉性,他跟一个村霸公然对抗,可想而知,他能有好日子过?除了拼命带领社员参加生产队繁重的苦力劳动之外,等待他的就是强势魔鬼们对他的一次次诬陷、迫害、殴打……

曾记得有那么一天,听说大队召开批判大哥的大会,我拼命挤进会场,会场一片混乱。大哥身上穿着从插队知情手里便宜买来的那件旧的已经发灰的四吊兜干部服,直挺挺地站在主席台的一旁。台上坐有公社、区里的干部。有人在维持秩序,一个劲儿喊着:"安静! 安静!"有人啪啪地拍着桌子;有人大叫着让大哥主动交代:"黑家峁凹丢了十几垛谷子,是不是你偷的? 因为有人举报。所以你必须主动交代,争取宽大处理。因为你是党员干部,就应该有党员干部的高度觉悟。所以说,你还是主动交代,争取宽大……"

证据? 证据? 证据呢!? 搜查! 搜查! 满村搜查! 看看到底是哪个贼骨头……大哥一声不吭,依然站在那里……

受惊的我扒开人群,放声大哭着跑回家,面对父母颤抖地说不出一句话来。父亲耳聋、眼瞎不知其所以然,当然不会过问什么。母亲倒是十分平静,她盘腿坐在炕头上,开始不停地念叨着:"好人有好报,恶人有恶报,此时不报是时辰未到。"劝我不要怕,事情自然会弄清楚的。

又一次,发生在20世纪70年代末,大哥大嫂已经借居在村中别人腾空的房子里,准备盖他们自己的现在住着的房子。

……不知道是谁,竟然把耳聋眼残的老父亲弄到仇人家的房顶上,鼓动父亲去跳人家的房顶,以老父亲的性命做代价,达到威慑仇人的目的。直到现在我都稀里糊涂的,想不起这一切究竟是怎么发生、发展成那种局面的? 当时又是谁告知我,父亲上了人家房顶的? 几十年来这情景一直都在我脑海中纷纷攘攘地挥之不去。我不想问也不愿提及。当我得知此事时,我疯狂地朝那家奔去,用力撞开人家的大门,果然发现父亲颤颤巍巍地站在人家的屋顶上,一副茫然不知所措的样子。我哭着喊着爬上房顶,才把可怜的父亲拖扯回家。

回想起来万分恐惧。假如我当时不在村中,去不成或者晚去一步,我不知道可怜的父亲将会怎样。

那是怎样一个令人可怕的、噩梦一般挥之不去的深秋啊。那时这地儿叫井沿。我刚刚把父亲好不容易哭哭泣泣拖扯回家,父亲跟我还没有缓过神来,就又听见外面有人十万火急般地大声呼叫母亲的名字,要母亲赶快去看大哥:"在井沿!快快快……你儿被人打死了。"母亲不在家。我一把把父亲按在炕边,夺门而出。我又不顾一切地朝井沿那边的玉米地跑去。村里的疯娥依旧蓬头垢面、熟视无睹地站在大门口的石头上,怀里搂着她的鼻涕寒碜吃奶的孩子,唱她永不厌倦的小曲儿:

跌烂你的骷髅,砸断你的腿,
死得你羊肠道上啊呀呀,我不后悔。
……

看到疯娥,我的第一反应就是疯娥的男人福来。福来是把好打手。他要打,首先肯定打的就是大哥大嫂。我的心抽搐成一团。

村庄一片混乱。不论男女老幼凡是能打人的家伙个个都不空手。许多外来户也不例外,手持棍棒、镰刀、铁锹、锄头、菜刀等等,潮水般地往井沿那边的玉米地里涌动。

我冲人群最密集的地方跑去。玉米地里的玉米有部分仍在地里长着,有一大半已经被割倒铺在地上。割过的玉米地满是像尖刀一样锋利的玉米茬。我的身上、头上也遭到不明的袭击。我不顾一切只管去撕扯扭打在一起的人群,结果发现其中没有大哥。在转身回头不远处的茬地上,我看到了母亲。几个人正在那里围殴大哥大嫂。果然包括福来在内。大嫂那时正怀孕、挺着个大肚子。小脚的母亲死死地爬在大哥身上,双手紧紧地护着大哥的头。嘴里不停地央恳着:"别打了,别打了,别打了。要打,打我、打我……"

在那些不堪的岁月里受大哥的影响,不,客观地讲不完全是受大哥的影响,也有我自身的因素。小小的我也未能逃脱过强势魔鬼们不可名状、不胜枚举的一次次欺辱、打骂和陷害。

四

一年的冬天,还没有真正进入腊月,母亲早早把过年所需要磨的粮食提前准备好,为避开过年时磨面的高峰期。不然满村人都集中在一起,磨坊里人满为患、粮食成堆,既没次序,又没秩序,常常为谁先来谁后到而争吵。为了躲避这一切,母亲只有提前行动。磨面这工序不仅非常麻烦,且复杂,不是所有粮食都统统扛到磨坊就可以直接上磨,不是的。除了炒面(各种粮食颗粒,分别炒熟混合在一起的一种面,叫炒面)不用过水淘粉。多数粮食都得在上磨之前过水淘粉,不然的话,一旦合上闸,电磨工作起来会很吃紧,发出令人难以忍受的尖锐刺耳的声音。电磨也容易损坏,通常电工是不允许这样的。更加糟糕的是,这样磨出来的面粉发烫,满坊飞扬不说,面粉会被烧坏。被烧坏了的面粉一般叫死面,是不好吃甚至不能吃的。如果把极少的可怜的二三十斤麦子烧坏,别说过年吃顿饺子,就是连一碗面条也吃不成。所以每一颗粮食都很金贵。家家户户磨面时都特别讲究,粮食太干不行,太潮湿了也不行,捂霉了更不可以。把所要磨的粮食一股脑扛到磨坊去也不可以。一则怕捂;二则怕丢。一旦淘粉过的粮食发霉了,那一家人就别想吃磨出的面粉了。

所以母亲在这方面特别特别小心,唯恐每一颗粮食受损,又唯恐轮到上磨时,粮食来不及淘粉或者从家里搬腾不迭。唉,这事儿,如果对于人手多的人家来说,就不是个事儿,而对于老弱病残的父母和我一家三口,简直就是一种磨难、苦难。

于是,母亲就早早儿领我到村西大队的磨坊里去排队等候。那时磨面的人家还不算多,全村顶多有个十来家,预计三五天时间,我家就可以磨上面。先拿个笤帚疙瘩、铁簸箕(我家没有铁簸箕,得事先跟别人家借,更不敢放磨坊,很容易丢失,只有在使用时才可往出拿)、纸笸箩去占地儿排队。纸笸箩里面放少许的粮食颗粒跟笤帚疙瘩,一起放在磨坊一角作为排队依据。电工很少管排队这事儿,只有自己主动和善地跟人家打招呼,相互弄清楚谁前谁后就算排上队了。之后,母亲才好根据情况,逐渐从家里往磨坊倒腾淘粉过的粮食。所以,母亲年年得提前行动。

这样的话,母亲就可以充分把握上电磨前粮食的干湿度。

然而,这年冬天我跟小脚的母亲连续排了好多天的队,直到磨面的高峰期来临。磨坊高峰期到来,黑漆漆的磨坊里纸笸箩、铁簸箕、笤帚疙瘩、小口袋大麻包堆积如山。村子里大户人家多的是,一旦遇上一个大户人家,得耐心等待一整天。因为每家的粮食都比较杂:高粱、玉米、豆子、炒杂粮,像荞麦、莜麦、麦子这种稀罕的极少细粮顶多二三十斤,但磨得都比较仔细,一般都得过上个四五筛或五六筛直到只剩一把筛糠为止。

磨坊在村西,我们家住在村东,相距老远老远,极不方便。

母亲和我天天往返于家跟磨坊之间。可大半个月过去了,每逢轮到我家时,总是被别人插队。母亲一直平和地安抚我说:"他们(指村里所有的人)总有磨完的时候",劝我不着急。其实我看母亲比谁都着急。看到母亲一趟又一趟,用头顶顶到电磨坊的粮食迟迟上不了磨,不得不一遍又一遍地倒腾口袋、扒拉纸笸箩里的淘粉过的粮食。天天待在磨坊里盯着,浑身落满灰尘和面粉,连眉毛都是白的,像雪人一般。而唯一可以取暖的狭窄的电工房土炕上,时常乌烟瘴气挤满了抽烟说着粗话的男人们。地上堆满烧火的黑炭,也难以插足。我跟母亲极少挤进电工房取暖。只好在震耳欲聋、奇寒无比的磨坊里一天一天地苦耗着。

一天母亲心疼我,怕把我冻坏,就把我送到磨坊后院——保定他妈的屋子里去御寒。

保定是个二糊子,跟我家坡下近邻二愣一样是弱智。保定五六十仍是光棍一条,但非常能吃苦是个好劳力,在村子里干得都是最脏最累的营生。在我的记忆里,保定的专业就是掏茅粪。因他不识数,年龄又大,比不上二愣奸猾。所以他妈只好给他在衣服上,补了上下两个深深的口袋,上口袋里装有十几颗红豆。他妈叮嘱他,当把茅粪倒在地头时,就把上口袋里的红豆掏出一颗来放到下口袋中,每送一担粪,就往下口袋放一颗红豆。挑不动了或者是天黑时,你再回家。第二天由他妈拿着红豆去跟生产队长核对儿子的工分数。村里人不论大人小孩只要碰到挑着粪桶的保定时,总免不了捏着鼻子戏耍他,问他这样那样的问题"你今年几十岁?"保定说话不利索——口吃,但他有问必答:"我,我,我不……晓不得。你,你……你去问我妈,妈……她知道。"时常引得村人一片哄笑,小孩子们追着、蹑着,往他身上扔石块。他只是转身、跺脚、回敬一个愤怒的表情,吓退那群小孩子。

保定家的成分高,土改时他家被划分为地主。他家全砖全瓦的大宅门里,由前后两院构成。前院统统被大队充公占用。临街的南屋被改成大队的电磨坊,朝街开了一道门。其他房屋圈养着队里的骡、马、牛之类的大型牲口,成为大队的饲养院。

保定跟他妈就住萧条、冷落的后院里。

保定他妈是一个热心肠的驼背老人,是比母亲年龄大好多的小脚老太太。我之所以这样称呼她,是因为我第一次见她时,内心充满了对这位老太太无比的敬重和感激。

当母亲用随身携带着的笤帚疙瘩,把我跟她身上的灰尘扫了又扫、抖了又抖时,老太太就把我跟母亲迎进门,并热情地把我母女俩让到她的火炕头上,说:"快快快,上炕去暖和暖和。"这是我第一次到老太太家御寒。

我记得非常清楚,我跟母亲就上了老太太铺着光滑的油单布的火炕上。然后矮小瘦弱的老太太便跪爬在那张宽而乌黑锃亮的长条板凳上,颤巍巍地从高处的壁橱取下一个兰花陶瓷罐罐来。那时我根本不知道老太太要干什么。见她伸手探高处壁橱里取陶瓷罐罐的过程时,我只是两眼好奇地盯着看她背后那两只比母亲还要小的用白布条缠裹得十分精致的小脚脚。小脚脚上穿着一双黑色的尖尖小布鞋,裤腿同样扎得紧紧地,跪在凳子上黑白分明的鞋底、鞋面,小脚髁并在一起,摆来摆去的样子,就好比俯在树枝上探头探脑的一对小喜鹊一样可爱。这家除了老太太之外就是儿子保定,当初若不是母亲告诉我保定是老太太的儿子的话,我实以为保定就是他老头儿哩。

在村子里经常能碰到挑大粪的保定,两只茅粪桶好像一年四季都没有离开过他的肩膀似的,长年挑着粪桶。

我在想,如果老太太这副身子骨,跟我家一样住在村东,离磨坊这么远的距离,而保定一身臭气,那么单靠老太太瘦小的身子,弱不禁风的样子,怎能把大袋小袋的粮食、纸笸箩、铁簸箩等七零八落的东西,像小脚母亲一样,举步踏踏把粮食一趟一趟地搬到磨坊去呢？相比之下，我觉得母亲非常非常强大。至于老太太看到我母女俩进她的屋子里来御寒，从高处取下那个陶瓷罐罐是用来做什么？我不知道。但当老太太把陶瓷罐罐放在火台上，又拿来两只大葵碗，同样放在火台上时，我的心就开始剧烈地跳动，扑通扑通的像敲鼓一般。两只眼睛不由得冒出贪婪的绿光，浑身开始发热。当然这热不是来自屁股底下、火炕上的那点热，而是来自心底喷发出来的热。在寒冷的磨坊里冻得发疼的脸蛋，顿时变得燥热起来，感觉脸蛋火辣辣的更加生疼。

母亲跟老太太说着什么，我的两只耳朵根本没听进去一句话，两只贪婪的眼睛只顾盯着老太太。老太太拿筷子捅了捅陶瓷罐罐，然后用她那枯干的手指头，从罐罐里掏出一大块儿红糖来，费力地在干净光滑的火台上磕开，把大块块分别放在两只大葵碗里，把碎面面捏起来抿到她嘴里，揭开锅盖一股热气迅速窜上屋顶。老太太拿磨得早已豁口了的大铜瓢，舀上沸水将红糖冲开，又用一只筷子在碗里来来回回地搅了搅，将一碗浓香浓香的红糖水，颤巍巍地首先端给我，并偏着头凑近我仔细瞅了瞅，对母亲说："看把孩儿冻得，脸脸跟红萝卜一样。"

这时，近距离地接触，我才真正看清楚老太太的面容。一口洁白的假牙，面色比母亲的还要白净细腻得多，只是两只不一般的眼睛，把我给吓一跳。老太太把第二碗红糖水端给母亲时说："柱子家的，喝吧。趁热喝了，暖和暖和。"柱子是父亲的小名。老太太只有一只眼睛，而这一只眼睛特别有神，感觉能透视到人的心底直达人的灵魂一般敏锐。而另一只眼没有眼珠，眼皮跟眼眶一起深深凹进去，形成一口深邃的难以估摸的黑洞，难怪她瞅我时偏着头。

母亲拽拽我的袖口，说："你娘娘给你倒的甜甜水，喝了吧！"叮嘱我不敢洒了。并告诉我红糖是可以用来暖肚的。

经母亲这一提醒，我才恍然回过神来，把碗中热腾腾的冒着浓香浓香气味的红糖水，一口气喝完。

这是我人生第一次品尝红糖的美好滋味。这样高档的奢侈品，我认识、我见过。因我们家也曾经有过，只是没有品尝过它到底是怎样一种味道，我不知道。我家的红糖，母亲一般藏得都很严实，待我发现时，母亲总是面露难色地给我解释："这是给你大嫂准备生孩子用的。"我就乖乖地放回原处。待我再次发现母亲藏起来的红糖时，母亲依旧面露难色地给我解释："这是给你二嫂生孩子准备用的。"我又得乖乖地把红糖放回原处。

所以，我认为红糖是只有生孩子的女人才可以享用的东西，并不知道还有"暖肚"这一说。

当年娘娘给我跟母亲冲的这碗红糖水，不仅温暖了母亲、温暖了我，也温暖了我的整个人生。以致若干年过去了，回想起娘娘给我冲的那一大碗红糖水，依旧满嘴留香、回味无穷，香甜的口感在我的口腔中、食道里甜欢、畅游着。

当我放下碗时的一刹那，心里冒出一个念头来，将来我要回报这位老人。我要还她十碗这样浓浓的红糖水。不，一百碗；不，一千碗；不不不，我要回报她跟她儿子保定这样的好人，一口甜甜的深井水。滴水之恩，要涌泉相报。这是母亲常常给我讲的做人道理，这时我才真正有所顿悟。

喝完红糖水我心里暖暖的。母亲跟老太太不紧不慢地说着话，还你推我让地吸起旱烟袋来。看起来她们交情不浅、十分投缘。我想让母亲陪这个好心肠的老太太多说上一会儿话。

我浑身燥热，于是呼喇跳下地，我说我去磨坊盯着。母亲点头答应了。心想不能让别人家一而再、再而三地插队了，不然，这年还过不过了？我还盼着亲爱的二哥二嫂回家跟我们一起过年哩。他们一旦回家过年，即使不给我买一件新衣服，至少也会给我买一双袜子。我非常期待。

　　老太太送我出门时，对母亲说的话我都听到了。她跟母亲说："你好福气。这个闺女长得奇特特的（漂亮、聪明的意思）。将来有出息。你会跟上好活的。"

　　尤其后来当母亲又告诉我，老太太"好活"，除了保定这个脑残儿子，关键的是老太太有一个非常孝道的好女儿。这些话我都牢牢地记在心上，包括这个可亲可爱的老太太。我暗暗地在心里发誓：将来我也一定做个非常孝道的好女儿，让父母过过好日子。

　　回到奇寒无比、震耳欲聋的磨坊里，我又开始跟正在磨面的人家大声顶对，还有多少粮食没有磨完，大概还得等多长时间。在这之前，我与我母亲就跟人家打过多次招呼了，人家也答应得好好的，他家一旦磨完就应该轮到我家了。那家人说："快了快了，马上磨完了。"让我做准备。我特别兴奋，尤其那碗红糖水在我肚子里所产生的热量，足以让我抵御很长时间的寒冷。所以，这个节骨眼上，我不能离开去叫母亲了，得死死地守着电磨的铁漏斗，绝对不能让别人再插队了。只要电闸一搬下，我可以把粮食倒进漏斗里占住，然后飞跑回老太太屋里把母亲喊出来。

　　果然过了不大一会儿，电闸终于搬下了，磨坊里顿时停止了吱吱隆隆轰鸣声。

　　根据经验，我已经初步懂得和掌握一些磨面的基本常识。如果磨底是红高粱，那么我就先把红高粱倒进去，如果是玉米，那就先磨玉米。这一家最后磨的是炒面，我就把炒面颗粒先倒进去。

正当矮小的我站在电磨台上,吃力地举起敞开的口袋往漏斗里倒炒面颗粒时,一只强有力的大手猛地一把把口袋夺去,把半口袋炒面颗粒抛在空中画了个大大的弧,重重地甩到磨坊墙角处,抛出去炒熟的粮食颗粒,像雨点一般瞬间砸在铺满浮尘面粉的地面上,顿时冒起一片烟雾。我定神一看是电工武小。

武小儿他人长的五大三粗、驴头马面,跟阎王爷手下的判官一般凶恶。村里人背后都管他叫"狼欢喜"或者叫"榔头武"。此人就是大哥口中常常提到的那个"牲口"村长。那时他还仅仅是个电工,还远远没有成了气候。但已经完全拥有掌控全村人家家户户的用电和电磨坊的使用权利。他想让谁家黑灯,那谁家就得黑灯瞎火好长一段时间;想让谁家磨不成面,那谁家就得乖乖地忍受他的欺压。

我不去电工房取暖的真正原因,其实跟不愿意看到这个人的一副丑恶嘴脸有很大关系。他欺男霸女,使用这种手段奸污过村里好多大姑娘、小媳妇们。光我割羊草时在不同的沟沟洼洼里,就撞到过多次。但年幼无知的我,总是被那不堪的场面惊得魂飞魄散、手足无措。直到"狼欢喜——榔头武"赤条条瞪着两只驴眼恶狠狠地发出"滚"字,我才像一只被吓坏了的小兔子一般,连滚带爬地跑回家。

一次,不是在镜子凹,也不是在龙王爷沟,而是就在离我家房后不远的大煤沟。这条沟之所以叫大煤沟,是因为这儿有煤,所以才叫大煤沟。在这里挖上四五米深,就可以挖出乌黑乌黑的煤炭来。但即使贫穷的要死的村里人,都不敢去碰一碰,都晓得那是国家的东西不可碰。所以村里人很忌讳进这条沟。这条沟虽说没有龙王爷沟深远,但比起龙王爷沟又要神秘而恐怖得多。至少,龙王爷沟两边都种着庄稼,学校的校院地就在这条沟里,每年老师都带领我们往那里抬粪。还有一些人家的自留地。只要是大白天,总有人出没,没有那么阴森恐怖。而史上一直荒芜着的这条大煤沟与龙王爷沟相比,就集聚着神秘和恐怖的色彩了。有狐狸的叫声,有鬼的传说,谁家生下而养不活的婴儿就狠心抛弃在这条沟里来,因此又得名——死娃儿沟。一般人是轻易不进这条沟的。尤其夏日,死娃儿沟灌木若林,杂草丛生,遮天蔽日,阴暗潮湿,当然,这里的杂草比任何地方都肥沃而丰盛得多。我跟母亲为给家里养的猪羊割草,来过两次。

一天的正午,下学回家听母亲说家中的猪羊都没草吃了。抱怨父亲弄不回足够多的草料供猪羊吃。我匆匆吃过午饭,二话没说拿起镰刀、挎了一只箩筐便出了门。

村里的疯娥从来不歇晌,她又要在我家屋顶高处的枣树荫荫下,怀里抱着她的三小儿,唱她那不厌其烦的小曲儿:

你院里刮风,我院里的个下,
你不要娶婆姨啊呀呀,我不要的个嫁。
……
一圪垯豆腐,六面面白,
你往我跟前圪凑啊呀呀,我往你跟前挨。
……

走出大门我想了想,跑远处山峁未必能很快割回一箩筐鲜嫩的青草。下午还得去上学。太阳红彤彤的,思来想去我还不如就近选择大煤沟——死娃儿这条沟。于是抬头望了一眼疯娥,鼓足勇气决定钻死娃儿这条沟。头顶传来疯娥的歌声:

……
你在圪梁我在凹,
看见哥哥的身影啊呀呀,说不上个话。

……

反穿皮袄毛朝上，

谋来谋去啊呀呀，插谋上。

疯娥的小曲儿，我似懂非懂。但她的歌声起到了给我壮胆的作用。我毫不含糊地一头钻进这条深沟。

我在这静谧阴暗的沟里，独自一人尽管心里如此发憷，但很快就割了满满一箩筐芦子草、朗朗蒎、苦苣菜，这都是猪羊最最爱吃、最起膘的草料，我满心欢喜。本应该立刻回家才对，可我偏偏鬼使神差，被水涮葫芦（沟底的地名）上边鲜嫩的一片野菜给深深吸引住了。于是我想，反正已经进了这条沟，与其割一箩筐猪羊吃一天，倒不如割两箩筐，让猪羊吃上两天。送回去一箩筐，大不了再返回来扛一趟。贪心促使我手拿镰刀，跳下圪塄，向沟底的水涮葫芦走去。然而我万万没有想到，出现在我面前的情景："狼欢喜——榔头武"他正在这水涮葫芦里，把某某人家比我稍微大我一点的漂亮女儿，扒得精光死死地压在他身下。某某某人家的女儿声音低低地呜呜呜着，头上、脸上沾满了黄土。

我吓呆在那里不知所措。直到这"牲口"赤条条地瞪起驴眼，恶狠狠地冲我咆哮道："滚！"我才噩梦一般清醒过来，脚爬手爬、跌跌撞撞地冲出这条阴森恐怖的死娃儿沟。因此，我把箩筐都扔掉了。

回到家，母亲见我失魂落魄的样子时，着急得问个不停："怎么嘞？到底遇到什么了？出啥事情了？是不是又遇到了蛇？！"我无法表达。但眼里顿时就现出纠缠在一起的两条光滑的非常可怕的"蛇"。

"蛇、蛇、蛇……"之后，我便病倒了。一病倒在炕上就高烧不退,糊里糊涂地说着胡话,学也上不成了。再之后,母亲就又要开始给我一遍一遍地叫魂了。父亲不在家时,母亲会把隔壁本家娘娘叫来应着。一连几天过后,我才迷迷瞪瞪地听到母亲跟家里人的应答"兰兰回来了没有?",屋里人赶忙答应:"回来了,回来了。兰兰回来了。"然后,母亲将笤帚上的红布取下来,盖在我的头上。这时,母亲看到我眼角处潺出的泪水时,就会高兴地说:"孩儿醒了,总算醒了。"急匆匆去给我熬米汤喝。

这样的事件在我身上发生过不止一次,我已经非常恐惧这个恶人,怕到骨髓里了。

之后这恶人远远没有放过我,就在这一年的中秋时节(正是打枣的时候)太阳刚刚落山,放学回家,恰好在枣树坡,碰到捡枣的母亲跟八婶婶(八婶婶不是别人,就是"狼欢喜"他妈,跟母亲是最好的朋友),听母亲跟八婶婶说:"拔上毛穗穗(没有成熟的谷子)窜枣洞洞,挂在墙上干,既好看又好吃。"于是,我扔下书包独自一人兴冲冲地一口气爬上距离我家头顶不远的谷地里去扒毛穗穗。那时完全成熟了的谷子已经被人们割倒,一垛一垛地摞在地头,还没有来得及往打谷场挑,我就在那谷子地的边边上专心致志地拔那低矮细小的毛穗穗,不曾想被那恶棍跟踪,他悄无声息地像一堵高墙堵在我面前,说:"总算把你给逮住了。"当时我就被吓尿了裤子,又要把魂儿给丢了。

然后,直愣愣地看着五大三粗、驴头马面的他,从容地到谷垛上抱了一大捆谷子送到大队上,诬陷我偷了队里的谷子。那晚大队里的高音喇叭传喊了大哥。第二天,这事就反映到了学校。学校校长传唤了我、批评了我还要我写检查。我死也不肯写那份检查,因为我根本没有偷。但我有口难辩,反正我已经豁出去了。因而我由原来的"臭骨头",又变成了"贼骨头",最后臭到连自己都不是父亲亲生的了。那段岁月里，我受尽同样横行霸道的"村霸"女儿的百般欺辱，耳朵里时常灌满了"臭骨头""贼骨头"这样污浊的词汇。我一直处在石头缝隙里，别人的脚底下。

而现在这个恶棍，仍不放过我，不放过我一家，无处不在施他的淫威。不过这次，我喝了保定他妈，那个好心肠娘娘的红糖水，似乎给了我些许的勇气和力量，我对着"狼欢喜"这个流氓哀戚地道："为什么？""狼欢喜"边用大手从漏斗里往外拨拉炒面颗粒边恶狠狠地说："没有为什么。"

"那我家啥时候才能磨上面？"

"明年。"然后，大声喊电工房里等待着磨面的其他人出来上磨。磨坊里很快就又发出震耳欲聋的轰鸣声，这声音淹没了我的哭泣声……

那年我才13岁。

五

这里我不得不提提疯娥这个女人。因为疯娥一家就住在我家院中的三间西房里，与前院大哥大嫂的三间东房相对。大哥大嫂对这个疯女人的风骚以及疯女人的那个龌龊丑陋的板嘴男人福来，一家一塌糊涂的生活状况嗤之以鼻，所以两家互不来往。但是，我们前后两院都共同使用一个露天茅厕，出来进去免不了天天见面。我不知道我为什么偏偏喜欢跟疯娥在一起耍，让她给我剪头发，让她给我鞋垫上画花花。村里人送给疯娥一个响当当的绰号叫"八角香"。但多数人都叫她疯娥。那时我不懂那是什么意思，总觉得叫"疯娥"或者"八角香"都不妥。所以通常就：哎哎哎着。

听说疯娥出嫁前并不疯,疯是嫁给板嘴福来之后,才变成那样的。疯娥虽然相貌一般,但身材极好,个子高高的、皮肤白白的。不仅心灵手巧、识文断字,而且能写会画,心气高也喜欢看书,她压根看不上福来。可福来有一个特殊的身份,是大队书记武保儿亲大爷武七唯一的独子——堂弟,同时也是那"牲口"武小的堂哥。由于这种强势家族的特殊关系,疯娥命中注定得一辈子跟这个她不喜欢的男人绑在一起生活。她不甘心、不死心,于是她偷偷与到家家户户吃派饭的下乡干部老牛好上了。之后被一手遮天的武保儿堂哥、恶棍堂弟武小儿,明火执仗地煽动福来:"你给我往死里打!打烂她的骷髅蛋子,看她还敢不敢再偷奸养汉。"下乡干部老牛被赶走那天,疯娥为了追赶老牛,匆忙中抱小孩却从炕上抱起了个枕头一直追赶老牛到村外。为此疯娥被福来打了个半死。半个月之后,疯娥才勉强起来炕。

打那以后,疯娥就疯了。什么活儿也不干,脸也不洗,整天蓬头垢面地坐在大门口,偶然撩起衣襟给怀里吃奶的鼻涕寒碜的孩子抹上一把鼻涕,就不停地唱她那永不厌倦的小曲儿。而且是看到什么就唱什么,根本没有固定的歌词。如果门口有人路过,故意挑逗她:"咱俩好吧,你看行不行?"疯娥白上一眼,不直接回应他,而是垂下头用小曲儿来回应他:

半坡坡的醋柳柳,生圪凌厉的个酸,
打心里没你啊呀呀,你往眼里钻。
……

那故意挑逗她的男人,只好在人们的哄笑声中散去。如果疯娥想到他男人福来如此恶毒地往死里打她时,她就又开始唱起来:

……

油漆大门,红对对,
　　不般配的夫妻啊呀呀,活受罪。
　　……
　　坏了心的媒人,没主意的娘,
　　把我嫁给啊呀呀,短命鬼人家。
　　……
　　大门道里的狮子,二门道里的狗,
　　不让哥哥爬墙啊呀呀,让他哪里走。
　　……

我特别同情疯娥的不幸,唉,想想自己的境遇也尤其难过。

如果夜晚在露天茅厕跟疯娥相遇,我有时就偷偷地跟疯娥说,哎哎你给我唱首歌吧,你唱歌唱得真好。她问我唱啥歌哩,我说:"啥都行。"然后她抬头望望繁星点点的夜空,就给我唱起来了:

　　天上铺满星,地上亮晶晶,
　　生产队里开大会,贫下中农把苦诉。
　　万恶的旧社会,把我们穷人欺……

我觉得疯娥一点也不疯,我让她给我唱她那些小曲儿,因为那些小曲儿她从来不对着我唱,她唱小曲儿时一旦看见我,就戛然而止。她那些小曲儿都是我蹲茅坑时偷偷听到的。这些歌曲我从来没听过。我们在学校放学排队时,唱的歌就那几首歌《国际歌》《学习雷锋好榜样》《打靶归来》。这样好听的歌曲头一次从疯娥嘴里听到,这是我少女时代少之又少的一点点快乐。而每逢唱起《学习雷锋好榜样》这首歌时:

　　"……忠于革命、忠于党,爱憎分明不忘本,立场坚定斗志昂,立场坚定斗志昂!"

其中对"爱""憎"两字的理解就别样的深刻。所以我能非常清醒地懂得自己"爱"什么,"憎"什么。什么是我该做的,什么是我不该做的。我心里明明白白清清楚楚。

坡下一盘石磨是二愣家的。二愣家的院落、房顶跟我家的大门道一般平。如果不是有一排石头隔着,他家屋顶就是我家街道。磨道里二愣天天磨面,跟一头强壮的骡子一般。如果见头顶石墙上有女孩儿人看他磨面,二愣的二劲上来满头臭汗,鼻涕挂得老长不管不顾。

有时,我也会惹母亲生气。母亲生气时,就故意指着磨道里的二愣愠怒道:"将来谁会要你,你只配嫁给二愣。"这话被磨道里的二愣听到,二愣的脸涨得血红,头也不敢抬,眼角偷偷瞟上人一眼,就更加二愣起来了。任他妈怎样吆喝、打骂他,就是不肯停顿下让他妈筛面。只顾两手紧紧把着磨杆,两腿有力地蹬着地面绕着磨道狂转,嘴里还不停地哼哼连他都不知道什么意思的疯娥的小曲儿调,踢腾起磨道里阵阵烟雾一般的尘土。直到他妈拿根棍棒揳他两棒,他才能不满地甩下磨杆生气地跑掉。那时二愣已经是三十大几的人了,比起村西保定仍有娶个媳妇的渴望。这是我小时唯一感到有趣的一件事。

那时的大哥和大嫂没有盖起他们的新房,仍然跟我们住在前后两个院子。但搞不清楚他们为什么总是跟父母过不去,三天两头总要跟父母大吵大闹一场,父亲耳聋听不到什么,母亲天天泪水涟涟……

我在学校天天被同学欺负,书包里总是塞满泥土、粪便。回到家,再看到听到大哥大嫂又在跟母亲吵闹,便抱着书包哆哆嗦嗦地蹲在门外,耳朵里嗡嗡直响,似乎什么也听不清,两眼直愣愣地盯着村边那口深水井,直到大哥大嫂离去……

往事不堪回首，那是我心里永远的痛。我曾经发誓过，等父母谢世之后，只要我逮着机会就逃离这个不愿多待一会儿的村庄，我将永远不再回眸一眼。我恨透了这里的一切。

可人这东西真是奇怪，好多事情、好多时候往往说不清楚，为什么会这样？或者说为什么会那样？就像我曾经说过无数次："只要自己离开村子，就永远不再回眸一眼。"但事实上，我的心却一天都没有离开过村子。没有中断过对它的思念和牵挂。

打母亲去世之后不久，我发现大哥突然变了，从以前的不可理喻，变得一下不可思议了。好像刚刚长大的孩子似的，成熟、稳重、谦和起来，懂得处处关心和关爱起弟弟妹妹们来了。这让我们姊妹几个受宠若惊，喜不自胜。逢年过节时，他就早早准备好吃喝，分别给我们几个打电话，催我们回去跟他一起过节。于是，我们年年都一起相跟着回去，跟大哥大嫂高高兴兴地过个节（村子里的节日）。

是，大哥真的变了。我们几个都这么认为。一母同胞，打断骨头连着筋，亲了由不得，还能再跟大哥大嫂计较什么。如果再跟大哥计较什么的话，那就违背了母亲的意愿，辜负了母亲的一片苦心。是对她老人家极大地不尊和不孝。我不能。何况大哥在村子里穷苦的生活，让我看在眼里疼在心上。他喜欢抽烟，但抽的都是一两块钱一盒最廉价的"苗家烟"，连一盒三块钱的"美登"都舍不得买。

一次我又提着沉甸甸的东西，回去看望大哥时，恰好在村口碰到一个本家伯伯。伯伯他是这样跟我说："呀，你大哥可可怜哩，动不动就跑到你妈坟头上哭哩'赖儿又来看您来了，妈……'光他就碰到过好几次。"听了伯伯的话，我的心沉重如铅，只好把目光转向别处……

　　从此,我跟大哥走动得越来越紧密、越来越亲。尤其我们姊妹几个,都以大哥为中心,一旦聚在一起时,那种黏黏糊糊的感觉特别甜蜜,谁也不想离开谁。我姊妹五个的年龄相差特别大。大哥比我整整大了22岁。挨得最近的二姐比我还大7岁。在他们跟前我犹如在父母跟前一般,有了一种从未有过的那种"老小、老小"被宠爱着的优越感,甚至有时会不禁撒撒娇。

　　一年,我又回去跟大哥大嫂过节,那一次,大哥还请了一位客人——村外开棺材铺的老板,大哥说是他的朋友。大哥拿出酒来,在酒桌上对他的朋友这样说:"这是好酒、好烟。我妹妹给的。满上、点上。"非得要我也陪他们喝一杯。我呢只要大哥高兴,我就喝了。几杯酒喝下去之后,没想到大哥突然失声痛哭起来,声泪俱下地对他的朋友说:"我的这日子全凭了我这个妹妹的贴补……"

　　我的泪水止不住地哗哗往下流,发狠地想:"我一定要让我哥在村子里过得吃喝无忧、扬眉吐气一些。"除了物质经济上的补给,最主要的是给大哥精神上的补给。于是多少年来,我就这么想着、这么做着。至少让势单力薄的大哥在村中生活的最后几年里,他的内心逐渐强大一些,精神世界里不再有处处受制于人的那种孤独感。我仅仅做到这些,但大哥却已经满怀欣喜,无比灿烂了。

　　通过一次简单的社交体察到大哥,因有我这样一个小妹妹所流露出来的喜悦心情是多么的得意。

　　有一天,大哥带着一位与他熟悉的街道办主任,姓什么我记不大清楚了,总之是一位派头实足的中年男子,寻找到我的单位,把我叫到门外,请求我无论如何帮忙引见一位领导。还搞得神神秘秘的在外定了饭店。当我得知来意之后,我看看一脸虔诚的大哥又看看这位尽管看上去派头实足,但又畏畏缩缩巴巴结结的街道办主任,心里感到十分好笑。事情并非他们想象的那么复杂,街道办主任的弟弟也在井下作业,性格内向、不善言辞,近期失恋常常独自酗酒,需要有人关心、关照、开导一下。我想了想,这无非也就是几句话的事儿,根本没有这个必要。自然已经定了饭店,下班后,我便随他们去了。我得给我大哥以及大哥带来的客人买单。饭桌上我通过手机沟通,那事儿基本上就解决了,无须引见什么领导。何况那领导不是外人,是我那掏炭的男人。

  送他们离开时,那个感恩戴德的街道办主任对大哥说"您真好福气,有这样一个能干的好妹妹",抓着我的手说了一大堆的感谢话。把大哥搀扶着让进他自驾的小轿车里。大哥上车回头看我的那一刹那,那目光、神情、动作满是荣光和得意。

  目送他们离去,我在心里暗暗地想:"大哥你的尊严就是妹妹我的尊严,大哥的幸福就是妹妹我的幸福。我要竭尽全力让大哥晚年幸福。在村中挺直腰杆有骨气地做人,有尊严地活着。绝不能再像过去那样,被人欺负、伤害他。"尽管我没有太多太大的本事和能耐,但内心里时常呵护着大哥,唯恐他受到伤害。

  大哥身上有许多优点。除了过去对父母、弟妹们粗暴、冷漠了一点,但他是个非常有灵性的人,非常能吃苦,是那种拿得起放得下、干啥像啥的人。年轻时还是村里的文艺青年。有一个好嗓门,心情好时会吼上那么一嗓子。凡是民间乐器只要拿到手,他都能弹、拉、吹、奏出美妙的乐曲来。死后村里人才说,那是个人才啊!可惜了。是,真的是可惜了。如果大哥不是生在那个年代、这样的一个家庭,若生在大城市,他绝对是个出色的人才。

然而,有件让我极为遗憾、懊悔的事,至今都让我难以释怀。就是那年农历七月初五,村里又要过节唱戏了,大哥早早就等上我们了。并告诉我们,除了请戏班子唱戏,他还亲自组织了村里老年队表演节目。等我们回去之后,他就高兴地急匆匆把他那些系着彩条的锣、鼓、镲、大烟袋,各种杂七杂八的表演道具,统统拿出来摆放在阳台上,给自己头上扎了一条红丝带,脸上涂了红红装扮了一番后,在我们面前抖擞了一番,就安顿我们:"你们去看戏啊,一定去。"他因等我们姐妹几个等的已经有点晚了,得赶紧去跟大伙集合。"这事不能再晚了,再晚……"他嘴里边絮絮叨叨着往外走,边一个个叫着我们各自的名儿:"去啊!都去。"急忙忙赶往戏场。

"啊!啊!啊!"我跟二哥还有两姐姐,都冲着他匆匆离去的背影,啊啊着。我知道我们都在敷衍大哥。村子里每年的这一天,都会闹腾着唱几场戏。大哥说过,只有这个借口才能从这边煤矿讨要回点赞助费来,给村民们发袋米面。不然,一年四季都没个啥意思,就是想给村子添点喜气。所以他每年都会这么闹腾几天。除了请来的戏班子人马,还会邀请乡镇领导驻地单位代表、嘉宾们。大伙儿也能跟着混在一起,吃吃喝喝乐呵上几天。大哥一直都这么想着,每年也都这么闹腾着。大姐跟二姐虽然喜欢看戏,但每年都看也就觉得没什么意思了。早就表露出不想去看的神情来。姐妹几个都愿黏糊在一起说说说不完的心里话。"啊啊啊",那是敷衍大哥的。我知道二哥跟我一样不喜欢看戏。至于二哥是否接受大哥的再三叮嘱,我不得而知,但我知道我是绝对不会去的。

二哥以及两个姐姐他们跟我不一样。我所经历、经受过的苦难他们根本不知晓,也无从知晓和体会我内心的伤痛。多少年来,回村不论是看望活着时的母亲,还是后来看望大哥,我一直都像个逃犯似的,仅限于在母亲的家中或者后来大哥的院落中走动走动,然后迅速离去。从来没有风光、体面、愉快地在村中逗留过。就这样一直徘徊在伤痛—牵念—无奈之中。

我能做到的也就是一再地隐忍和逃避。

许多事情尽管已经过去多年了,扪心自问,我完全可以做到不计较、不计恨。但不计较、不计恨,并不等于我能做到彻底忘掉一切。这一切就像刀疤一样,一道又一道深深地刻在了我的心上,不是我想忘掉就能忘掉。就好比曾经被毒蛇咬伤过,即使没有要了你的命,但这条毒蛇的影子,永远不会从你的心灵里、脑海中消失一样。

所以我不喜欢看戏是一个方面,但主要的还是不愿在那种场合,遇到任何一个我根本不愿遇到的人。我不想看到他们,但凡看到他们我心一准像被锥剜一样难过。

于是,饭罢,远远听到戏场院里传来了戏前的击鼓声,我就悄悄躺在了炕上……

那天二哥跟大姐二姐他们好像商量过似的,都以为我真的躺着睡了,便前脚跟后脚都去了戏场,看大哥的表演给大哥捧场去了。然而,让我万万没想到的是,七十刚刚挂零的大哥,那已经是他在人世间唯一最开心、快活的最后一次了。

我却……

我混蛋!我无数次地责骂自己。没能让走到生命尽头的大哥高兴地看到我,也没能让他从这个他越来越疼爱的这个小妹妹的眼睛里,看到他自己开心快乐时是什么样子的。我很后悔,常常在想,如果有来生,我绝对不会再让大哥失望。即使满村都是蛇蝎、猛兽、豺狼,我也绝不再畏惧:"对不起!大哥我让你失望了。"

对不起!我望着天空,向大哥真诚道歉。并郑重向他宣告:

"大哥,村子即将拆迁了,你的院子也将不复存在。也许这是最后一次,我匆匆赶回来在您的院中跟您告别。同时也想最后好好看看咱这村,咱这地儿,恐怕再没机会了。以后在什么地方,什么时候才能再见到您,大哥,我真的不知道。您能了解我此时的心情,对吗?"

六

简单地在二侄儿家吃过午饭。所谓简单,就是一锅烩菜:粉条、土豆、大白菜,一小盘瘦小的火腿肠,一盘炒鸡蛋。目前对这个家来说已经是极佳了。我的心情很沉痛,匆匆和大哥的亡灵以及大嫂一家别过。在两位朋友的陪伴下,继续我最后的村庄之行。

开始不停地向两位朋友讲述:这条道就是我回家的必经之道,道旁曾经有一眼供养半村人的水井。自从19岁的二姐出嫁之后,十二三岁的我,不得不时常牵着父亲的手,穿梭在井台和家之间,穿梭在村里人的白眼和嘲笑声中……

几十年过去了,路还是原来的路,但水井没了;这是我小时候推过的碾子,现在还比较完好。那些石头墙缝,是小时候为过年做豆腐,早早儿跟二姐帮父母去掏旮旯土时的石头墙。掏晚了豆腐就做不成。因为全村人都在掏,所以这些石头墙缝没有我没掏摸过的。小手被冻得跟个水萝卜似的。但一想到过年能吃上豆腐、吃上好吃的,再苦、再累也蛮欢心。那时小,还根本不懂什么叫困苦、不幸和灾难。看来小时的无知,便是人生最大的快乐——幸福。人生的一切烦恼、困苦、忧伤都来自你逐渐长大,有了对事物的感知和认识。所以人啊,最好永远也不要长大。这就是我悲悯的人生观。

看到了吧!这垃圾成堆,倒塌老屋、街道狭窄,坑坑洼洼、杂草丛生的地方,是我们家的枣树坡,杂草丛生的枣树林。那个年代,枣树是我们家的,但是枣树上的枣属于大队集体的。那边山坡上,新起建的这两栋高楼,就是你们在南山拍到的所谓"庙"中的两栋。事实证明这的确不是"庙"。但你们问我有没有人住,这不明摆着的。有钱人不可能在这里住,没钱人住不起。分明只有一个意图,等待拆迁增值。

郝佩佩不解地说:"既然这么有钱,这又何必呢?"

这就是人和人思想、理念、价值观的不同之处罢了。

其实,你们也不可小看我们这个破村庄,是出人才的。有银行家,有做大了的房地产开发商。可这一切又能说明什么呢?说明农村经济发展了?人们的生活都富裕了?

爬上那道小坡,我眼前一亮,前方尽头处贴着大红福的那个门就是我曾经的家。我的心一下子热血沸腾起来,仿佛小脚的母亲就盘腿坐在街门前的石头上,跟以往一样手里夹着一支烟,伸长脖子在一遍一遍地瞭望我跟二哥姐姐们随时可能出现的回家小道。母亲视力非常好,老远就能辨认出我们来。一旦望到我们,小脚的母亲就会立刻站起身来。从小道这头到母亲身边,我们需要5分钟的时间,母亲就在街门口直直地站上5分钟,直到把我们迎进门……

温暖的季节里,通常母亲坐在街门前的枣树荫荫下,盘腿坐在石头上等待、观望小道上来往的人时,身上时常揣着两种香烟,一种是她自己抽的一两块钱一盒的廉价烟,另一种是我跟二哥孝敬她的上等好烟。比如牡丹烟、凤凰烟、阿诗玛、红塔山、芙蓉王、中华烟等等。母亲舍不得自己抽好香烟,都用来招待街坊四邻,及从山峁上庄稼地里下来的那些村里上年纪的老头儿、老婆婆们。他们都愿意跟母亲一搭儿叨歇歇(聊天),一叨歇就是一下午,烟头插进石头缝隙里、烟灰弹下一地,叨歇歇叨到天黑。那些老头儿老婆婆们,为了多抽母亲几支香烟,甚至延误了出工和忘记回家吃饭的时间。这期间母亲还会从院子里摘一些小菜送给他们。之后,才在一片爱慕的啧啧啧声中离去。

我曾经不满地埋怨母亲:"那是专门孝敬您的好烟,您自个儿舍不得抽,却大方地都给别人散了?"母亲听了我的话,愠怒道:"人家吃上传了名,自己吃上沤了粪。"说我:"你懂个啥!"

尤其街坊四邻的小媳妇们手里拿着针线活,边做针线活边跟母亲拉家常。还时不时地跟母亲讨教大人或者小孩生病时可以采取的一些土办法。比如说,谁家有小孩子生病了,来问母亲怎么办?母亲会让她把小孩抱过来看看。只要母亲伸手摸一摸小孩子的手脚、额头,再仔细观察小孩儿的眼神、面色、精神状态,母亲就会立刻做出判断,告诉她们这个孩子是否受了惊吓,那个孩子是否着了凉了,是否吃了什么不干净的东西。然后母亲便根据孩子的情况,以及她的判断把处置的办法一一教给她们。嗨,真是奇妙,保准用不了三天,小孩的妈妈就会高兴地跑来告诉母亲,她家小孩儿好啦!啥事儿没有了。不仅不哭、不闹,也开始好好吃饭了。母亲的办法屡试不爽。

一到秋天,打谷场上扬谷子的男人们很容易崩落眼,一旦崩落眼,他们就会来找母亲。母亲就拿根筷子,把他们的眼皮轻巧地翻起,用麦芒把眼皮里磨出的红疙瘩打磨掉,然后漱口后,用舌尖轻轻地把眼中的异物给取出来了,过两天他们的眼睛就完全好了。

这是母亲的绝活,无人能取代。村里很少有谁说母亲个"不"字的。母亲去世后,祭日那天整个村子大部分人家都来给母亲焚香上供了。即使曾经跟大哥有恩怨的人,一时不好意思走进大哥家的院落,也通过别人或者从大门外送进一张白纸来,以此表达对母亲深深的缅怀和敬意。我非常难忘,非常感动。

这是我的母亲——一个睿智、干练、善良的老人。

尽管母亲离开我们很久了,但只要我站在家门口,好像依旧可以看到笑吟吟地、露出我给她镶上的像保定他妈一样洁白的一口假牙,从老远就迎接我们儿女回家的老母亲,以及老母亲头上扎着的白色纱巾跟她长年喜欢的不愿意改变颜色的鱼肚白掖襟襟袄。

站在母亲的大门前,我不禁在心里呼喊道:"妈,我又回来看您了。"

下意识地抬头望望屋顶,高处枯干的枣树下,希望看到长年坐在那里唱小曲儿的疯娥。然而,让我遗憾的是横在我家院中的西房里,不再住着疯娥一家了,而是住着另外几家外来户。自从那个让疯娥一世都厌恶的丑陋的板嘴男人死后,疯娥便放浪形骸,抛下三个同样歪瓜裂枣的儿子,不知去哪里追寻她一生期盼的美满爱情了。不过,只要我站在我家门前,耳畔里疯娥这个可怜女人熟悉的小曲儿就会在我的耳旁萦绕起来:

碗盏盏点灯,半炕炕明,

烧酒盅盅挖米啊呀呀,不嫌哥哥穷。

……

石头上种树,扎不下根,

玻璃上亲嘴啊呀呀,急死个人。

……
拉上胡胡(二胡),哨上个梅(笛子),
咱二人相好啊呀呀,好了一辈辈。
……

  推开大门走进院落,时过境迁,早已物是人非了。母亲曾经居住过的院落,夏日是何等的怡人。种植的六七种果树,有梨树、苹果树、桃树、杏树、葡萄树还有一棵樱桃树,年年都挂果,种植着各种各样的新鲜蔬菜,我们吃都吃不完。水池旁栽种着五颜六色的各式各样的花卉,胜过公园。吃不完的蔬菜,母亲会用系在腰间的围裙包上,从村东送到村西,送到保定他妈——那个一直让我念念不忘在磨坊后院里,曾经给我娘俩冲红糖水喝的娘娘家。我非常赞成母亲的做法。至少母亲为我做了本该是我去做的事情,让我的内心得到了些许慰藉。亲爱的母亲一生都在为世人做着善事。以至于母亲一生纯朴、善良的人格品质,就是我一生取之不尽、用之不竭的精神财富。注定道德良心永远成为我的主导者。

  晚年的母亲疾病缠身,尽管我们兄妹几个竭尽全力,也没能挽留住她老人家再多过几天好日子。父亲更为可怜,可说一天好日子也没有过过。在我出嫁后的第三年,还没能力、没来得及孝敬劳苦了一生的父亲,他便匆匆离我们而去了。给我留下了太多难以弥补的遗憾。

  这房屋虽然盖得不是很结实、气派,但对于当时的我跟父母来说,已经非常非常好了。

  那是年仅20岁的二哥给父母盖的。那时当兵四年的二哥本来还想继续在部队服役,部队首长非常器重他,首长的女儿也看中了他,还背着二哥多次给我们家里寄来各种信物:父亲需要的眼药水;母亲需要的麝香膏药以及各种毛主席像章,还有她本人——一个漂亮姑娘独自站在天安门广场的留影。无疑,二哥原本可以有的极好前程,却被父母给彻底毁了。贫困交加的父母一封封家信,死命地催逼二哥转业回来。后来我常为二哥痛惜。二哥苦笑着说:"不回来咋办。"

因为那时母亲不知道从谁口中得知,说二哥要上前线了。其实,二哥在信里写得非常清楚,他们部队要转移到内蒙古草原。但这封家信,始终不知道是谁给母亲解读的,说转移内蒙古大草原就意味着上前线。那时,我已经朦朦胧胧有一点点意识,我记得非常清楚。母亲领着我,在村中树荫底下的碾子旁,手里拿着两颗鸡蛋,准备跟走街串巷、挑着货郎担担的货郎交换一些针头线脑时,村里人都围上来询问母亲:"听说你二儿子的部队又要转移,这可不是一件好事。"并你一言他一语、七嘴八舌地为母亲分析、担忧起来。这可是边界线啊!很有可能就要"开打"了……

我见母亲也不跟货郎做交易了,盘腿坐在地上目光呆滞、一言不发,把两颗鸡蛋放在地上,用手指头一个劲地扒拉着转动,不停地转动。最后突然站起身来,冲天"嗷"地大叫了一声,不顾一切地朝村外跑去。我哭着喊着死命地追赶母亲……

打那以后,母亲就疯了。我跟二姐天天哭着守着不吃不喝的母亲身边,寸步不离。一不留神母亲就疯狂地不要命地往村外跑……

直到1970年年末,二哥复员回来后,母亲的疯病才逐渐好转起来。

退伍转业回来后的二哥,一身绿军装英姿飒爽,再加上二哥温良和善的性格,被村里的姑娘偷偷地喜欢着、追逐着。上门提亲的人几乎踢破我家的烂门槛。二哥后来被人武部安置工作了,工作后的二哥也很快就结婚了。因为对方当时不嫌我家穷,不嫌没房住……

然后二哥凭借手中二三百块钱的家底,从丈人家借了一些钱,为父母盖起这几间土坯房。

那时,我们家的老危房冬天漏雪水,夏天漏雨水,大风一刮梁柱嘎嘎作响,泥土像冰雹一样从屋顶往下掉。随时都有坍塌下来的可能。二哥见状,强行把我跟父母还有准备出嫁的二姐,塞进人家闲置的一孔破窑洞里暂住。可没想到,这一住就是整整三年。三年后,我跟父母才迫不及待地从那口黑咕隆咚的破窑洞里搬出来,住进二哥仍未完全盖好的新房里。因为资金短缺,屋顶刚刚上过头遍泥,还没来得及使用白灰、炉渣和水泥混合物进行踩压。两间屋子仍没安上门窗。母亲就急匆匆地夹了面板,提上菜刀,拽上我的小手,迈开她的小碎步,噔噔噔地向自己的新家走去。

母亲坐在还冒着热气的土炕头上,长长地嘘了一口气说:"从今起,咱就住咱的'新家'了。"

我见屋顶还在往下漏湿泥,担心地问母亲:"这就能住了?"母亲说:"再怎么说也比住别人家强。"我眼里满是泪水。二姐刚搬到那黑漆漆的破窑洞不久,就从那里出嫁走了。就剩下我跟父母。我知道,我跟父母在那黑咕隆咚的破窑洞里,受了多少屈辱、伤害,是怎样熬过了这漫长的三年的。因为,在这个破窑洞的院落里,住着两姓老死不相往来的仇敌,一家比一家厉害。院中垒着一堵"堡垒"墙,我们家跟谁家都不能靠近、不能往来。跟一家往来,就会遭到另一家莫名其妙的白眼、谩骂。甚至有件事,让母亲悲痛地哭了好多天。

二哥在外工作过得也极其不易。被分配在极为偏远的山乡当武装部部长，每月也就是二十来块钱的工资，收入低。二嫂当时也不是什么正式工作，跟着二哥只属于那种什么农用干部，我记不清了。反正跟孩子的户口还在村里落着。用粮票时，就得回家来装粮去巢。所以我们家就是五口人。五口人吃粮，仅仅靠父亲这样一个半劳力，所挣的那最低微的工分，连基本口粮都分不回来。如果二哥不能及时补交粮款，剩下就是挨饿。

现在这房子，就是温良孝道的二哥，经过多次为父母修缮后，把以前的木门窗户，换成现在的砖墙、玻璃门窗。不过现在依然不能再住了。房屋严重破裂、倾斜了。底下煤矿的巷道已经贯通了这个村子。

唉，当我的目光落到东面那间宽敞明亮的小厨房时，就不由得想哭。那是我跟丈夫亲自帮二哥给母亲盖起的。母亲一生都没有使用过一个好厨房。一过清明时节，渐渐进入炎热的夏日，家里火炕热的就没法做饭了。每年母亲都得在院落一角，做一个临时的火——猴儿火。就是把饭锅扣在地上做模型，用红胶泥土配上麦秸再洒点盐，塑起一座圆鼓鼓的酷似一只猴子的泥火台，后面掏个小口为烟筒，前下方掏个大口掖柴火，所以称为猴儿火。烧的是玉米秆、高粱茬或者枯树枝。母亲连个顶棚都搭不起，只要刮风下雨就没法做饭了，只能把它用塑料布严实地苫盖起来，不然，别说一场大雨，就是几点小雨，苫盖不及时，它也会很快变成了一摊烂泥。

所以为能尽快解决这个问题，为完成母亲一生都在期盼的这个小小愿望，事不宜迟。我跟丈夫雇人拉回最好的水泥、沙子、木料、砖石，请来专业的泥瓦匠，一砖一瓦地连明着夜地给母亲盖起这间精致而结实的小厨房。

母亲看到光滑的灶台、碗橱,高兴地用手摸了一遍又一遍,还说她一边做饭一边就可以从明亮的玻璃窗口,看到从大门进出的人,甚至坐在厨房里不愿回屋里躺一躺。

尽管那时我们都知道母亲她老人家的身体状况一天不如一天,每况愈下,生命的火焰犹如即将燃尽的油灯……但还是加紧做了这件事,算是尽了作为女儿应尽的最后一点孝心。假如母亲她老人家还健在的话,我一定……唉……假如毕竟是假如。

我之所以如此眷恋我家这个小院落,除了忘不掉跟父母一起生活过的日子,更主要的是十三四岁的我,从这个小院落里,开始听到、看到、了解到外面的世界。因为我家那两间没有安上门窗的敞房,很快住进来了工程部队赵连长一家。军人赵连长带着他的兵,拉来砖头、砂石、水泥按他们南方人的居住方式和习惯,把那敞房很快收拾出来,砌了门墙、灶台、通火暖墙,将一个空空荡荡的敞房,变成里外两间宽敞明亮的屋子。

赵连长家有三个孩子,打那时起我们家的小院子一下变得热闹非凡起来。身穿绿军装的军人们不断进进出出。我家的水瓮时常满满的。基本上我就不再牵着父亲的手去水井台挑水了。赵连长一家都非常友善,一口一个大爷、大娘地叫着;一口一个小妹地喊着。我们一家人感到特别温暖、欣喜。拉到院中的煤炭,再三嘱咐放心用、尽管用。父母听不懂赵连长一家的湖南话,但赵连长口中常常说的"模糊模糊的"我完全理解为"蛮好蛮好的"。他们一家每吃一顿香喷喷的白米饭,都要送一碗过来。我和父母都感到不好意思,又无法推脱。尤其是我,每到吃饭时就早早躲藏起来。不然赵连长两口子,除了给父母送过白米饭,还非得喊着"小妹,小妹"让我跟他们的几个孩子一块去吃饭。我太难为情,往往就爬到房顶上。躲藏在房顶旁边的那棵枣树下看那翻烂了的小人书,或者干脆跑到枣树坡里去,找个寂静的沙窝躺下来,枕着自己的两条胳膊,瞪大眼睛透过窸窸窣窣的树叶缝隙,看那斑斑驳驳闪耀着钻石般光芒的蓝天。脑子纷纷扰扰的,想着根本不知道什么叫作未来的未来。但疯娥依旧在我家屋顶高处的枣树荫荫下,唱她永不厌倦的小曲儿:

上堰堰的糜子,下堰堰的谷,
哪里想起哥哥啊呀呀,哪里的个哭。
……
喜鹊鹊飞在,圪针针上,
咱二人死活啊呀呀,相跟上。
……
蒸了一锅莜面,掇了一圪枝柴(当地音:sai),
大门口瞭哥哥啊呀呀,磨烂我一对鞋(当地音:hai)。
……

我也不明白她到底是在为谁而唱,唱得那样痴情、凄婉,搅扰得我更加心烦意乱。

后来,跟赵连长一家的交情就越发紧密了。因赵连长的家属也要出去工作,请求房东大娘帮忙照看他们的孩子。母亲二话不说就答应下来了。我也开始懂得力所能及地帮赵连长家收拾收拾被淘气的孩子们折腾得乱七八糟的屋子。赵连长屋子里最多的东西就是书籍,被孩子们撕扯和踢腾的床上、床下到处都是。我就一边收拾一边偷偷翻腾着看,然而被细心的赵连长发现了喜欢看书的我。他就让我尽管拿去看,看完后我工工整整把书还回去。赵连长就源源不断地从部队给我往回借书,一借就是厚厚的好几部。甚至他都没有来得及看,从部队回来就隔着玻璃窗喊:"小妹、小妹,书!"每一部上的后封都盖着解放军某某某连队的大红印章:《三探洪崖洞》《永生》《红岩》《林海雪原》《钢铁是怎样炼成的》等等。那时,书便成了我唯一的精神食粮和别的孩子们所没有的最大快乐。

　　细想起来,恐怕这也是导致大哥大嫂特别记恨父母的地方。大哥仍住在他低矮的破旧的东房里,院中几间西房住着疯娥一家。祖上总共留有五间老旧的正房。其中三间正房不属于我家的,但还可以勉强住人。属于二哥那两间摇摇欲坠的老破屋,被二哥杵塌了。历经重重阻挠、千辛万苦才在后院给父母强行盖起这五间房屋。狭窄的老屋地基在那里闲置着。所以大哥跟父母前后院相隔着,出出进进看到父母住进二哥盖起的新房,大嫂妒忌不满就时常挂在脸上。尤其记恨父母不精心关照他们的孩子,而是帮别人家带孩子。那时二哥的孩子也常常被送回来,由我跟母亲带着。二哥二嫂他们所在的山区没有水吃,长年吃的都是旱井水(存储起来的雨水),十分枯焦。孩子跟着很遭罪。大哥大嫂并不能正确理解认识这一切,而是一劲地指责谩骂母亲偏心眼,也不能跟母亲融洽地协商解决他们所遇到的困难和问题。而是采取十分强硬、粗暴的态度。这让父母很伤心难过。他们下地干活时,大嫂不是把孩子们赌气地丢在母亲的家门口,就是一脚踹开门子,理直气壮地一把将孩子按在母亲的炕上,然后声都不吱一下,黑板着脸离去。所以大哥大嫂的孩子们母亲也得照管着。尽管如此大哥大嫂还是不满,动不动寻机折腾父母。唉,如果大哥大嫂能稍微明理一点的话,母亲再苦再累照看自己的亲孙子义不容辞、毫无怨言,也不会时常忍气吞声、泪水涟涟。

　　那时我跟父母心中的酸甜苦辣,就跟黑夜里躺着火炕上的滋味是一样样的:下面热、上面冷;白天笑着、晚上哭着,喜悦和痛苦总是紧紧捆绑在一起,割也割不断、掰也掰不开。

赵连长家住了不到三年就搬走了。我们一家受人家的恩泽不浅,我跟母亲含着泪水依依不舍,一直将赵连长一家送出村外,直到汽车远去。

赵连长一家搬走之后,不久我家院落里又住进了七八个省城来的知青大哥大姐们。他们个个不仅年轻、漂亮,而且能歌善舞,充满无限活力。他们的到来也给了我许多的欢欣和快乐。我非常羡慕喜欢她(他)们。她(他)们也非常喜欢我,跟我一起玩。经常给我的手腕上戴个皮筋,手腕子上能够戴上根橡皮筋,对于那时的我来说,是多么的奢侈啊。或者她们给我梳个她们那样的头型,我欢乐得简直跟个小麻雀一般,从这个屋子跑到那个屋子。看她们写毛笔字,听他们拉二胡、吹口琴……

这段时光恐怕也是疯娥最快活的一段时光。因此她的小曲儿从早唱到晚:

沤了你的草帽,湿了你的鞋,
打一会会儿不来啊呀呀,我心里那个灰。
……
一对对疥蛤蟆,井沿沿上爬,
一对对的相好啊呀呀,爱你不爱他。
……

这批知青大哥大姐们都处在谈婚论嫁的年龄,所以男来女往的,我想疯娥是在吃醋,你听她唱的:

红皮皮杏儿,黄瓤瓤,
干看你漂亮啊呀呀,不吃香。
羊肚肚毛巾,三道道蓝,
想见哥哥啊呀呀,难上个难。

……

疯娥的小曲儿虽然俗不可耐,但至少给我孤寂苦闷的心起到一种调节释放的作用。

有时,也会让我忘乎所以,莫名其妙地遭大嫂一顿骂。我惧怕上茅厕。上茅厕时,我总是探头探脑,看看大嫂是不是站在家门口,如果一不小心被大嫂看到,大嫂即使不便大声骂我,也会狠狠剜上我一眼。我只好尽可能地躲避着大嫂,不让她看到我。这样我才能够保持一个相对快乐的好心情,去帮助父母做我应该做的许多事情。

这批知情大哥大姐们走后,我们家院落一直都没空着。凡是住进来的人,都是给我带来幸福、快乐的人。我无法忘记带给我和父母幸福、快乐的那些人,更无法忘记我跟亲爱的父母,生活居住过的这个小院落。无尽的回忆常常把我带回到这家来。每每回想起来仍旧身临其境、历历在目……

恋恋不舍地离开了我家那个曾经充满无限快乐和无限忧伤的小院落后,我带着我的朋友绕过门前的小道,从我家的枣树坡,开始沿那条陡峭而又逶迤的羊肠小道向北山进发。脑后仿佛仍能听到疯娥当年所唱的小曲儿:

荞麦开花,红秆秆,

有心和你啊呀呀,没胆胆。

你街我街,一样样的宽,

一棵杨树啊呀呀,堵了个严(当地音:an)。

……

前半夜想你,翻不转个身,

后半夜想你啊呀呀,点不起个灯。

……

七

爬北山比起爬南山相对容易得多。毕竟村子死靠着北山。感觉似乎没用多大力气,我们就爬上了北山。

想当年,广袤的北山光滑而平整的梯田地,好似辽阔的大草原。村中大半良田都在这北山之上。庄稼茂盛,生机盎然。初春,村民们就早早地把土地耕翻、耙平,把一块块土地平整得跟绸缎一般绵柔,然后,把粪土早早运送到地头。清明节一过人们也就进入了一年当中最繁忙的季节,便吆喝着大家出工。那时整个村子,人欢马叫、鸡犬争鸣,一片欢腾景象。你看吧,男男女女肩扛、手拿农具,赶着牲口晃悠悠、慢腾腾地向田间地头走去……

而眼下这一切,面目全非了。荒寂的山峁甚至令人感到恐惧。呈现在人眼前的除了高压线飞过的墓土堆,恐怕入眼的就是退耕还林时,村民们在自己家的土地里栽植的没有成活了的几棵果苗,仍然在寒风中顽强地挺立着。看起来它们似乎还想千方百计地生存下来,等待有一天绽放美丽的花朵,结出它们甜美而成熟的果实来犒劳辛勤的主人。可这些可怜的植物,它们还根本不知道它们的生命即将结束,死亡对于它们来讲,已经成为不可挽回的定局。

这荒凉不堪的土地垃圾成池、杂草丛生,到处是采空、塌陷的暗窟窿。倘若一不小心,很有可能被滑落或陷入窟窿中。

我不得不时刻提醒我的朋友注意安全。毕竟我土生土长相对比较熟悉这里。

经过黑家峁洼父母的坟地时,朋友一同跟我在父母的墓碑前,庄重而肃穆地鞠了三躬。然后又到大哥的墓土前深深地鞠了一躬。我怀着愧疚之心,默默地念叨着:"大(爸)、妈、哥,我来得比较仓促,没有给你们带啥礼物。马上就到清明节了,你们的孝子、孝孙们到时会给你们送来吃喝穿戴的。至于我嘛,事出有因,敬请原谅这一回。"

我抬头看天,天空晴朗,没有阴霾和晦暗,看来父母跟哥都能够理解和原谅我的。心里便有了些许的慰藉。

告别父母墓土,顺着退耕还林时人们开辟出的唯一车道,缓缓地朝我向往的圣堂坪山峁爬去。

此次回村,这里是我必须要到达的一个目的地。我在想,如果我这次不去,一旦失去这次机会,我将遗憾终身。这里留有我太多无尽的回忆。一山一水、一草一木深深地扎根在了我的心田里、脑海中。多少年来,梦中还常常不是嚎啼着,就是疯狂笑着在这座山峁上独自游荡。魂牵梦绕,可见这里对我有着怎样深、怎样大的印迹和魔力啊!

小时候,我犹如一只顾家的老母鸡。初春早早吐露出的嫩绿,恐怕没谁比我发现的更早。我不仅得漫山遍野地寻找,除了人吃的野菜还得给我们家的家畜们弄吃食,成天滚打在这土地里。总觉得土地就是仁慈的上帝赋予我们穷人家最大的礼物。只有土地才是我们生命的根本。如果没有了土地我们还能够生存、生活?那时我在地里头挑苦菜、割羊猪草时,就常常独自这么奇妙地思考这个问题。

母亲常对我说:"愿求地皮,不求面皮。"所以,我尤其热爱这片土地,思念这片土地,是它养育了我。无论悲伤、欣喜、屈辱还是磨难,都给我留下了太多的不舍和铭心难忘的记忆。

而今,却变成这个样子,真让人心痛。

走吧,再坚持一会儿,我们很快就会到达那个地方——圣堂坪山峁。见郝佩佩跟马林二位朋友略显疲倦,我只好鼓励他们。坚信他们一旦到达那个地方,也会很快喜欢上那座山峰的。

因为,站到那里我们就可以放眼望到四周的村庄;望见远处座座山峦;望见山下那条哗啦啦流淌着的汾河水,跟屯川水汇合在一起时激起无尽的欢快浪花时的那种情景。那种情景往往会让人产生某种奇思妙想或者疯狂念头。我就是无法忘记这一切。无法忘记当年站在那里时,曾经有过的疯狂念头和激情澎湃、浮想联翩时的那种冲动感;也无法忘记曾经站在那里,对着苍天、雨幕,痛彻心扉的嚎泣……

初中毕业等待高中录取通知书的那个暑期,生产队长把李星星、曹变变和我三个女学生,带到离村子最高最远的这个山峁上来,锄头茬黄豆地。队长交代我们说:"这块地是 18 亩。每亩按 5 个工分给你们计算。必须在三天之内锄完。必须得锄好锄透了,不能残留杂草,不能在地皮上轻轻地随便划拉两下就算完事。庄稼这东西是糊弄不得的。到时我来检查,如果不合格,那可是要扣分的。记住了啊!"队长亲自交代之后,走了。

这是我们人生中第一次正式参加生产队劳动。有几分兴奋,有几分惆怅。兴奋,是因为自己终于成长为一个能够跟大人们一样等同工劳动能力的人了。惆怅,是因为自己还没有掌握干活的技巧,不知道能不能干过那些大人们。

我们仨就站在这块高高的山峁上,望着绿油油的一望无际的黄豆地,发起愁来。黄豆苗长势非常好,足足有一圪蹴高。也许是阳光、粪土加雨水充足的缘故,在黄豆苗中混杂着的杂草也长势疯狂,甚至高过黄豆秧。三天,只给三天的时间,我们能锄完这块地吗?我算了算,如果我们三个三天锄完这块地,那么就意味着每人平均能挣到 30 个工分,等同一个强壮劳力—— 一天一个满工——10分。幻想着如果能按八毛钱一个工计算的话,那么只要三天拿下这18亩黄豆地,我们每人就可以挣到两块四毛钱。那时傻乎乎的,也不曾想那工分只不过是为家人贴补的工分数,而不是能够立刻给我们兑现的现金。可我们不懂,只是一个劲在狂想。钱对于我们来说有多么重要,都是十六七岁的大姑娘了,都想这两块四毛钱一旦到手,首先给自己买一双新鞋穿是不成问题,然后还想着给自己买一些急需要的生活用品。比如,牙刷、牙膏、卫生纸等等。心里想着想着,那两块四毛钱就像是已经亲眼看到似的,唾手可得。所以我们不再犹豫发愁了,并且信心百倍、干劲十足。

"干吧!别人能干的,我们也一定能干。我就不相信我们干不好。"我像给自己下命令似的说。

于是,我们仨纷纷挥起了锄头。

第一天,我们仨中午都没有回家吃饭,一直干到麻黑。

第二天,天刚蒙蒙亮,我们仨就相互吆喝着爬上这座峁,一句话都不说,跳进地里就挥动起锄头拼命干起来。一会儿并排着锄,一会儿又分散开锄。汗水直淌,眼睛被汗水冲洗过后,辣得睁也睁不开,就撩起衣襟擦一擦。锄上一会儿,就心急火燎地抬起头,从这边往那边望,越望越觉得遥远,越望越觉得望不到头。太阳火辣辣的照射着大地,焦烤得人像一只只从开水中捞出来的鸡。李星星扔掉锄头,展阔阔的躺在黄豆地上说:"我真的受不了啦。"我跟曹变变拄着锄头远远看着她,不知说什么好。后来,我不知道哪来的那种激情和冲动,嗓子痒痒的,特别想唱歌。可是,又一时想不起唱什么歌来。当然疯娥所唱得那些小曲儿不适合我们姑娘家唱。

于是跑到峁巅上,对着下面那条哗啦啦淌流着的汾河水,大声噢噢啊啊起来。噢啊了半天后,才突然想起村子里每天清晨扩音喇叭里播放的那首好听的歌。我特兴奋,我会唱。先是低低地唱,唯恐山上有什么人听到笑话。后来发现整个山峁上除了我们仨,再没有人。反正想到苦难屈辱的初中生活已经彻底结束。不怕谁再嘲笑、打骂了,干脆放开来唱。于是望着汾河水唱起了:

  泉水叮咚泉水叮咚泉水叮咚响,
  跳下了山冈,
  走过了草地,
  来到我身旁。
  泉水呀泉水,
  你到哪里你到哪里去,
  ……
  请你带上我的一颗心……

唱到此处我非常投入,感觉自己已经把那颗纯洁美好的心灵,完全托付给了一个连自己都不清楚、不认识的远方的"他"。

  ……
  泉水呀泉水,
  你到哪里你到哪里去,
  唱着歌儿弹着琴弦,流向远方……
  请你告诉我的心上人,
  ……

唱到此处时,那种无拘无束、无所顾忌的感觉从心底喷涌而出,与山下哗啦啦流淌着的汾河水融汇在了一起。这种美好的感情陶醉着一个少女的心,仿佛无形的远方的那个"他"给了自己无穷无尽的力量和勇气。

不要想我也不要想家乡。

……

(省略的部分是没有记住的歌词)

泉水叮咚泉水叮咚流向远方,

泉水叮咚泉水叮咚流向远方,

流向远方,

流向远方。

……

  我的歌声似乎感染了我的同伴,她们也跑到山巅上来,跟我一起对着哗啦啦的汾河水,大声唱了起来。唱的七高八低,参差不齐。但我们心里感到不再那么憋屈得慌了,反而感到越来越轻松越来越愉快。我们就这样一直不停地唱着,反反复复唱了好多遍,唱累了,唱够了,唱哑了。心中的一切不痛快也随风而散。我心里在想,她俩一定也跟我一样,把自己纯洁的那颗心灵,也托付给了远方的那个"他"了。走,干活去!

  第三天,太阳落山时,生产队长来验收,检查我们锄地的质量和完成情况。他一跳进地里,就大声嚷嚷起来。这这这,这不是在锄地是在毁坏。看看看,看可惜得把这么好的黄豆苗都给锄死了。他边往起捡地里早已被太阳晒得跟杂草一样蔫吧了的黄豆秧,边往胳肢窝里夹。不一会儿就搂了一大堆豆秧,甩在我们仨面前。然后环顾了一眼仍然没有锄完的黄豆地。气呼呼地说:"还想挣工分?你们挣屁吧!"队长搂了一大堆黄豆秧,怒气冲冲地从地埂上跳下走了。曹变变担心地说:"他不会把黄豆苗搂到大队去吧?如果是的,我们可真的挣不到一个工分了。"李星星发咒说:"他要是真的这样做,就让他不得好死。"

  我倒是想,吕队长他不是那种人,也不会那么干。因为在我的印象中,吕队长一直是个好人,从来没有听说磕打过人。只不过是把那些黄豆秧搂回家喂羊去罢了。最终证明我的判断是正确的。

我们仨拼死拼活干了三天,三天都没有回家吃过一顿午饭。这18亩黄豆地,只锄了一半。在太阳底下暴晒了三天,嘴皮都干裂得流出了血。可当队长把我们除死的豆秧甩在我们面前时,我们无话可说,心疼得要命。可我们不知道怎么搞的,锄头在手里总是不听使唤。锄草时一不小心,就会把豆苗和根部的杂草给一起除掉。累了时胳膊腕尤其发酸发抖,执不住锄头。本来是瞅准除掉那棵草,结果一用力,草没除掉,倒把那绿油油的一棵豆苗就给除掉了。我们第一次尝到了劳动的艰辛和失败所带来的挫败感。心里灰扑扑的,很是惭愧。自己连这点农活也干不好,以后,让村人怎样看?经过一番商量后,第二天一大早,我们仨还是照常出工了。不论结果如何,但剩下的半块地一定得锄完。

那天,我们仨分头各自选择了一处没有锄完的沿边地,为的是不在一起少说话,多干活,争取在两天之内把剩下的黄豆地全部锄完。扣不扣工分已经无所谓了,关键是自己得给自己一个圆满的交代。我们就这样埋头苦干着。直到太阳又火一般炙热地焦烤起来时,李星星突发奇想,她扔掉手中的锄头喊道:"哎哎哎,咱们别干了。"我和曹变变都挂着锄头站在地里,不解地望着她。她从那头走到我们这头,说:"现在咱们三个下古交照一张合影吧。用不了多长时间。照完相,再爬上来锄,不会耽误太多时间。"我跟曹变变眨巴眨巴眼睛,都说身上没钱,李星星说她有。然后就掏摸口袋,果然掏摸出零零碎碎的一块多。我格外感动。

她俩在上学期间,几乎没有跟我说过几句话。很快就要毕业了,李星星还受"恶霸"女儿的指使,伙同别的同学狠狠打了我一顿。打得我鼻青脸肿、头晕目眩。曹变变虽然跟我是本家,但碍于"恶霸"女儿的淫威,从不跟我说一句话。放学回家的路上,总是千方百计地甩掉我,唯恐我跟她接近半步。多少年来我总是一个人孤孤单单、独来独往。而此时,短短几日我们的友情一下子就升温到这步田地——无话不谈、亲密无间。六七年的同窗,却没顶过几日同甘共苦所建立起来的这分友情。我抬头望着天,双手抹了一把泪水,果断地说:"走。"

于是,我们仨甩掉手中的锄头,一溜烟跑下山,一口气直奔古交唯一的照相馆。到了照相馆了解清楚,照一张二寸像五毛七分钱。一份两张,三人还需加洗一张的话,总共需要六毛七分钱。我们仨连连说:"行行行,好好好,就这么定了。"于是三人头紧挨着头,大汗淋漓地拍了这样一张合影照。一个星期后我们相跟着把照片取回来。看到自己灰头土脸、汗水把头发粘贴在脸上一绺一绺的样子也蛮开心的。从此之后,她俩便成了我小学时代极少的有往来的同学。这张照片一直都被我珍藏着。

八

在下面那块月牙地里,曾经遭受过的伤心事,我就不准备给你们讲了。因为讲起来,我的心一准像锥剜一般。

可我说是不讲了不讲了,但长期隐藏在脑海里和心灵深处的记忆,犹如突然被惊飞的小鸟,扑棱、扑棱地从心底飞出。于是,那一次、那一场、那一幕又清晰明了地浮现在我的眼前。

又是一个刻骨铭心的深秋,我上高一,还没等上完下午最后一堂课,就请假从七八公里之外的学校匆匆往家赶。母亲头一天就告知我，这一天，队里可能在汾河嘴头（就是我们所站立在此的下方）分山药。像这样重大的事情，不论我干什么、在哪里，都必须提前赶回来接应我那耳聋眼残的父亲。这里所指的汾河嘴头连在一起跟我们现在所处的圣堂坪峁是相连在一起的。这座山峁的巅峰与汾河嘴头的整体形状，如同一条巨大无比的鳄鱼身，尾部一直延长到村中，而汾河嘴头也就如同鳄鱼延伸至汾河岸边的头部，少说也有两公里长。是离村子最高最远的地方。

我一口气跑回家。然而母亲已经等我等得十分焦急，手里拿着一条布口袋，在院子里急得团团转，不住地抬头望着从山后黑压压地滚动出来的乌云。看到我回去，母亲就一个劲地"快快快"催赶，要我赶紧去地头接应父亲。我抬头望了一眼天际，顾不上喘口气、喝口水，就夺过母亲手中早已准备好的布口袋，绕过门前的小道，顺着我家的枣树坡，拼命往峁上跑。

到达那里有四条路可走，但从我家枣树坡这条羊肠小道往上爬是最近的，但路也是最陡峭的。我刚刚爬上陡峭的山坡，远远没有到达目的地，倾斜的大雨伴随着寒风就从天而降了。衣服粘贴在身上，脚底打滑穿不住鞋，我干脆把鞋提在手上，顶风冒雨跌倒马趴往前赶。雨幕中，看到蚂蚁一般的人群担的担、扛的扛、拉的拉拼命在赶往回家的路上。

"我的大，我的大。"极力幻想着能从身边过往的人流中，辨认出我的父亲来。然而一路上都没有见到父亲的影子。

雨越下越大，从我身边路过的人流越来越稀少。

"大，大……"我一边哭着一边喊着往前奔。雨幕灰蒙蒙的，当我再也碰不到一个人影时，便放声哭叫起父亲来："大、大、大……"然而我的哭喊声，被倾盆大雨淹没了。

终于，当我爬滚到地头时，孤单无助的父亲怀里抱着他的那把镢头，窝在一处土塄下，收缩成一团擞擞直抖。浑身泥湿，帽檐两边的雨水顺着父亲的耳根灌进他破旧的衣衫里。面色煞白煞白的，深深的皱痕绷得紧紧的，双目闭着，两只空箩筐歪斜着滚在他的身旁。

"大大大……"我把父亲拖扯起来，父亲好不容易才站稳。雨还在不停地下着，我托着父亲冰冷的双手，用布口袋给他抹了一把脸，用目光迅速地扫射所有的土豆地，并分析、判断着，分土豆的准确位置跟瓢泼大雨来临时父亲缓慢的状态和人们自顾自地混乱情景。父亲仍在颤抖，没牙的下巴索索地抖动着。分土豆的地方一片狼藉，根本没有以往成堆的土豆一堆一堆地堆放在那里，我能像以往一样很快从那一堆堆整齐、排列好的土豆堆上，找到写着父亲大名"曹万福"的那一小纸条。而被遗弃在地里的土豆都是些核桃般大小的、被雨水冲洗得干干净净的白点点。

毫无疑问，属于我家的那一份粮食——土豆没有了，没了。我丢开父亲的双手，凡是刨过的土豆地上上下下、左左右右跑了个遍，没了，没了。我心里悲愤地一遍一遍念叨着，回到父亲身边。父亲紧紧地攥着我的手，扬起头冲着浓密的雨幕，从胸膛里发出沉闷的怒骂声……

我实以为父亲是在骂天、骂哄抢走我家土豆的那个丧尽天良的缺德鬼。

其实不然，父亲还浑然不知自家的土豆早已被人抢走了。他摸索到身边的箩筐，告诉我，他的扁担不知道哪里去了。把箩筐塞给我，让我赶紧去装土豆。他一直在寻找他的扁担。最初的结论是，不知被谁用过之后随便扔在别处他看不到的什么地方了。当然,也不排除被人偷走的可能。父亲的扁担跟箩筐往往是钩挂在一起的。我彻底明白了,明白了父亲的愤怒和无助,明白了在这节骨眼上父亲找不到扁担,意味着什么?有多么着急。

父亲颤巍巍地,把他放置箩筐扁担的地方指给我看。我瞅着那个空无的土塄畔看啊看,幻想着父亲的扁担就出现在眼前。土豆丢了就丢了,现在说什么也没用。但能找到父亲的扁担,即使空着手回去,对父亲来说也是一种安慰啊!

"扁担,扁担你去哪里了,快出来,快出来……"我虔诚地念叨着,内心仍然还保持着最大的坚强。想到母亲,母亲整日念念叨叨"好人有好报""吃亏是福""观音菩萨会保佑的……"我也开始情不自禁地在心里念叨起来:"观音菩萨来保佑,观音菩萨来保佑……雨停了吧!别再下了!别再下了……"

雨幕中的父亲拄着他的那把镢头,像似一尊古老的木雕,固执地站在那里,仍然希望我能帮他找回他的扁担来。我也不死心地上上下下、左左右右把所有土豆地挨个又跑了个遍。没有。仍然没有找到父亲视若生命的扁担。这时我的心彻底慌乱、惊恐起来。眼看雨没完没了地下着,丝毫没有停下来的意思,远处一片灰蒙蒙,天地相连,并且越来越阴暗。再不走,等天完全黑下来,即使两手空空,想要拖带着父亲走下那道泥泞而陡峭的山坡回到家,恐怕也更加困难。于是我当机立断,挎着父亲的两只空箩筐,拉着父亲示意父亲先回家,等第二天再说。可怜的父亲似乎也明白了我的意思,拄着他的镢头把,拖着沉重的脚步,一步一滑地跟着我准备离开那块土豆地,上道赶紧回家。那时我早已分辨不清我父女俩脸上淌流着的是雨水、汗水还是泪水。

当我拽着父亲想从一处低矮的土塄畔上就近往上爬时,我的脚下一打滑,鞋子被什么东西磕绊了一下。我抹了一把脸,睁大眼睛下意识地低下头想看看,到底是什么东西绊着我的。这一看不打紧,我诧愕了,好半天缓不过神了。绊着我脚的不是别的什么东西,正是父亲扁担上的一个铁钩子。一个铁钩跟半截扁担被雨水冲刷后,明显地裸露在外,而另一半仍被深深地掩埋在泥土中。我丢开父亲的手,哆哆嗦嗦地从泥土中把扁担拽出来,用手中那条布口袋把扁担上的泥土擦了擦,递在父亲的手中。父亲触摸到他失而复得的扁担时,似乎也愕然了,半天也缓不过神来。佝偻着瘦弱的身子骨就势顺着土塄泥泞的畔蹲下来。我知道父亲被悲伤和愤怒击垮,而我满腔怒火开始在燃烧,之后渐渐被雨水浇灭了,转化成了痛彻心扉的凄绝与悲伤。

离开父亲,我就站在这座山峁上对着雨幕、天际、苍穹号哭、嚎叫……

先是嚎天、嚎地,然后,号哭嚎叫起我的哥哥姐姐来:"二哥、大哥、大姐、二姐……你们都去哪里了?来帮帮我,帮帮大大。呜呜呜……"

……

回想起这一幕,我的泪水止不住淌流下来。我迅速抹了一把泪水,像屏蔽手机画面一样,立刻屏蔽了我波涛汹涌的思绪,回到现实当中来。

马林一直举着长镜头相机:"要不咋说'一树一菩提,一花一世界'"他对着远处边拍照边说:"老曹,真想不到你的经历,如此复杂。"

"你没在农村待过,当然,你不会有此感受。"郝佩佩对马林说。她说她也是深有体会的。

她跟我一样都在农村长大,又是同乡。对家乡故土,同样有着很深的眷恋和感情。所以她一直想绕着山峁走一走,低着头像是在寻找着什么似的。在那地毯式光滑的荒草上走来走去。若不小心,很有可能滑落或陷入暗窟窿中,让人提心吊胆的。

我劝说郝老师:"快回来!不敢再乱走动了,这里太危险。"马主任也提醒道:"真的,这可不敢马虎。咱们还是小心一点比较好,听老曹的。"

九

总的来说,我是幸运的。20世纪80年代初期,我跟其他村子里的部分适龄青年,分批分次被招收为"占地农民工",离开了村子,成为煤炭系统的一名职工,端上了国家饭碗。之后不久,我便毅然决然地嫁给了来此地"掏炭"的外地男人——我的丈夫,彻底打破了"好女不嫁外乡人"这一陋俗。为后来的本地姑娘们,能顺利嫁给自己喜欢的外地小伙子们,而率先撞开了这扇沉重的大门。

真的,在当时来说,能迈出这一步确实不是一件简单容易的事情。郝佩佩说:"咱这里的人封建、保守,又特别顽固。"说我真够勇敢的。问我,有没有受到阻拦。

我说:"当然嘞,阻拦肯定是有的。阻拦首先就来自我大哥,大哥强烈地反对。不过他最后还是妥协了。那时,我早就打定主意远嫁,越远越好。"

不过现在细想起来,我认为自己人生中最关键最重要的第一步,还是迈对了。有了自己的婚姻归属,很快就住进了单位分的楼房里,生了一个同样能够"掏炭"的儿子。虽然,白手起家、家徒四壁,但我们那时不怕苦,不怕累,能够挣到钱日子也就逐步好转起来。

然而不是我的日子过好了，就意味着我所有亲人们的日子都过好了。我不仅得接济照顾父母，还得尽我所能去贴补姐姐们的生活。真正关心关照关爱大哥，是从母亲去世后才开始的。

回想起这一切，总之一言难尽。

我之所以非常急迫地想站在这个山峁上，不仅仅是为了踏勘这座山峁周围的每一片土地、每一条小道、每一堆荒寂墓土；也不是为我那些太多联想和无尽痛苦回忆来叙事、抒发释然的。而是因为最近不断涌进我心田里、脑海中，纷纷攘攘挥之不去的那种恐惧、感伤和悲痛揪心的混乱情绪在加紧折磨着我，让我不得安宁。有时我也在问自己，是不是自己想得太多。可我就是克制不了自己的感情和情绪。越是克制就越是烦乱，犹如暴雨来临前的蚂蚁，惶惶不可终日。我也在想，人吧，如果当心灵明净而充满幻想和信心的时候，它就变得那样深邃——深邃的能容纳下整个世界。不然的话，人的胸腔里、血管里的忧伤和愤怒在不停地奔跑，想停都停不下来，像是被大风吹向高空即将爆炸的气球。

我不禁掏了好几次挎包，非常非常想抽一支烟，缓冲缓冲我的思绪，但左思右想最终还是强忍住了。在这荒芜的山峁上，一旦来一股风，就有可能成为千古罪人。虽然没有森林、树木，但各家祖坟上苍老的柳树枯枝，会啼哭着对他们的后人，控诉我的罪行的。是不是？我问我的朋友。郝佩佩跟马林两人相互对视了一眼，然后都冲着我笑着说："反正这是你的家乡，你看着办。"

初春的寒风吹得我身上阵阵发紧，嘿嘿，我心说："朋友啊，我让你俩跟着遭罪了。"

他俩跟我站在这峁巅之上，饶有兴致的不停地对着远处的景物啪啪拍照。相互交流、识别着远处周围早已城市化了的村庄景象;那是某个村庄新建起的即将封顶的建筑群;那是敬老院;那一条路是通往某处的一级公路;那是所谓的金水湾、台湾街……偶然也发生一些不明争议。

　　我一直沉浸在无尽的回忆中。开始酝酿如何让他们安静下来,倾听我多少年来、埋藏在心底发自内心的阐述。

　　在这三十多年来的风风雨雨中,我下过海经过商,苦过、累过、哭过、笑过,成功过、失败过。不管怎么说,总之,我的生活还算安稳。可每当想到我那些仍在困苦生活中艰难度日的哥哥姐姐,以及哥哥姐姐他们一大堆儿女们,我就吃不香、睡不着。无法心安理得地过我那衣食无忧的生活,不能。对于我那些亲人们而言,我是唯一的救世主。侄儿侄女、外甥外甥女们,时不时眼泪汪汪跑到我的跟前来哭穷,然后就是借钱、借钱,还是借钱。摊上这么多的——穷亲情,所以我的口袋总是破的,补也补不住。我这个当姑姑、当姨姨的总不能不管不顾吧。总想拉扯他们、帮助他们,力所能及地解决他们生活中的一些困难。然而这根本不是长久之计。管得了一时,管不了一世。何况不是一两个而是一大群。不管不忍心,管又顾不过来。唉,我的大局观念时常把我整的,真叫个头疼。

　　那个时候各个煤矿都变聪明了,绝不再招收当地"占地农民工",因不好管理。而后只是偷偷招收外地"农民合同工",便于管理。当地年轻人真想当个"窑黑子"已经不是一件容易的事了。而我那些侄儿侄女、外甥外甥女们纷至沓来。我不是权势之人,更不是提款机。我好惆怅,无奈之下开了四年商店,历尽千辛万苦。但最终无法解决他们根本的实质性的生活问题。

　　当煤矿大量招收外地"农民合同工"时,我就曾经想过,不如让他们也下井。当个"窑黑子——掏炭工"有什么丢人可怕的,如果怕苦、怕累、怕死,那一辈只能忍受贫穷了。那时正是煤炭行业最鼎盛时期,职工的收入也非常可观。可那时,许多人就是执迷不悟,即使穷得要死,却对这一职业不屑一顾。

于是我几次谨小慎微地暗示过哥姐:"实在不行,就让孩子们下井吧,毕竟能挣个活钱。"没想到,没想到当即就遭到大姐的反对。大姐说:"呀,我宁可讨吃要饭,也不想让孩儿们进那里头去。"大姐的话,我尤其顾忌。从此,凡是下井这档事儿,在亲人们面前绝对不再提及。

说实话,在这方面我和我那"掏炭"的男人,是有惨痛教训的。我的小叔子——丈夫的亲弟弟就是死于井下工作面。另一个表弟终生残疾,好多年都走不出那层悲伤的阴影。再加上大姐斩钉截铁的话,确实让我顾虑重重,不敢擅做主张了。毕竟这是一个相当高危的行业,都是亲人,一旦有个三长两短,我是担当不起的呀!

可后来十几年过去了,我的那帮侄儿、侄女、外甥、外甥女婿、远亲、近邻们终因生活所迫,蜂拥而至都央求着下井,愿意当个有期限的"农民合同工"。万般无奈,我才只好求助于我那"掏炭"的男人了。不得不千方百计,想方设法把他们一个一个塞进了那"黑窟窿"里去掏炭,包括我的儿子。

可是,在为他们能够有一份职业,过上好日子、生活得好一些的同时,我为他们的安危时常捏着一把汗。他们的每一天都时时刻刻揪着我的心。因此,我患上了失眠症。一旦听说矿上有什么风吹草动,我的心就会不禁地颤抖。长期以来,我一直都处在这样一种提心吊胆、惴惴不安之中。心里时常默默地祈求着,我的每个亲人在那百米、千米深处高危的行业中劳作时,小心小心再小心。因为他们的安康维系着每个亲人的幸福。他们一切安好,自然我也就轻松愉快许多。

我常常在想,这兴许就是我生命的全部意义吧。

可谁能想到,这短短几年的光景,他们的生活刚刚有了一点点起色,煤炭行业一下子就萧条、滑落到了谷底。

那天,当郝佩佩这个与我同样作为矿工的妻子,把微信里,中国煤矿文联《阳光》杂志社主编刘俊写的,在中央电视台被人朗诵的那首诗《中国矿工》发送我手机里,我看了多遍:

　　站在喜马拉雅之巅

　　翘首北望

　　祖国壮丽俊美的山川

　　如果你有一双透视的眼睛

　　还会看到山川下

　　一望无际、层层叠叠的煤田

　　……

　　从千疮百孔的煤窑里

　　……

我看一遍哭一遍,看一遍哭一遍,哭得眼睛都肿了。

我抑制不住念潜在的那几句诗:

　　……

　　我们曾经是一座山

　　雄壮而伟岸

　　我现在是一团火

　　照亮世界、温暖人间

"是,"我说:"山颓废了,不再伟岸,一团火照亮了全世界、温暖了全人类。而我们现在基本工资都按月领不到手。"

也许有一天

我们会离开矿山

挥泪告别可爱的家园

郝佩佩接着念完这几句诗说:"看来我们挥泪告别家园的日子不会太远了。"

……

当你坐在五星级的豪华酒店

享受灯火辉煌的美味佳肴

谁会想到百米、千米深处的矿工

——我的儿子、亲人们……

当我按我的思绪改读这几句诗时,我跟郝佩佩早已泪流满面了。

这时,寒风像一把无形的大扫把,划拉着伏在我们脚下的荒草,撩拨着我们的衣襟,似乎在向我们倾诉和表达着它们跟我们同样的感知和感受似的,嘘嘘嘘地发出那熟悉而寓意深远的哨声。

马林掩了掩衣领掏出手机来,站在一处平坦地带哎哎哎,招呼我俩靠近他,他说:"我也给你俩念一段微信。"然后强调说:"不许笑啊!"我想他可能是为了缓解我们情绪的,所以想起讲个什么笑话来,让我们乐一乐。

"好。"郝佩佩老师说:"你讲吧,我们听着呢。"

噢,我不禁长叹一声。小心谨慎地往他身旁挪了挪。

马林主任清了清嗓子,把身子扭到暗处,皱着眉瞅着手机屏幕,用他那洪亮的嗓音念道:

"一美女深夜下班,回家夜遇劫匪,美女颤曰:大哥,我是屯兰矿的,现在煤炭卖不出去,开不出工资,要不考虑劫色吧!劫匪听后，竟然痛哭流涕：妹子，同行。俺是马兰矿的。煤炭现在卖不了几个钱，搞得吃不起饭了，哪有心思劫色。你走吧。还有，妹子，左边那条路千万不要走呀，那是镇城底矿的。煤炭天天促销都卖不出去，把他们逼疯了，财色都不放过，老吓人了。右边的路更危险，他们是东曲矿的。煤卖得不好不说，还天天有退回的，没有他们干不出来的。上午看工资条还是四千，下午就变成了三千，悲哀啊！！！逼得他们可能会把你先奸后杀。听哥的，还是直走吧！美女说，直走更危险，路上全是西曲矿的，一个月没上几天班全放假了，工资老拖欠着发不了。你说可让咱们咋活呀！老天爷！"

我跟郝佩佩不禁笑了。

微信小段编得确实很幽默好笑。我们笑过之后，立刻陷入深切的感伤之中。眼下，这不就是我们实实在在的生活现状吗？

我想起儿子前些天，跟我的一次哭诉："妈，这日子真的没法过了。"掏出手机让我看他的工资信息。我看了连续三个月的工资信息：第一个月 350 元，第二个月 650 元，第三个月较好一些 1150 元。儿子说："这让我怎么养活老婆、娃娃嘛？"儿子的哭诉声，又开始在我的耳畔萦绕起来。

马林说："老曹啊！这可真的不是开玩笑。我看到这一切，一路上也想了很多很多，真没想到势态这么严重。生存都谈不到，还考虑什么发展？你说下一步将会怎样？"他也陷入了对现实深切的焦虑和思索之中。

我说："你问我，我问谁去？咱不是经济学家、政治学家，更不是政府官员、高层决策者，咱能怎么着？咱只是长了一颗纯朴善良的心、两只可以透视本质的眼睛，除此之外，就是悲伤、惋惜、愤怒！还能怎么样？"

在这个乍暖还寒的季节,漫山遍野,除了摇曳中枯干的荒草,就我们仨。

站在这座山峁上,俯瞰整个矿区。左边镇城底矿,对面西曲矿,下面东曲矿,右看屯兰矿,再往上马兰矿。跟你微信中描述的情景有何不同?放眼望去到处千疮百孔、伤痕累累,满目疮痍,几百多平方公里的采空区,哪里还有一片耕田?

倘若把古交乃至整个山西比作一头牛。一头曾经肥壮的奶牛,那么眼下这头奶牛,奶早已被挤尽了、血已经流干了、身上的皮毛被破损了、内脏被掏空了,只剩下一副干枯的骨架,怎样支撑、养活云集的人群、车辆、楼群,这难道不是一个正常人应该思考的问题吗?

十

我的思绪又回到了我那破败的村庄。这些年来,走亲访友也到过不少周边小山村,包括偏远一些的地方。许多村子都早焕然一新了。甚至远离矿井、跟煤矿不沾边的一些村庄,不仅保留有自己的农田、耕地,还发展有自己的养殖业、小型加工场。比如,岔口乡的大济沟、小济沟村庄;原平川的常安、原相乡镇的一些新农村,房屋整齐,街道宽敞,全部硬化到家家门前院落。且村中建有自己的图书馆,孩子们上学的校宿楼,宽敞明亮。规划配置得极其合理。村中街道、公路两旁都栽种着最有观赏性的塔松、柏树还有各种罕见的花草树木。所到之处,我看到不论大人小孩,个个脸上都洋溢着幸福与灿烂的笑容时,就会情不自禁想到我那破烂不堪的村庄和我那愁眉不展、拼死拼活的大哥来。

在国家大兴煤矿的开采、发展这三十年多的过程中,前前后后左左右右的其他村庄，靠煤矿征用、补偿的款项，村貌、生活都有了一定的改观。有些干部当得还可以，有魄力，有良心，扑闹回去点钱，即使自己捞挖了点，但多数想着给村里人千方百计改善生活条件。给村民发钱、发粮，把村里规划得井井有条。不是贪得无厌，人们也心存感激，不记恨。房屋整齐、街道宽敞，人人每年都能得到分红。最多时每人可以分到几万甚至几十万不等。我的一邻居经常喜不自胜、喜形于色地给我讲述过她们村的情景。连她们这些早出嫁的姑娘村里人都没忘记，她本人就分了7万块钱。问我："你们村里怎么样？"我说我们村里大多数人，他们还只是在夜里才能做这发财的美梦。至于我，想都没想过。

而唯有这蒙羞的村庄，让我十分思念，百般痛恨，万分难过，而又无法忘掉、远离的地方，一直处在隆隆作响的矿山煤尘中，竟然还有六七百户、近千口人，呼吸着被污染了的空气，在这坟墓一般的废墟上居住、生活着，艰难、困苦地熬了这几十年。

在这几十年当中，当然阳光雨露不是没有光顾过这个贫苦的村庄，而是被那魔鬼般无形的一双双大手遮挡住了。

这个村子有一段时间进入了一个恶劣、可怕的阶段。谁的拳头硬，谁就能拿上那把权力大刀，谁拿上大刀，谁就可以在村子里称王称霸，为所欲为。弱肉强食、腐败堕落、贫困落后，便成了这个村庄不幸的根源。

在我深切的记忆中，有善良的母亲跟掏大粪的保定他妈，那个给我跟母亲喝过一大碗红糖水的热心肠的老太太……良心、道德、品格、善良，这样一些高尚的种子，被许多具有传统美德的人传承。然而也有人栽种的都是妒忌、仇恨、罪恶。

被大哥一直称之为"牲口"的那个流氓村长，斗大的字不识一升，可他有着灭绝人性的高超本领。不再当他的电工了，而是在国家改革开放、转型跨越那个特殊时期，从那个一手遮天，横行霸道的被村里人称之为"恶霸"堂哥手中，把那把宰杀村人权利的大屠刀轻巧地弄到手之后，村里人就越来越失望了，意志更加消沉了，包括大哥。人性也就逐渐退变得更加诡异、无情、势利、复杂起来，所以才落到今天这个地步。

　　回想当年，矿区按占地使用面积，给各个村庄分配招收"占地农民工"指标这一时期，村子里几乎乱成了一团。人口数量突然膨胀。通过乡里、市里等等各种关系，举家迁移到这个村庄的外来户几乎占去了本村人口的近乎一半，挤占了不少本村村民的招工指标数额（我所欣慰的是在发生这一切之前，我已经幸运地离开了村子）。再加上农村政策的多变，一会儿包产到户，一会儿退耕还林，整个村庄乱了。吵着、闹着，甚至暴力相加。

　　几年之后我才得知，我的一个同班女同学，看到别人都逐渐离开村子，而她却迟迟得不到招她离开村子的信息。理由是她的一个哥哥已经占用了她家的招工指标额，所以她不能走。村子里有的人家不论男女一下走了四五个的都有，而她却走不成。情急之下，她拿了根麻绳，疯了一般满村哭闹，最后跑去村长家质问："是谁不让我走的？是你!？今天，我就是你家的肉门帘！"以死相逼，才得到了一个"指标"离开村里。那时村子里的招工指标数，如果村干部不暗中做手脚——照顾外来户、方方面面的关系户，而本村真正愿意从事煤炭行业的适龄男女青年，基本上都可以顺利被招走。因涉及每一个人一生跟土地有关的相关利益，而那些一心想当个"窑黑子"的本村年轻人，后来挤破脑袋都想尽快离开村子时，然而，那时已经不是谁想离开就能离开了。恶棍村长刚刚开始慢慢挤对你磕打你,照顾的都是他的那些关系户。谁巴结他、谁给他送礼送得最多最好,才考虑让谁先走。所以本村一些年轻人至今都没有离开村子,而一些已经被招收为煤矿工的那些无赖、懒汉们刚刚当了几天"窑黑子"下了几天井,就又很快弃工为农回到村里。因怕苦、怕累、怕死,还想继续留在村子里,傍着恶棍村长作威作福。最后都一个个过起了那歪门邪道的日子。导致村中乱象横生,滋生出一窝吃喝嫖赌抽、坑蒙拐骗偷的赖人,他们不但祸害着整个村子,也祸害着邻边煤矿。

有一次,我在一场婚宴上,偶遇同村一位李姓长辈,他跟二哥以及二哥的成长经历极其相似,也是同年参军、同一年转业回乡后,被分配在外乡工作。我知道他也同二哥一样,曾经为活着时的父母盖过房屋,但一直没有在村里待过。几十年没见面,坐在一起吃饭,不免闲聊起来。我问他是否经常回村看看,他这样跟我说:"咱村儿,我八辈子不回去也没半点想念。"他说父母活着时是没办法,得常回去照应父母。父母亲都去世了,回去看谁?村里有些人,他连一眼都不愿瞅。看见他们比看见鬼都让他厌恶。我心想,他咋会也有这样一种感受呢?无疑他曾经也一定是遭受过刻骨铭心的伤害和伤痛的。不然,语气不会如此决绝。

这就是这个村庄给某些善良的人留下的印象。

总之我非常清楚,村子里谁家最贫困,谁是因贫穷而看不起病死在家中炕上的;谁是因饥饿而上的吊……

不过不曾想到,当时间慢慢地滑到20世纪90年代末期,村里竟然发生了一件令人意想不到的、惊诧不已的死亡事件。就是那个为非作歹、欺男霸女,被大哥一直称为"牲口"的那个恶贯满盈的流氓村长,在村里人日日夜夜的诅咒声中,被阎王爷给突然强行带走了。几乎一夜之间轰动整个古交。因为他的名声太大、太臭。有关于他的风流韵事、劣迹斑斑的丑恶行迹,方圆百里无人不知、无人不晓。

当我得知这一消息时,我正在开着的商店里跟侄女外甥女们盘点货物。我没有过分惊诧,只是坐在椅子上,平静地连续吸了几支烟。想起母亲曾经说过"恶有恶报""人善人欺天不欺,人恶人怕天不怕"这些话,竟然真的应验了。想到这个恶魔曾经对我对我家人一次又一次地残酷迫害,我在不知不觉中流下了感伤的泪水。

从此,这个恶魔在村子中彻底消失了。后来还听说,同样遭受过他欺压过的村民,还为他的消失而鸣放过喜庆的爆竹。似乎感到村里的命运将会有所改变,让村人满怀期待……

紧接着疯娥的板嘴男人也死了,从此疯娥成了名副其实的寡妇。再次听到疯娥的小曲儿,是我一次回村,在村口小卖部前的石头上,疯娥手里拿着一把小孩玩具枪,目光呆滞声音低低的:

> 死了个胡子(土匪),剩下了些狼(强盗)。
> 种地的庄稼人啊呀呀,还得受恓惶。
> ……
> 一出大门,一圪堵堵土,
> 一圪堵堵土上啊呀呀,种满桃杏树。
> 三十三棵荞麦,九十九道棱,
> 哥哥虽好啊呀呀,不是你的人。
> ……
> 桃儿吃吃,杏儿酸,

不一样的人儿啊呀呀,不一般。

……

听到她的歌声,我摇摇头悲伤地叹了一口气。

此后几年中,村子里却很快便进入了一轮又一轮激烈的村干部贿选中。而每届贿选成功的得胜者们,都非常的强势、有能耐,用不了几年口袋都会很快鼓起来。在市里买房、买车,过上如日中天的好日子。可村子依旧破烂不堪、街道泥泞狭窄。连学校都没了。孩子们上学都得跑到别村去。

每届村干部的激烈贿选,也是可怜的大哥最痛苦、最纠结、最备受折磨的日子。他哪个都得罪不得、得罪不起。他的纠结就因为他是村里班子中举足轻重的关键性成员。每一个参加贿选者都个个摆出一副誓不罢休、咄咄逼人的架势来。包里提着成捆的人民币挨家挨户,拉各自的选票。有的是甜言蜜语诱惑的;有的是威逼恐吓的;还有的是通过各种关系疏通或直接施压的。总之采用什么手段的都有。但村里人谁都明白"司马昭之心"这个道理。

然而,归根结底大哥家的选票一旦投出去,其结果不是得罪了这个,就是得罪了那个。所以大哥这一生当中都生活在夹缝中,受人的欺负。因为人家发送来的每一张选票都是暗中标了记号的。可事情节外生枝的多变性、复杂性,往往会得出令人始料不及、意想不到的结果。真是可悲可叹。

许多早已失去信心的村民,只能是根据自家人在村子里的处境和贿选者的势力范围做依据,无奈而屈尊地投出自己家的选票。从来没谁想过睁开眼看看世界,真正做个有骨气的清醒人。不过话反过来讲,一个善良、无能的平民百姓又能咋地?还不是只能浑浑度日,受人摆布。

通过二姐跟大哥的一次交谈中我得知,那些年农村的贿选极其普遍。二姐说她们家村子里的贿选也是非常激烈。但对二姐来说,事不关己高高挂起。用她的话来说,她才不管哪个想当什么村长、书记、主任的,她只看谁给她送的米面油钱多,她就给谁投票。而落选的那些人,往往损失非常惨痛。像赌输了的赌徒,输得两眼血红。甚至挨家挨户上门讨要他们送出去的贿物。

二姐说她根本不畏惧他们,还会毫不客气地拉下脸来,跟他们理论:"谁让你给我送得少?你送的那些东西(米面油)我早就吃完了。再说,不是我主动向你要的。你们花上那么多钱就是想买个村干部当,到底图什么我不知道。反正我知道我个老百姓就图个实惠。"二姐倒是真有股二劲的,我佩服二姐的二劲。大哥听着二姐的话,除了不住地叹息之外,还频频点头,似乎有所启发。想必大哥类似的经历和感受,绝对不比二姐少且又深刻得多。但大哥始终没有二姐对这件事那样的轻松和洒脱。

我在心里骂道:"……纯粹是在折磨、折腾人。有些是不以人格、品质、道德、能力为标准来选拔任用村干部,而以赤裸裸的金钱权势做交易。这能说是一种好现象?这个村子能和谐、富裕、发展吗?"

唉,虽然我们村近年来有几处光鲜亮丽的红墙金瓦,如同故宫、庙堂一般耸立于山坡上、沟岔里,豪华的高层建筑也出现在村子里,不过它并没有给村里增添多少光彩,反而与村子的破败形成了极为鲜明的对照——穷人与富人的对照。因为村里人的生活仍没有实质性的改变。

这不,大哥的小儿子——我的二侄儿,仍生活居住在这个破烂得一塌糊涂的村子里。住着大哥给他留下的那几间破房子，靠开出租车所挣的那几个小钱儿来养活他的两个孩子和他的妈。终于听说要拆迁新建了，能够改变命运过上好日子了。当然这应该说是个好事吧！因为我知道，为了这一天，村里人——我那苦命的大哥，在完全彻底失去了这赖以生存的唯一土地之后，苦盼、等待、煎熬了多少年。包括我！

可此时，听说村子即将拆迁新建了，可不知为什么，我就是无论如何高兴不起来。心一直都想哭。

如果放在23年前，煤炭行业最好的那个时期；如果有个好的村干部、好的社会秩序，这个村子里也能赶上过几天好日子，何须煎熬这么久。

而如今，整个煤炭系统已经处在一片慌乱之中，全国各地煤炭资源、储量基本宣告掏空。由于，过分而严重的私挖滥采现象，导致国家有限的煤炭资源以及大量农田土地，得到前所未有的毁坏。加上经济下滑，所剩无几的煤炭已经再挖不出多少来了。即使挖出来点，也卖不出去。职工们的工资缩了又缩、减了再减，矿上三天两头放假，处于半停产状态。我不知道人们是真糊涂还是假糊涂？无感知还是不敢知？以后怎么办？可又有谁肯承认这一点，肯深层次地认识、思考这样一个根本的实质性问题——生存。

地上荒凉了、塌陷了；地下水源没了、煤源枯竭了。耕田、土地已不复存在。然而，眼下现实版的故土，就是我心上难以医治的伤痛。而我那些老实本分的先祖们，靠征服土地、依赖土地生存、生活过来了。先祖们哪里会想到除了种地这一行，还应该教给子孙后代一些别的生存手段和技能呢。

郝佩佩说我想得太多了。她给我嘴里塞了几棵草珊瑚含片,又说道:"这根本不是咱们小人物所思考的问题。"我不服地问马林:"你也这么看?"

马主任想了想说:"其实郝老师说得也没错。只是怨咱长了一颗不同于人的大脑。"他话锋一转:"不过啊,思考还是可以的。大脑长在咱头上,咱有权利思考。这个他谁也管不了。"

唉,也许他们说的都没错。

我的思绪又要回到村庄里。村子即将夷为平地,势在必行。先祖们拼死拼活开辟出来的那些良田、耕地,再也不会打出一颗粮食、种出一棵绿油油的蔬菜来。这已成为永远不争的事实。而将来会变成什么样呢?我不敢多想,也许跟其他村庄一样,很快雨后春笋般高楼林立,变得跟个大姑娘似的年轻、貌美。村人们会欢天喜地住进期盼已久的新楼房,过上那神仙一样的好日子。不用发愁再下地劳作,不用再怕下井挖煤了。那当然再好不过了。

可想过没有,你没了属于你的一寸土地,靠什么养活你、养活你的家人?你晓不晓得,即使住进属于你自己的高楼大厦,不说你靠什么吃喝穿戴,单说在家拉屎撒尿不出门方便得很。可那都是需要付钱的啊!

我无论如何猜想不出,他们住进高楼大厦之后,站在被全部硬化了的街道上,看着楼挤楼、车挤车、人挤人,蛙池一般此起彼伏的叫卖声时,会怎么想。生活在这样一个城不城村不村中,会不会感到空虚、失落和尴尬?因为,说你是农民吧,你却持有城市户口又住进了新楼房,但却没属于你的一份工作、工资;说你是城市人吧,你却是个地地道道的农民,却没有属于你耕种的一寸土地。你想当个"掏炭工"吧,煤炭基本挖空了,几千号煤矿职工子弟都在那里耗着,就不了业;做个小商小贩吧,也赚不到几个小钱不说,成天还得被城管追得满街跑。不是我杞人忧天,但摆在人面前的事实的确如此。

何况眼下已经出现的经济状况,已经让人处在举步维艰、进退两难的这一境地。尽管我不是很清楚,但我的内心还是十分担忧,许多猜测还是止不住纷至沓来。但愿我的担忧是无聊的、多余的或者说是我纯粹的神经过敏。但是,我还是忐忑不安,顾虑重重。不由得让我想起疯娥的曾经所唱的小曲儿来:

立起了个神堂,盖起了个庙,
都是神仙啊呀呀,谁给上香。
……
鱼儿离不开水呀,花儿离不开阳,
庄稼人不种地啊呀呀,你有啥指望?

从疯娥的小曲儿里我能强烈感到,这样一个疯疯癫癫的女人都能把世道窥透。而我们这些人都不感到汗颜和惭愧。这是整个社会的悲哀啊!

因为捣毁一个破烂村子,是一件极其容易的事情,也许根本用不了几天的工夫。而又想很快入住崭新的住宅群,恐怕我那些望眼欲穿的亲人们,还需无期限地煎熬和等待。甚至陷入更加艰难困苦的生活境地。因为,这根本不是我愿看到的。

马林嘴里不停地嚼着一根小草茎:老曹,你比我们想的就是多,看得也比我们深远。这不得不承认。

咳,每个人的经历不同。如果你站在我的角度,你试一试,不由地也会产生我同样的感知和认识的。

一旁的郝佩佩连连点头:"是是是。"

说实在的,多少年来,我一直不想用这些痛苦的回忆和沉重的思考去穿行在我的生活中,所以总是讳莫如深。总是想用阳光般的心情去对待每一天,每一个人。

站在这凄凉的山峁上,耳畔仿佛又要传来了疯娥的小曲儿:

跌烂你的骷髅,崴断你的腿,

死得你羊肠道上啊呀呀,我也不后悔。

这个一生都在追求完美爱情和美好生活的女人,对不满的婚姻跟厌恶的男人是多么的痛恨呀。而我又如何表达我的乡愁呢?

常言说:儿不嫌母丑,狗不嫌家贫。不管我曾经经历过什么,遭受过怎样的磨难,我依然爱着我的家乡、故土、亲人。无论走到哪里、身在何处都不会忘却。因为我的根在那里,我的魂就在那里。我不能没有故土。

然而……

我不禁把双手插进发丝里,伸向天空试图想抓住什么,可我又能抓住什么呢?我问自己。不禁心里说道:"你什么也抓不住,能抓住个……"

面对亲人、山川、河流、家乡、故土……对着这苍天,我再也忍不住心中的悲愤,发出内心的呐喊……

寒风抹去我的泪水。熟知我的朋友们懂得怎样做才是对我最好的安慰,所以他们对我只说了这样一句话:"你的心愿了结了。"架起我的胳膊随着惨淡的晚霞,踏上了来时的路。

侄女的车子已经开到山峁。乘车离去时,我一直低泣着,心对亲爱的大哥说:"大哥,你再不用幽怨、遗恨什么了。总之,好活难活一切都已经结束。如何生活那是后人他们自己的事情了。指不定哪一天,咱这里的人们将像明代洪洞大槐树下——来一次浩浩荡荡的移民。大哥再见!我的家乡、故土、亲人们再见!"耳畔依旧萦绕着当年疯娥的小曲儿:

宁死当官的老子,不死坐街的娘,

没了亲娘的娃儿啊呀呀,不如一棵草。

村庄最终在我模糊的泪眼中,渐渐远去消失了……

那年春节

　　我决定回乡下老家,跟年迈孤寂的婆母过年。尽管除夕的前三天,大雪封山,道路险峻,我依然带着两个儿子出发了。

　　婆母75岁的高龄,身体还算硬朗。只是前些年不慎将一条腿跌断,行走不甚方便,一瘸一拐的。丈夫是婆母唯一的儿子,虽有三个女儿,但都早已出嫁,不在身边,身边只有一个远房亲戚照顾着她的生活。自从公公去世后,我无数次提出要将婆母接来与我们一同生活,但一次次都被固执守旧的婆母拒绝。婆母说啥也不愿离开她生活居住了一辈子的地方。她说跟我们在一起会很不习惯。她要始终守候她一世的习俗,守候跟公公那份一生的情感。尤其是除夕之夜,她除了虔诚地供奉佛祖,还要等待死去的公公的灵魂回来跟她团聚。因而婆母一直独自过着逍遥自在的生活。

　　婆母是那种少言寡语的人,从我认识婆母的那天起,她给我的印象就是那样。老实、憨厚。做了二十多年的媳妇了,我总觉得婆母跟我说话说得太少,如果我不主动跟婆母说话,她是绝不跟我说的,哪怕是一句话。每次回去看望婆母时,我都是以婆母看到她的两个可爱的孙子从车上跳下来之后,眼角的泪光和脸上皱纹的舒展程度,来判断她老人家的幸福感和喜悦程度的。每一次见她欣喜过后都会站在门口静静地等待许久。我知道她是在等待她的儿子,渴望她的儿子也能够从车里钻出来。每一次我都得站在她的面前,费上好半天的工夫,给她解释,她的儿子总是忙,安全生产如何脱不开身,领导是如何的信任他,他又如何如何的努力工作。在这种情形之下,面对这样一个白发苍苍的老人,我越是解释得多,我的心就越难受。总感到自己像一个盗贼,偷盗了老人什么东西似的,内心愧疚得不得了,尽管这不是我的本意,但多少年,我的确都是以这样一种心情,面对这位沧桑老人的。

前些年,也就是公公在世时,我也不时回去探望二老,但每一次的那种感觉都好像是在完成一件特殊的任务,任务一旦完成,我便逃跑似的,带着孩子们匆匆离去。从没想过认认真真实实在在地安居下来,陪伴他们些时日。年轻的行迹加剧了后来的负罪感,尤其是我怎么也忘不掉,那年公公去世时的情景。尽管是在我守候第四天的午夜12时12分,在我的怀里安详地合上眼的,但我总感到一个儿媳无论如何都替代不了丈夫——他唯一的儿子守候在他身旁,令他老人家更加幸福安详地离去而不留下任何牵挂的事实。老人饱含热泪,紧握我的手难舍难分地念叨:"我的孩,怎么还不回来?"那时,我竟然产生了对我一向以其为骄傲的丈夫的无比怨恨:"什么工作?!什么事业?!"

随着年岁的增长,又经历了双亲的离去和公公的死,在婆母的问题上,我不想让内心的负重承载太多,我想尽我最大的努力,使她老人家的晚年过得更好一些。尽管她老人家早已习惯了儿子总是忙于工作而不能回家敬孝的事实;习惯了我这个异地媳妇的来去匆匆;习惯了无数次的默默等待,但我还是决定独自带孩子们回去过年。我也常常在想,人家养育了一个儿子,多么不易,何况这是一个非常优秀的儿子。不能说完全奉献给了社会,但可以完全说奉献给咱,长年所得钱,所有幸福美好的时光都几乎被咱享用,老人家一生能得到多少?人总得有良心,讲道德不是?基于这种缘故更加坚定了我的决心,因此雪天就不能成为阻挡和改变我行动的理由了。

车子经过8个小时的艰难行驶,终于在除夕前的傍晚到达了。每次当车子经过一段距离进入院落时,婆母听到车响,就会拄着拐杖,从家中的椅子上来到门口,满脸的欣喜,泪光闪闪。歪斜着笨重的身子,静静地看着我们下了车,然后转身稳住身体,用手中的拐杖费力地将门帘掀起,让我们拿着车上的东西一起进屋。这年除夕的前夜,依然是用同样的方式,迎接了我以及她的两个孙子的,不过这次不同以往,婆母说话了。她说的第一句话是:"这么大的雪?""这么大的雪"这样一句话完全表明,她老人家在得知我一定回来过年的消息之后,在这一天里所经历的一切焦虑、牵念与不安。联想到雪路上行驶的颠簸与惊险,我被婆母这句深切的肺腑之言感动了。这种感动甚至突如其来地让我产生了一种强烈的酸楚情绪,的确太受罪了。可是如果我不带孩子们回来的话,婆母——她一个人怎么过年?她不就空等了吗?

进了屋里,婆母将炉火捅得旺旺的,然后从柜子中一样一样地往外掏供我专用的毛巾、脸盆、床单、被褥、暖水袋之类的东西,再然后,坐在椅子上搂着拐杖,歪着头,像在戏院里听大鼓、看古戏的人一样摇晃着身板,喜滋滋地望着她的两个孙子发笑,那笑容里充满了醉人的味道,仿佛脸上每一条皱纹都在保持了变化后的一种特殊的状态;尤其是孩子们说:"奶奶这个是给您买的,那个也是给您买的。"她更是喜上眉梢。我说:"山不转水转;天不转,地转,您老不去跟我们一起过年,我们就得回来跟您过,您说您老有多厉害?"婆母听了我的话,不无羞涩地对我说,屋子空了,她怕公公回来,看到太冷清,再者她还得供奉她的神灵呢。见我不顾疲劳挂彩灯,贴对联,忙里忙外,就说:"孩,弄干啥哩。"

哪里有孩子,哪里就有欢乐,真的一点也不假。孩子们的出现使得这座昏暗灰黑的老屋充满了异常的欢乐与喜庆,烟尘都格外活跃,一切都变得喜气洋洋。婆母的幸福与欢乐就更不言而喻了,为此我也颇感欣慰。

吃过年夜饭,孩子们睡下,我帮婆母侍弄好各式供品,也早累得支撑不住,一头倒下便睡着了。等我一觉醒来,发现婆母仍坐在距离炉火不远的地方,守着供桌上燃烧着的两支蜡烛痴痴地出神,我披衣起床。虽说我跟婆母不能像她亲生儿女那样,贴近她,解读她的内心,但有一点是肯定的,这个年她过得非常开心,什么也不用她管,吃的喝的应有尽有,红红火火,热热闹闹。她在想什么?想她不能回家过年的儿子?想出嫁的女儿们?想她已故的亲人?还是在想她的童年——她的过去?我不得而知。于是我便问:"为什么还不去睡,您老在想什么?"上了年纪的人是经不起熬夜的,我只是想,婆母听了我的话,好半天不吱声,只见她离开椅子一拐一拐地向我移来。那种表情看上去简直就是个十足的老小孩,羞羞答答,扭扭捏捏,走近我伸给我一只手,我定睛一看,是一把花花绿绿的钱,面额不等,有100元、50元、20元、10元、5元的,咳,这不是我刚刚孝敬她的钱吗?怎么老太太嫌少?还是有别的什么打算?婆母这一来,只搞得我云山雾罩,疑惑不解,莫名奇妙了。她望着我,我望着她,当然这些疑问还没有出口,婆母说话了:"孩,你是咱家的媳妇,新媳妇进门是要给喜钱的,可是咱家那时穷……什么也没给过你,你给我的钱我还没花完,这算是我的一点心意吧!"啊!我完全明白了。20多年过去了,大概有25年了吧,婆母仍惦念着给我"喜钱",这真是一种少有的令人难忘的感动。我说:"这就足够了!"然后,从中抽了一张10元的赶紧收起来。尽管这钱原本就是我的,而且,多少年来绝大部分的花销都是由我来支付、承担的,然而婆母这样一来,我的心田里顿感涌进了一股暖流,漫过喉头,眼睛都湿润了。随之,在生活中艰难的岁月里,所经历的一切,无数的感念也在我的脑际中一幕幕地相继突现出来,使得一向不受拘束的我,面对朴实、厚道的婆母,竟然没了语言。

每当我想起婆母,想起那分感动,我总会不由得拿起电话,给她去一个电话,问问她老人家的身体情况或需要的一些东西。如果她老人家身体不适或需要什么的话,我想我会立刻赶回去,照料她的生活,给她更多的快乐和享受。

偶尔拾起的童心

我每天都去踢毽子。我喜欢上了踢毽子,像上了瘾着了魔一般,总想踢,天天踢。其实我踢得并不好,关键是喜欢和迷恋上了那种氛围,那种感觉。那种氛围是那么令人陶醉,那种感觉是那么沁人心脾。

记得第一次踢毽子,那还是一个略感奇寒的早晨,我在家人多次鼓动和劝导下,终于抛开多年养成的懒散,抛开热被窝,穿上早买了却一直未穿的那身玫红色的运动装,走出了家门。

清晨的感觉就是好,尘埃经过一夜的沉淀,空气清新如洗。街道上除了三三两两赶早集的菜贩开着三轮车驶过,还不见有什么人走动。

我做了个深呼吸,马跑着(竞走)来到广场。广场人多喧闹,可说一片花红柳绿。有许多手拿彩绸、踏着美妙乐曲跳集体舞的,有打羽毛球、跑步、踢毽子的。

我不懂如何运动,也一时无法使自己找到或者说无法使自己全身心投到哪种运动方式中去。第一次出来嘛,还有点不好意思,且大有虚伪做秀之感。到人多之处,总是不由得东张西望。全然是副无所事事、游手好闲的模样。跳舞我不会,可说是天生的笨蛋,对乐点更是无知无觉,看看就想走开。其他运动也很生疏,我对自己也很不满意,准备溜上一圈就回去。

不过我对这里的一切并不陌生,夏天也免不了到此溜达溜达,何况离家不远,隔窗就可以看到。或许是对这里的一切早已惊叹够了的缘故,对这座宽广壮丽的大型活动场所、四周各种豪华高层建筑以及各种繁多的商业广告牌、茶馆、饭店、洗脚屋、歌舞厅,还有场中心只有在夏日里才开放的音乐喷泉花池等都早已司空见惯,也就没有兴趣了。

正当我考虑是停留一会儿还是逛菜市场时,忽觉得有个什么东西画着弧线,掠过我的头顶,嘣地落在我的脚下,低头一看,是枚彩色艳丽的鸡毛毽。抬头转身望去,不远处,一个人体圆圈中,七八双目光,带着快乐而友好的微笑一起向我投来,我的心不禁一动,弯腰拾起地上的毽子,顺势飞起一脚,将毽子踢回到他们中去。

就在我弯腰拾起毽子,用力飞起一脚的那一刹那,何曾想到拾起早已失去的童年,童年的乐趣,童年诸多美好的记忆,随着飞起的一脚,我的激情,我的欲望,我的快乐,我的青春,感觉从心底渐渐地升腾、燃烧起来,像一团火。

我一动不动地站在原处,渴望那枚毽子再一次落在我的面前。我等啊等,任一团火燃烧着。然而,那枚可爱的、美丽的东西却再也没有满足一下我的愿望,没有像我渴望的那样落在我的面前,心不禁感到失落,更重要的是难过。

第二天一大早,我便直奔广场,为的就是能够触摸那枚毽子——让我魂牵梦萦的东西,体会那种感受。

说来很可笑,我与生俱来就有种荒谬怪僻的性格,从不与生人交言答话,不为别的,就怕人讨厌,甚怕自己失理失态,招人笑话。这天我却大胆地拽住一位弓身在地捡毽子的中年男子,问他在什么时候、什么地方,可以买到一枚毽子。他用下巴指了指,我很快就花 3 元钱买到了一枚蓝、黄、粉、绿的杂色羽毛毽子,心满意足地拿在手里。眼前出现小时为制作一枚毽子守在鸡窝前,将母亲喂养的唯一一只大红公鸡身上的毛拔得"衣不遮体"吱吱直叫的情景。想起母亲让我去拔猪草,我却偷偷地躲起来,非要找一个比自己大的女孩比试踢毽子的功夫……往事像一条快乐的河,从我的心田里汩汩淌过。仿佛一切都因为拥有它而鲜活明亮起来。

总之,在厌倦了人与人之间的相互利用、尔虞我诈之后,这对我来讲不外乎是前所未有的美好感受。我痴痴地、傻傻的,思绪沉浸在儿时的回忆之中。

不知过了多久,听到身后踢毽子的人们发出的阵阵欢笑声,回过头去,发现竟然有人招呼我,要我跟他们一起踢。招呼我的是一个精瘦的老头,大约 60 来岁。看得出他们踢得很欢,拼得也很凶。老头把毽子踢给我,但我并没有接住。毽子落在我身上,继而又掉在地上。只听老头自语道:"你们太厉害,你们太厉害,我不跟你们玩了,重新找个对手。"十多个人的圈中立刻爆发出一片嬉笑。显然老头是为了暂缓体力的消耗所采取的最友好最有效的办法,我非常乐意接受。拾起毽子礼貌而笨拙地踢还给他,没想到这个精瘦的老头,竟然将那十分糟糕的毽势猛地来了个大旋转,用一个极其滑稽的动作,将毽子踢上了高空并与对手们不间断地踢了十来个回合,真是不可思议,惊得我两眼发直,赞叹不已。他们每个人的脸上都洋溢着孩子般天真而顽皮的笑容。个个身怀绝技,出手不凡。像武林高手,像运动健儿,我简直无法形容他们的腿脚功夫,只是忘情地观赏着。感悟那画着弧线在头顶飞来飞去的小精灵。似乎小精灵每根羽毛都散发着快乐的味道,感染着刺激着人们的劲头,也在大大地感染着我,刺激着我,使我总想试一试。只可惜我的水平太差了,好几次他们都送给我,我都没有接住。只好一次又一次地向他们表达我的遗憾和歉意,却一点也不感到灰心。

最初我就是这样不知不觉进入这种场合,进入这种氛围,不久便与他们个个混了个脸熟。

阳光普照大地了,邮局的楼钟准确地敲过十下,人们的兴致仍很高。跳舞的人群早已散去,但踢毽子的却很多。团团伙伙,时散时聚。我所在的这个圈子里,尽管那个招人喜爱的快乐老头不知什么时候悄悄离去,但新的年轻队员却陆续补充进来,后来才知这天是星期日。

我不愿离去,还想比画几下,于是将自己手中那枚心爱的宝贝,左手倒在右手上,摆出一副随时出击的姿势,等待机会来临。几乎与此同时,为迎接那个直冲而来的毽势时,我重重摔倒在地。一个蛮俊俏的小伙子很快跑过来,将我用力拉起,脸上带着纯洁无邪的笑容,并鼓励我慢慢来,别着急,并告诉我,大凡在这里踢毽子的人,都有五六年的功夫,少说也有一两年。可我不服,心说:"我踢毽子时,你们还不知在哪儿呢。"说归说,但眼前的情景,不得不折服惊叹。过去的踢法跟现在不同,过去是单踢,现在是好多人围在一起踢。围在一起踢,既有激发性,又有观赏性,既健身又开心,非常有趣。

我喜欢毽子,热爱踢毽子这项运动是从小就特有的本能。今日得以激发,不能不令我欣喜、放纵。

接下来,我便慢慢适应了这种踢法,也能接它个三脚两脚的。有时,准确而有力地甩上一脚的感觉,就好比世界级足球运动员临门一脚突破零纪录一样,令人兴奋不已,仿佛逝去的青春又回到了身边。

再后来的每一天里,我都会早早到达那个充满欢乐的地方,忘怀地踢上一两个小时,直到大汗淋漓,筋疲力尽。

鸡毛毽不仅给我枯燥乏味的生活带来了无尽的乐趣,也使一向体弱多病的身体,逐步有了喜人的转变.我常常感叹这个小精灵,广场简直就是它的天地,它被人们团团围在中间,诡谲地展示着特有的魅力,逗引着那些花团锦簇的少男少女,那些从容不迫的中年男人、中年女人,那些退休后享受人生快乐的老头、老太太们为争相展示自己的腿脚功夫、健康程度而拼上一拼。它不仅创造着人的生命力,也创造着人的幸福感。那种氛围,那种感觉由不得你不迷恋不陶醉。

在这里既没有年龄界线,也没有人与人之间的等级差别;既没有矫揉造作,也没有权钱挡道,而唯一共有的是人们各自的快乐好心情。我执着,我沉迷,以致睡梦中都在踢,常常发出惊人的一踢。

这样一个人

在给郭子林校长校对他准备出版的《花香飘过月亮湾》散文集初稿中,郭子林用相当大的篇幅书写了"疯子——王玉峰印象"之一、二、三……

他的"疯"引起我极大的兴趣。从他的文中我了解到这"疯子"是个蛮有意思的人。不仅文章写得好,为人坦诚、率直、豪放、健谈。爱喝口小酒,会作词、作曲、演奏歌唱,自娱自乐,集文学艺术于一身,是一个多才多艺,且令人敬重和钦佩的人。

校完郭子林校长即将出版的散文集初稿,我的耳畔总是萦绕着一个男子喑哑的嗓音,从秦岭地带汹涌澎湃一泻千里的黄河,伴着优美的乐器在引颈高歌。歌声如泣如诉、荡气回肠……于是,我打电话给郭子林,说如果有机会的话,我想见见王玉峰这个人。郭子林说,没问题。

时隔不久,也就是有个十多天的时间吧,郭子林校长就给我打电话,恰好我在别的办公室跟同事们海侃,手机不在身边。快到下班时,我才发现多个未接电话,立刻给他回拨过去。他在电话中急切地质问,因何打72个电话不接。没等我解释,他便说:"王玉峰来古交了。"让我赶快去他办公室,中午一起吃顿饭。我万没想到会这么快。王玉峰是山西省垣曲人,与我们所在的古交相距甚远。怎么可能呢,我真的有点不敢相信。

赶到郭子林校长办公室时,已经有好几个圈内朋友在此恭候了。王玉峰还没到,马明明他们一起到车站迎接。大家一边品茶一边聊天一边等候。闲谈中得知,除我与这位"大家"是初识之外,郭子林不用说,书法家周先宝、煤管局局长武让、劳动局副局长张文俊、教育局副局长闫旭斌、诗人马明明、文友吕立萍、武建维等,他们都是故交。方知王玉峰曾经在古交(在文工团搞创作,编剧)待过一段时间,20世纪90年代初期离去,至今已快20年的时光了。为此,郭子林无比惋惜。他在文中也多处提到:"古交没能留住王玉峰——这个人才。"

果不其然,其本人跟郭子林文中所描述的差不多。中等个头,身体微胖,面色红润,又有点肚子,穿着一件毛领外套。毛领外套敞开着,能看出他身上的杂色横条圆领毛衣里,还套着至少两件毛衣,看上去十分臃肿。我想他怕古交寒冷,来时加上的。一副不修边幅的样子,衣着简朴,跟小商贩一般夹着一个黑皮包,虽然脸冻得红紫,但额头上的皱纹却显出丰富的表情。他的面孔显得高尚而坚定,刚踏进郭子林的办公室,还没等大家问好,便着急忙乎地说:"这么多朋友啊!我给大家演奏我最新创作的一首歌曲。"边说边从包里往出掏乐器之类的东西。郭子林说,"你这个疯子!不着急,有的是时间。"亲切地制止了他。是啊,大家都是朋友,对一个旅途劳顿远道而来的朋友,怎能不先让喝口热茶,暖暖身子呢。何况学生们都已放学,该是吃午饭的时间了。他没有完全听从我们的劝说,一阵简短的寒暄过后,见他只呷了一口茶,屁股也没落座,就风风火火地把随身带的u盘(作品)——《我歌我哭》《张鱼》《日子在高处》等几篇小说,让人从电脑上帮他打印出来发放给大家。他说,这次来省城太原是事出有因,不然的话,他不可能来古交。既然来到省城,他就一定要来古交看看他的好兄弟——郭子林,看看古交的朋友们。他的"疯"着实令人欢喜、钦佩和仰慕。

说话间记者李静已经把他的作品打印出来了。我拿一份。我想我一定得好好看看他的作品,从中找找自己的不足。

真所谓农民谈地,文人谈文,三句不离本行。我喜欢这种氛围。他给我们说,他的作品要么不发,要发一定是国家级重点刊物上发。还必须是头版头条。他的小说《张鱼》就得了什么刊物的一等奖(我一时没记住)。他正在向茅盾文学奖冲击。大家被他的十足的创作激情所打动,都说了不起。他一个劲地哑哑着:"不瞒你们说,我想拿茅奖。我都60岁的人了……几十年就只干了三件事:钓鱼,喝酒,骂人……浪费的时间太多。嘿嘿嘿……"他说话十分感染人,说着说着便放声大笑起来。笑过之后,边拿手擦擦眼角边自嘲地说:"我骂人只敢在背后或者是心里,不敢当人面骂。"他吸烟,吐出烟雾的神情尤其耐人寻味。说起他在古交待过的那段岁月,他哽咽了。看得出他想向大家表达的无尽情怀。

"走走走,吃饭!吃饭!边吃边聊,有的是时间。"郭子林不想让他过于动情,果断地打断了他的话。

酒桌上他如愿以偿地为大家演唱了他的创作歌曲。他的演唱赢得大家的一片掌声。而遗憾的是,我只顾摆弄手机录像,新买的手机让我无法适从。结果歌唱完了,到底唱了什么我都不知道。也没录成,只是拍了一张照,白忙活了一场。

后来我发现我这一天的心情尤其兴奋、愉悦。我没有感到哪里特别不舒服,甚至忘掉了一身的病痛。酒后,在大家的一致鼓动下,还跟七八人一起陪同王玉峰去了汾河水库。看了冬日的水库。

冬日的水库非常爽朗、宁静。冰冻三尺,上面铺着棉被一般厚厚的一层浮雪,并且有汽车轮子的印痕。阳光撒在冰面上,与耀眼的白雪相互掩映折射出无尽的光芒。太美好了,这种感觉从来没有过。大家忙着边跟王玉峰拍照边观赏冬日里汾河水库的美景。我俯在冰面上的雪地里,轻轻地亲吻着冰雪,亲吻着这纯洁的世界。仿佛大自然给了我无尽的力量,促使我朝着东方"啊!……啊!……"放纵地嚎了几嗓子。这在我的生活中简直不可思议。记者李静说:"大姐,这才是你。你就应该是这样。"书法家周先宝也说:"让你来,你就不会后悔,你还不相信。"我说:"我相信!相信!"

一路上大家的话题始终没有离开文学、创作。而谈得最多的是刚刚获取诺贝尔文学奖的莫言及莫言的作品。那时我还没有认真地系统地看过莫言的任何一部文学作品。内心里对获得那么大奖项的作品充满了向往。反之对自己的作品不十分看好,开始持怀疑态度,也就没有足够的自信心。直至返回的路途中,郭子林校长说:"老曹,把你的书送王老师两本,别那么小气。"他还说:"大家都是文学爱好者,互相交流互相学习,共同进步。这没有什么不好。"是,没有什么不好。这是大家的共同愿望,也是自己求之不得的学习的好时机。来时就有所准备,只是一直没好意思往出拿。自然说到此处,我不再犹豫了。向王玉峰这位大家,送上自己的两部劣作小说《艰辛人生》《孔明康的老宅》以求共勉。王玉峰要我给他签字,并且拿他的红笔签。这对我来讲还是头一次。王玉峰说他喜欢这颜色"漂亮。"并且一连表示:"这次来古交收获太大了,真的。"大家也说彼此彼此。我所在意的不仅是谁对自己那两部作品作何种评价,关键是自己兜里那篇还未经发表的小说,想让有才能的高人给指点指点润色润色。

《楚文静的花布兜》刚刚完成,大概18000字。我说:"劳您给把把关。"王玉峰爽快地答应了。并说在他翌日离开古交前一定看完,给出他的观点和建议。他说到做到。第二天一大早,果然让郭子林打电话邀我去,在郭子林学校宽大的会议室里,他祥和地跟我谈了他对这篇文稿的看法。还密密麻麻做了许多圈点和批注,一字一句地给我解释。并一再肯定这不失为一篇好小说。建议我将此文章题目改写成《路途》,我当即愉快地采纳了。看得出来,他几乎一夜未合眼,我非常受感动。不仅缘于对他的音乐才华的敬仰,还因为他对文学艺术的热爱和坦诚感染了我。然而在我连夜赶读了他的小说《日子在高处》之后,内心的确切感受尤其鲜明。在《日子在高处》中他写了一个生活中的小人物形象。小人物当初是一所乡镇中学的民办教师,因偶然的一次冒犯,使自己永远失去了这一高尚而心爱的职业而变成一个活动在城乡交界地带建筑工地上的小民工。小民工与他身边的人不同。除了拼命干活挣钱养活自己之外,心里还藏着一个作诗人的梦想。他边干活边陆陆续续写了不少诗,并寄给了北京一位叫长虹的著名诗人,这个诗人同时还是一家文学杂志社的主编。长虹主编夸他有诗人气质,鼓励他坚持写下去,还很体贴地向他发出邀请"有条件的话可以到北京来谈谈",他认为有人肯定了他。于是"为了能去一趟北京,实现自己的人生价值",他拼命干活挣钱。并"把去北京的日期定在冬季上冻不能干活的时候",就是围绕这一主题展开故事情节。蛮有意思,非常有可读性。整个篇幅的布局也十分巧妙,历史和现实糅合得十分精道。看过他的作品我内心不得不由衷佩服。他的确是一位值得大家尊重和钦佩的人。我为能结识这样有才能的人而感到荣幸。

当晚,大家又在一起喝了不少酒。在送我回家之后,他们又连夜陪同王玉峰去探访和观摩了夜幕下的千佛寺。

王玉峰在古交只逗留了短短的一个晚上,大部分时间还耗在了我的文稿上,真有点过意不去。第二天,他便告别众文友匆匆离开古交。他说时间不等人,有许多事情等着他回去做,不能久留,所以他必须走。不过临走时他一再邀请大家,说:"明年,春暖花开时,你们一定来我老家——垣曲,到那时我请大家到我朋友的渔船上,边吃鱼边赏黄河两岸的风景。给大家唱歌。好不好!"并说他在家备了五六部电脑,足够大家写作用的。大家都说:"好好好。"我真真切切动心了。

告别王玉峰,我问郭子林校长:"明年咱们去不去?"郭子林校长说:"那还不好说。"

我在心灵深处感到幸福。

朋友来自朋友

那天晚上,王建加老师给我打电话,我恰好在洗澡。洗完澡走出卫生间,头发还湿淋淋的,儿子就告诉我有电话。这么晚还有人给我打电话,我想一定不是通常事,所以立刻回拨过去。

"王老师好,您给我打电话啦?""哦",王老师电话中语气似乎很平淡,但我能清晰地感觉出他内心的急迫与期待来。他说需要请教一个问题。问题是他记不太清一个有关庄子——庄子梦蝶还是庄周梦蝶,这样一个典故。总之,他糊涂了,说什么都记不起到底是怎么一回事,希望能帮他把这一典故以及典故的出处搞明白,这是其一。其二,他之所以这么晚打电话给我,是因为另外还有一个比较重要的事情需要告诉我,就是明天潘保安来古交。

潘保安是谁?我不认识这人。我当然得问清楚。

王建加老师这时突然激动起来了:"啊呀,他是咱山西的'大家',是沁水县文联主席、赵树理《小二黑结婚》之后,《老二黑离婚》、影视剧《作家赵树理》的原创者——潘保安。"是专程来古交看望走访他的。如果方便的话,让我打开电脑百度一下,即可知晓其人。

"啊!土豆派作家。的确是位令文学爱好者们高山仰止的'大家'。幸会!幸会!"我说。

王建加老师说，他自己是搞书法、篆刻的，跟搞文学圈子的人还是有一定区别的，他首先想到邀我参加这次欢迎会，既不想张扬，也不想怠慢……

我说："好的，我明白了。既然王老师您如此坦诚、信任我，那么等这位大家一到，您就给我打电话，至于别的，一切都交给我好了。"王老师同意了，只是最后一再强调不能太闹。

第二天上午9点多，阳光很好。我在书法家王建加老师狭小的工作室石山书海、铺天盖地的墨迹中，见到了这位朴实、精瘦、祥和的大作家——潘保安老师。让人意想不到的是，陪同他的人，竟然是居住在省城太原我的亲家——成康仁——侄女的老公公。真的非常意外，非常好！非常亲切！

送上我的《艰辛人生》《孔明康的老宅》，潘保安老师要求签名，我感到很不好意思："丑陋之作让大家见笑了。"潘保安老师接过书仔细翻了翻，给我提了以下两点意见：一是要认真写、用心写；二是一定要跟影视接轨。

啊呀！我说我可从没想过这些。实实在在没想过，也实实在在不敢这么想。

这时，拥挤得密不透风的工作室里，已经烟雾缭绕了，除了亲家成康仁不吸烟，大家都吸烟。阳光从没有被完全遮挡住的小窗玻璃上透进来，穿过烟雾顽皮地在我们面前的黑茶瓷碗上跳跃着。虽然我发现我心底泛起的微弱的希望之光，也犹如碗边跳跃的波光一般，跃跃欲试、或隐或现。但我依旧对自己的作品没有太大的信心。原因其实很简单，名家大作太多太多了，咱这东西……真的，我是实话实说。

潘保安老师接过我的话说："话不能这么说。"他不赞同我的观点。其后，他说他看作品，不仅要看到人的心，而且一定要看到人的灵魂。问我平常喜欢看哪一类型的书籍,我说我喜欢看任意打开一页、随便读上一段或者一句话,就让人放不下手的那种书。他笑了笑说,他也有同感。说回去尽快读我的这两部书,读完之后他会跟我交流。于是把我的qq号给要去了,但我直担心自己会不会记错号码。对于我来说记错号码是常有的事,何况驾驭电脑这匹"野马"我至今还是个新手。

在这里没有官方客套、没有什么领导做派,我们几人守着小方桌,吸烟、喝茶、嗑瓜子,谈路遥、谈张平、谈给我写《艰》序的孙涛老师、谈生活中各自的儿女以及跟儿女们之间的代沟……总之,点点滴滴方方面面,交谈非常轻松、非常愉快、非常开心。我发现我们好多观点都非常一致,甚至不谋而合……谈到党的十七届六中全会,有关文化体制大改革的决心和力度;更谈到赵树理其人其作品……谈到手中的"裸体"瓜子仁、黑碗茶……字字句句都情真意切、幽默风趣。可说有说有笑、纵横天下、其乐无穷。

王建加老师举着烟、歪着头、眯着眼说:"啊呀,好!写得好!"他说他一直沉浸在《艰》的诸多情节中,拔不出来。啊呀,旷大姐!他总这么称呼我,惹得我直想笑。他说:"真的。"他把它看作当代《青春之歌》。在他跟他的老朋友——我的亲家成康仁热切地交谈的过程中,这样的语气他反复了多次。我的亲家成康仁也说,他得到《艰》之后,一有空就看、天天看。看得他好几次流泪,晚上睡不着觉。他一边嗑瓜子一边轻声细语地说:"你说说,招待所那一情节,打扫卫生,你问男厕所里有没有人?……男厕所有人吗?没有人回应。等你进去打扫时,人家裤子也不提、赤条条站起来……你说说……"他说他,曾经就遇到过这样的事情,所以引发了他许多联想。

三位都年长于我，又是我所敬重之人，我最多的只是聆听、感悟甚至有时不禁开怀一笑。由于大家谁都不想剥夺谁的话语权，结果导致几次出现短暂沉静。短暂的沉静过后，潘老师总要深情地说上一句："我很激动。今天来古交，真的太激动了。"其实大家都有同感。

这样的氛围、这样的气息、这样的交谈方式，自然、真诚、实在，我想潘老师几次说他很激动的地方一定在此。

好！真的很好。我非常喜欢这样的氛围。不过一看手机，让我大吃一惊，马上就接近中午12时了。时间过得可真快，感觉犹如白驹过隙一般；也不知在黑瓷茶碗上欢腾地跳跃的光波什么时候，便像鸟儿一样悄悄溜走了；想到所邀的几个铁哥们已经在赶往酒店的途中，我不得不对意犹未尽的三位老大哥说，就在附近——不远处，一小包间，清静、幽雅，还邀了三位道友，我们可以边吃边聊。

在安排的薄酒午宴上，郭子林先生、周先宝先生、杜剑君先生依次跟潘保安老师握手相识，依次送上自己近年来的作品。郭子林先生的《我用心情测阳光》《殄》《白云之上》《翰墨情》等多部文学作品；周先宝先生的书法作品集；美术家杜剑君先生的国画作品集；自然包括《我笑我》"烟两盒酒半斤，舞刀弄墨戏丹青"这个把书法、篆刻艺术凝结为生命，生命凝结于书法、篆刻艺术的痴情狂人——王建加老师的《兰亭序—道德经—孔孟圣贤》金石篆刻作品集等。可说真诚、厚重、热情，装满了潘保安老师的口袋。

酒毕，大家都盛情挽留潘老师住下来，多待上几日，但其执意不肯。临走时，潘保安老师跟大家一一握别，并一再说："不枉此行、不枉此行。"

潘保安老师来了,走了。虽然短短几个小时,给我的印象:淳朴、谦逊、随和,一点儿没架子。我想他以后再来古交,就不会只有王建加老师一个朋友,不会来去匆匆,而是会成为古交矿区文学、艺术界共同而永久的朋友。

假如

古交、古交,说起这地方,我不禁有几分得意。原因很简单,因为我就是一个土生土长的古交人。

从一落地的那刻起,我的热血命运就已经跟这块土地融为了一体。我一天天长大,她一天天变化。生命的厮磨竟然呈现出令人深叹的格局。我变老了,已由不惑之年而滑入知天命的境地,而她却变成了一座年轻、壮美的城市。宛如一个十七八岁的大姑娘一般庄重、娇艳、自信、挺拔。

登上水泉寨公园的望川楼,美丽的古交风貌尽收眼底。四面环山的古交市,虽然不大,却非常精美、清秀。横卧在市区和矿区间那条玉带般的汾河,从西延伸而下,自然和谐,给人生生不息的希冀。两边的建筑群一幢幢,一片片,豪华、气派、有序,整个儿散发着青春的气息。

不由在心里千百次的感叹:"我的家乡,你真美!"

一

盛夏的夜晚,我都会与爱人一同去散步。所到之处皆是一幅幅欣欣向荣的景象。

尤其是到新落成的汾河公园,沿着宽展的河堤,踏着花砖铺成的绿色长廊,感受着芳草的清香,总是感慨万千。想想儿时,比比现在,总会情不自禁而又无可奈何地傻笑半天,笑自己内心的种种假如。

假如可能的话,我一定用车把我的故亲接来,让他们美美地逛逛古交街,分享当今古交人享受着的美好生活。

爱人多次问我:"你准备邀请哪些故友来做客?"我只好痴痴地笑着告诉他:"我邀请我的父母。"丈夫哈哈大笑。

我之所以说邀请我的父母,因为父母是我的"相识相熟",是我生命中实际意义上的故友,是历史变迁的见证。只有邀请到我的父母,才能够极大地满足我的种种欲望,才能够释放我按捺不住的某种狂热和欣喜。

然而,早在20多年前,我亲爱的父母就带着他们一世的酸辛、困苦、无奈和对儿女们万般的牵挂,以及那代人"楼上楼下,电灯电话"童话般的梦想而相继迁居冥国了。

我的假如也只能成为假如。

二

假如父母尚在人世的话,我会动员他们去晨练,去观看"消夏晚会",去"小肥羊"涮火锅,去"童心乐园"荡秋千……

首先,在庄重、肃穆的市民广场,给一辈子都未曾拍过照合过影的他们,好好拍几张照片。告诉他们,夜晚这里的灯光美景是多么好看。还可以听到奇异美妙的音乐,看水幕布电影。父亲的眼力不好,不要紧。完全可以给他配备一副适合他老人家的老花镜、望远镜、近视镜,甚至高强度显微镜都行。母亲的三寸金莲,行走起来太吃力,那就不必下车,坐着车子也同样可慢慢地观赏风景。试想他们的脑海里的印象跟眼前的情景相对照,是否有人间天堂般感觉?

其次，搀扶着他们进商场、逛集市、跨大桥、吃高档饭菜。当然不可以带他们进粗粮馆，尽管粗粮细做，也生怕他们产生错觉。看到高粱面、玉米面什么的，还以为又回到了过去那个粗茶淡饭吃糠咽菜的年代。时下生猛海鲜随处可见，却不可告诉他们一斤山药蛋的价钱，大大高过了一斤苹果的价钱。耐心地指给他们，哪条是滨河路、哪条是文化路、哪条是建设路等。如今的金牛大街，便是他们过去逢年过节时从村子里徒步十多里的路程才到的那条狭窄、泥泞的小镇上割肉、看病的那个唯一的集市——沟儿口。

现在不再叫沟儿口了，叫金山角。

三

假如父母健在的话，我一定不折不扣做一个孝女。天天陪着他们，逗他们开心。给他们讲"金牛"城的发展前景，把他们所有的儿女及孙男孙女们都一并召集来欢聚、游戏。甚至教他们学唱歌、跳舞、打太极。好让他们尽享现代生活，尽享古交明媚的光景。

当然，父母的不习惯和茫然、不知所措是显而易见的。尤其是一向勤劳、节俭的父亲，他一定会激愤地直起佝偻的背，瞪起威严的目光，责备我的奢华。看到父亲这般模样，想必大家都会笑得前仰后合。而我要的恰恰就是这样的效果。

唉，假如终究是假如。毕竟父母早离我远去，我再也无法看到他们饱经沧桑的脸上洋溢出的幸福笑容，也无法倾听他们内心的祝福和声声感慨。

我们这代人是幸福的，我们赶上了好时候。

我深信大多数古交人都像我一样，曾发出过这样的感叹，也曾像我一样满载兴致一次又一次地来到繁荣的街头，来到秀丽静谧的汾河公园，宽阔壮美的市民广场……释放心中无时不燃烧的狂热而更加剧烈地追逐这奇异的遐想。

人——欲望的奴隶

人,之所以被称为人而不是神,是因为人的精神世界里,灵魂深处始终被一种东西束缚着、控制着、操作者。这东西就是欲望。

欲望这东西,是人一生都无法填满的壕坑;欲望使人成为自身的奴隶;欲望使人变得更加极端、多变、自私。有谁敢说自身不是它的奴隶呢?

就为谋得高位者而言,为凌驾他人之上——掌管一事之权势,不得不在上司面前拍马逢迎、使尽其能,目的不就为的是让上司重视自己、赏识自己、提拔自己——使自己得到更多的金钱、更厚的名利、更高的地位来满足、填补、充塞自己欲望的壕坑吗?若不是,你肯如此辛苦地付出和努力吗?而那些好听的、冠冕堂皇的假话,只是用来自欺欺人的,最好别说。

欲望有两种,一种是精神的,一种是物质的。不同的人有不同的欲望,大人物有大人物的欲望,小人物有小人物的欲望,穷人有穷人的欲望,富人有富人的欲望。但无论咋说,只要有生命存在,欲望这东西在人的脑海里、思想上永远都是无边无际、无止无休的。

有的是为名,有的是为利,有的是为色,有的是为食。

古往今来,欲望这东西从不知道休息。它就像人体内汹涌澎湃的血液一样不断暴涨、漫延、扩散;当你已经拥有一百万了,你还渴望得到二百万,得到二百万了,你仍然渴望得到两千万、几个亿甚至几十个亿;你已经是科长了,你总惦念着处长的位置,已经是处长了,你仍不断惦念着局长、甚至省长的位置;你已经身就高位、名声显赫而且拥有高级轿车、豪华住宅了,你仍然还不满足,贪得无厌、拈花惹草……在时时为满足自己欲望而牺牲别人利益的同时,却从不肯因为自己的收入太多、权利太大、地位太高而施舍、谦让、拒绝,而相反地会时时发出"怎么会这样呢?!"的抱怨声。再加之,你不懂得节制、不懂得享受超脱淡然所能带给你绝好的幸福、快乐和美丽,而是像蚂蚁一样不停地争抢、拖运、填塞你欲望的壕坑。终究,当一场风暴、一场大雨来临时,能否保得住性命,真的很难说。

因为欲望这东西最能蛊惑人的心灵了。在它的驱使下,人们争权夺利、相互残杀,把这说成是政治;在欲望面前俯首,把这说成是自己价值的体现,所以使人在不知不觉中就成为它的奴隶。你的欲望一旦落空,而再也无法通过别人的眼睛来判断和确认自己的幸福时,你就会变得心灰意冷、愤世嫉俗,甚至走向极端。

常言说得好"知足者常乐",差不多就行了,常想想世上无数居无定所、食不果腹的穷人吧,别把自己搞得太疲惫。因为你很有可能活到120岁,但绝不可能活到200岁。

可当今有谁会想到、做到这一点呢?

欲望——这是自古就有的一种征兆多端的病症。

难怪有的人,没有吃过的总想吃一吃;没有见到的,总想见一见;没有得到的总想得到,临死时大张着口带走一枚硬币的口含钱,才肯合上早已放大瞳孔的双眸;一对普通的平民为使儿子出人头地,不惜一切代价,将儿子送往名校又送往国外,结果几年之后儿子只拿回一张肄业证,回国后由于长期找不到一份合适的工作,导致精神崩溃变成疯子;某高官在即将离开自己的政治舞台之前,用手中的权力将自己德薄才疏的儿子安排在一重要的领导岗位上;一个花季少女,不惜牺牲自己的青春年华成为他人的第18个情人,等等。不仅在毁灭自己,更重要的是在毁灭国家,像这样的事情实在是可怕。

小人物在不满足于一日三餐、凉了有衣穿、困了有床睡的生活模式时,会造出参有三聚氰胺的奶粉、苏丹红喂养的鸡,放到家中还会长个子的黄瓜……大人物在拥有一颗夜明珠时,还渴望得到一座城市、一个国家乃至整个地球,因而引发无数法律条文的出台——战争在地球上的不断爆发。跳门入室偷抢和坑蒙拐骗的现象在现实中无时不有、无处不在。

诸如此类,一桩桩一件件,从古到今、从国外到国内、从高人到低人的所作所为,无一不是受欲望的驱使而成为欲望的奴隶和牺牲品的。

达官成为权势名利的奴隶;下级成为上级的奴隶;父母成为儿女的奴隶;穷人成为富人的奴隶;富人成为金钱的奴隶,可说形式繁多、千姿百态,但本质只有一个,内容始终如一。

"没有的总想有,得到的还盼望……"这句歌词用来形容欲望的存在状态再合适不过了。

总而言之,凡事都得有个度,纵使你如何聪明善变、不知辛苦、小心翼翼,毕竟欲望这东西是一个山峰到另一个山峰的艰难跨越,很难使人不出意外、不精疲力竭。

贤明的人应当时时克制自己的奴性,培养自身的民族责任感,别让幻化成魔鬼的欲望,将你一步步引领到那个深不见底的边缘上——幽灵所居的壑谷里,准备把你毁掉时,你居然还不明白自己到底是谁。

　　静静地坐下来想一想,至少可以使你的心灵得到一次有效的净化,促进你尝试着挣脱欲望的束缚、超越自我、战胜自我,努力做个诚实、可靠、乐观、健康的人。

幸福来源于

有一件事情,我一做就做了几十年。可说是年复一年,日复一日。不仅现在做,而且将来还做;不仅是心甘情愿地做,而且是乐此不疲地做。

有时我在想,倘若有那么一天,突然我不能够再做这件事了或者是没必要做这件事情了,那时将会是什么样子?真的我不敢想。

也许有人会问,到底是怎样的一件事情?那么就让我坦率地告诉你:刷洗卫生间的"便池"。

便池,南方人称其为马桶;农村人称其为茅房;城里人称其为卫生间;公共场所的称其为公厕。便池是什么?那是一个令人作呕的异物;是人生命中的地下通道,是人人都不想去,却天天必须光顾若干次的地方;是需要时争着、抢着捧在手里,不需要时摔在地上、遮眼嗤鼻、急速地逃之夭夭的魔地;是与"进口"相对应的"出口"(拉撒)容纳处;是你在朋友面前对"进口"(吃喝)的要求、质量、美好感觉常大谈特谈、津津乐道而永远都不会提及的地方;是躲藏、消遣、宣泄你的委屈、伤心、悲愤的最好去处;是能使你在这里静静地思索一些别的事情,或者抽一两支烟、看一两页书报的地方;是你一睁眼就必然要到达的一处极为重要而不可缺少的地方。

人可以三顿两顿不吃饭或者不穿品牌衣服，不看电视剧，但不可没有它的存在。如果你不是常年从事野外作业的人，那么它对你来说是尤其重要的。特别是住在楼里的城里人。

然而，关于是谁天天在刷洗便池、清除垃圾、保持洁净卫生环境、提供优质服务的，却是人们永远都不去想的琐事。

我们家的便池，一天当中至少要刷洗两三次，甚至更多次。但从来没有谁跟我争着、抢着、帮着干这件事。又脏、又累、又臭，谁愿意干呢？谁都不愿意。

说心里话，回想起在以往的那些岁月里，作为家庭主妇的我跟世上所有人一样，绝非情愿。可是不情愿又能咋的。不论家里还是家外，现实生活当中不情愿干的事情多得很，但总归得有人干，谁来干？想一想还得自己来干。因此心里时常充满恼火、幽怨、愤恨。每每刷洗一次都要把着卫生间的门冲家人大骂一通："这是谁干得！……我不是保姆！更不是奴隶！……"常常发出这样、那样歇斯底里的抱怨声，以此而宣泄一下心中的委屈和不满。

尽管如此，日子还是不断地在这一声声的抱怨中循序渐进。

从年轻干到老、从没有孩子干到现在儿孙满堂，从一处住所到另一个住所，我始终摆脱不掉刷洗便池的烦恼。直到有一次，一个突然的发现竟然彻底改变了我——扭转了我的心态。

话还得从儿子准备离开家到外求学时的那一次说起。

孩子从来没有离开过家，这一走很长时间才能回来一次。在走之前他上了一趟卫生间。送他走后，我又习惯性地去刷洗卫生间的便池。当看到洁白的便池上残留有儿子两三滴晶莹剔透的黄色尿迹时，我突然怔住了，迟迟不愿下手，凝视了许久许久……

还有一次，一个远道而来的高朋，当她走出卫生间时，惊诧地对我说了这样一句话："你家的卫生间可真干净。"作为一个女人，我想这是我一生得到最大、最美的赞礼，感到非常的欣慰。

其实生活赋予我们的种种幸福、快乐的美好感受和生命存在的真正意义和价值往往就深藏在这样卑微、猥琐的一些小事里。只是被我们忽略了。

有好多朋友都曾经问过我这样一个问题："你最感幸福的事儿是什么？"

我说："刷便池。"

她们头一扭，嘴一咧："呛！胡说哩。"都不相信。我说："我这是真的。"

首先因为我爱我家，因而必须给他们一个良好、舒适、洁净的环境，让他们时时感到家的温暖和舒适，其次作为一个女人，我认为这是对自己最起码的要求。

一场大病之后，我愈发感到自己做这件事时，特有的那种深刻意义，以至养成了一个洁癖。有时甚至会情不自禁地惊叹一声："呵呀！我还能刷洗便池，还能为家人做一些力所能及的事情，居然不是一个废物。"

的确，这是一件非常令人开心的事情。

每当看着家人围坐在一起，面对一顿好饭、一桌大餐，你敬我让、其乐融融、欢天喜地时，内心的那种喜悦、欢快、幸福的满足感简直无与伦比。

有时我会想，这兴许就是我的幸福、我的快乐——我生命的全部意义和内容——丈夫、儿孙、父母、公婆、兄弟姐妹、至上亲朋……正因为有他们的存在，才使得家里充满生机，使生活变得更加和谐、美好、充实、有意义。正因为有他们的存在，我才不会感到丝毫孤独、落寞和凄凉；正因为有他们的存在，使得我内心时常满怀种种美好的希冀和信念……

倘若，真的有那么一天，不需要或者说没必要再为家人做这样一件事了，那么我想我一定不是孤独一人，便是已经风烛残年、摇摇欲坠了。到那时别说是为社会做什么贡献，即使是想再去为亲人们做这样一件小小的事情，恐怕也会成为一种奢望。

兴叹人生正思维

过去有个老太太,不管晴天还是雨天,每一天都在哭。有人便奇怪地问:"你为什么总在哭呢?"老太太说了,因为她很不开心。不开心的原因是,每一天里她总会想到自己做买卖的两个女儿,其中一个的生意不好。

大女儿是卖伞的,二女儿是卖鞋的。

晴天时,二女儿的鞋子卖得好,而大女儿的雨伞却卖不出去,生意很不好,为此她哭。雨天时,大女儿的伞卖得非常好,而二女儿的鞋却卖不出去,因此她还是个哭。所以她没有一天好心情,每每想到在这一天中,其中一个女儿必然生意惨淡时,她的眼泪就止不住哗哗地往下流。

噢,原来是这样的。有人听明白了,于是便又奇怪地问老太太:"你为什么总那么想呢?为什么不反过来想想呢?!雨天时你就想,虽然二女儿的鞋卖得不好,可是大女儿的伞卖得好;晴天时你就想,虽然大女儿的伞卖不出去,可二女儿的鞋子卖得不错哇。这样一来,你的心情不就好了吗!"

对呀,雨天时大女儿生意好,晴天时二女儿生意好,老太太听了豁然开朗。她为什么不这么想呢?从此老太太不再哭了,整日都是乐呵呵儿的。

从这则故事里我们可以得出结论,就是,人是否感到幸福,完全取决于自己的思维方式正确与否。

老太太之所以天天哭,就是因为她老是想着不好的一面,而忽略了好的一面,长期沉湎在那种忧伤、烦恼、痛苦之中而忘记了自身的幸福和快乐,以致使自己时常愁肠百结、泪水涟涟。所幸的是老太太识人劝,终于明白过来了。

大凡人的思维往往都不能够正思维。不能够正思维,就是反思维。而反思维就是错误的。可就这一点,又有谁会坦然承认呢?

而在当今现实生活中,又有多少人能像老太太一样幡然醒悟,并且及时用新的、正确的思维方式认识问题、看待问题,使自己时常处于那种真正幸福、快乐、祥和的精神状态之中呢,这还真是件值得认真思考剖析的问题。

且看看世上,没有人强调自己应该付出多少,相反总是在一声声强调自己应该得到多少。当官儿的总嫌弃自己的地位不够高、权力不够大、收入还不够多;做民的整天抱怨市场物价暴涨,没有就业机会,没有来钱处;女人总是抱怨自己的男人不优秀;男人总是抱怨社会不公平,穷人憎恨富人,富人讨厌穷人……殊不知用另外一种方式思考:没有夜晚咋会有白天;没有平地哪显高山;没有江湖哪有鱼鳖;没有……

所以每一天,人的思想里都充满了纷争。如果你能这么想,想你清晨醒来,发现自己还能自由呼吸,你就比在这一周离开人世的人更有福气。

如果你能这么想,想你从未经历战争的危险、被囚禁的孤寂、受折磨的痛苦和忍饥挨饿的难受……你已经是世界上很幸福的人了。

如果你能这么想,想你的冰箱里有食物,身上有足够的衣服,有屋栖身,你已经是世界上富足的人之一了。

如果你能这么想,想你银行账户有存款,钱包里有现金,你已经身居世界上富有的人之列了。

如果你这么想,想你双亲仍然在世,并且没有分居或离婚,你已属于幸福的一群了。

如果你能这么想,想你能抬起头,带着笑容,内心充满感恩的心情,你是真的幸福——因为世上大多数的人都可以这样做,但是有的人却没有。

如果你能这么想,想你能握着一个人的手,拥抱他或者是在他的脊背上拍一下。你的确有福气——因为你所做的,已经等同上帝才能做到的。

如果你能这么想,想你能读到这段文字,或者到屋外随意一个地方溜达溜达。那么,你更是拥有双份的福气,你比世界上那么多不能阅读、没有行动自由的人更幸福。

想到这里,看到这里,你还有什么不开心的。

心与脑

最近一段时间,我一直思考一个问题:为什么有些人在评价某个人的时候,总爱说:脑子好、大脑灵,或者说那人心眼儿好、善良之类的话。围绕这个问题,我翻来覆去像摆家家一样,将心与脑用两个不同的东西来替代,结果原来比较模糊的概念渐渐地清晰起来。在摆弄来摆弄去的过程中,还真悟出了点道理,蛮有意思。

其实说白了,人的心灵就像是一架算盘、一个过滤器、一个处理车间。大脑便是一个永固不变的笔记本——记忆的仓库。衡量、判断一个人聪明与否,不单纯取决于大脑灵活不灵活,而关键是取决于人心灵的健康程度、运算方式。完全可以这样说,人从一出生的那一刻起,就开始不自觉地运用"+、-、×、÷"的运算法则计算得失。他的哇哇啼哭,除了本能的需要,便是心灵的渴望。当塞给他乳头的时候,这一切往往会很快停止,大脑都是一片空白。随着时间的推移,人的记忆库逐渐形成。到七八个月的时候,就能够初步识别谁是爸爸妈妈,谁是爷爷奶奶,再大一些就会分辨出家人和外人。这个过程就是大脑——记忆库的形成过程。当记忆库完全形成之后,人的心灵,这架算盘——过滤器——处理车间便渐渐运转起来。然后,将运算的结果统统迅速地转送到大脑里那个记忆库中。等到两三岁的时候,就完全可以自如地存取记忆库中的记忆,比如:他知道妈妈把好吃的东西或喜爱的玩具藏在哪里,他就会大哭大闹千方百计地得到它。这个千方百计的过程,事实上也就是心灵的运作过程、过滤过程、处理过程。他的愿望一旦实现,脸上就会露出灿烂的笑容,发出咯咯的笑声。以至再大一些,心灵与大脑便构成一个不断循环往复的系统。

由此可见,这样日积月累大脑便会密密麻麻起来,也许先前是用铅笔而写,后要用圆珠笔,再后又是钢笔或各种彩笔,以致使笔记本更加密密麻麻重重叠叠,甚至狭窄边沿都占满了。如果不善于删除整理的话,那么通常情况下,这个人的大脑就不够用了。如果这个人的大脑空间宽敞明亮的话,那么这个人就是个足够聪明的人。因为他非常善于整理分析取舍大脑中的各种记忆,因而能够保持良好透明的清晰度,也不易犯晕犯错。这个基础源于最初输运的心灵结果,如果当初心灵里滋生、营运的本就是一些糟粕险恶的东西,当然存储在大脑中的记忆还是那些糟粕险恶的东西。

可见,一个心灵空间不洁净的人,其大脑就会出现这样那样的问题。这种问题很大程度上会导致他(她)做出许多令人意想不到,甚至不可饶恕的事情。因此一个人脑子灵不灵不是最关键的事情,关键的事情是有一个美好而纯洁的心灵。

风中的碎片

我不喜欢醉酒的人,甚至有点讨厌。真的,不论坐在哪里一喝就是一两个小时,甚至两三个小时不觉得烦。常为一件事或一两句闲淡的话翻来覆去没完没了,吵闹、争辩、抬死杠。然后走出酒店个个都是面红耳赤,东倒西歪。说实在的醉了酒的人,哪有个不失控的,不是哭笑,就是吵闹,口无遮拦,丑态百出。

我不喜欢喝酒也不喜欢劝酒。如果想喝,知道能喝半斤绝对不超过六两。酒力不胜,那就更应加以把持了。

醉酒的人往往对自己很不在乎。很不在乎的程度,就是将自己像一张白纸一样,轻率地撕成碎片,恬然地抛向高空任其飘落。等到他完全清醒之后,他才弯下腰低头到处捡拾失落的那些碎片。然而,那些被抛废的碎片,早已遗失殆尽了。我所说的"碎片"不是别的正是人自身:理智、思维、意识、修养、风度、尊严、人格、形象以及对他人的诚信、责任、义务等等。是一个正常、健全、完整的人的灵魂——生命的组合体,是不可缺少的东西,一旦被撕碎很难还原。何况信手挥之,失去任何一片都是极其危险和可怕的,你还能指望自己成为一个理性而完整的人,令人敬重吗? 绝对不会!

仔细想想,一个丧失理智的人,是个什么样子的人? 一个没有思维、意识的人,又是个什么样子的人? 生活中不是不能有酒，但喝酒必须有个度，适可而止。

酒桌上常听有人这样说："关心我的人是让我喝奶哩，不关心我的人是让我喝酒哩。"明知这样还死撑硬挺。有这样一件事，说的是一位领导，他在酒桌上经不住人们对他的奉承、吹捧便大吹大擂、大包大揽。凡是朋友们提出来求他办理的事，他都要一一给办。不论正确与否便信口开河答应了。并启咒，承诺。事后，朋友们都去找他。他却说："不可能，绝对不可能，我怎能那样没水准呢。"最后他又说："自然我说过那样的话，就请多多原谅。因为那是'醉话'，'醉话'就是屁话，那是不算数的。"听听可笑不可笑？

酒嘛，是个好东西也是个坏东西。它能让你兴奋，也能让你悲伤；让你激情燃烧，也能让你放肆癫狂。前者无妨，后者无量啊。

茫茫人海里，我只喜欢平静而实实在在的生活。平静本就是一种非常难得的享受，没必要醉生梦死，搞得昏天黑地。实实在在做事，本本分分做人，只要有真挚的语言或是真挚的沉默就够了。但愿在繁华闹市的街头，那些沉湎于灯红酒绿纸醉金迷的人们，不再一次一次地烂醉，将那碎片抛向天空任其散落满地。你抛废的不只是你的时间和金钱，也是你的灵魂和生命，别让人见了难过。

一双花布鞋

初秋日,我随一帮笔会后的文友们一起爬二龙山返回山脚下的一个村庄,将从一位大娘的脚上脱下来借穿的一双平底花布鞋以及我的一点心意——10元钱,还给大娘时,大娘老眼中透出的惊讶和"穿穿鞋还给钱哩?甭!"这样一句话,让我感念了许久许久。

大娘的圆口平底花布鞋,虽说比起我的高跟真皮凉鞋是老土多了。可当我穿上它爬山时,别提有多惬意,不仅合脚,而且非常平稳和轻便。

一路上我穿着大娘的花鞋,在灌木丛中攀登、跳跃、急走、慢行,说不尽的畅快,倒不完的自如。

起先说好的,是跟大娘换着穿穿,事实上山里大娘,她根本就穿不得我的鞋。可没想到她二话没说,居然爽快地脱给我,让我穿着她的鞋去爬山,自己却赤着足。难怪同伴们都说我占尽了大娘的便宜。

的确,我占尽了大娘的便宜。

倘若不是大娘这双花布鞋,我无论如何爬不上二龙山;观赏不到二龙山的风光;领略不到二龙山的英姿;更谈不上呼吸二龙山那宁静至福的气息和沁人心脾的清香。

因此,我非常感激大娘,感激大娘这双平底花布鞋。在无尽的感念中,让我不止一次联想起生活中的点点滴滴,且怀有更崇敬的心去回忆这次美好的经历。

不知人们有没有过类似我这样突变的经历和感受,但在现实生活中,的确如此。那就是说,偶然的一次变故或是看起来微不足道的一件小事,往往就能给予人心灵上以震荡和惊醒。不起眼的东西,也许正是我们当下急需的东西;一辆豪华轿车未必能比得上一辆破自行车在关键时刻的作用;显然我的高跟真皮凉鞋,面对巍峨的二龙山,就无法取代大娘那双能让我爬上峰顶的平底花布鞋。

人生在世,人在旅途,尚不知一路兼程,跋山涉水几多变,即使有更昂贵、更精良的行装,也无须忽略和忘却一棵草木、一块基石、一滴甘露、一个微笑给予人的帮助。

此次,山里大娘的这双圆口平底花布鞋,不仅使我不掉队,还让我能够顺利爬上二龙山山顶,一路欢歌,登高远望,可说对我无比重要。

我难以忘怀。

心灵的闪光

说实在的,以往我最怕儿子们告知学校开家长会。学校每次开家长会,老师总会特别"关照"我一番。作为母亲,我是既羞愧又无奈。无论从哪方面讲,都不比别人家差,可单单自己的孩子们学习方面就是比人差。

11岁的小儿子,快升五年级了,学习成绩仍是平平,任你整天怎样绞尽脑汁,怎样变着法儿给他讲题论意,也不能使他的成绩提高半步。罢!罢!罢!纯属一个榆木疙瘩。有时忍不住这样责怪一声,无奈孩子不开窍。也不完全是有些老师所说的那样——大人不尽责。

就拿我来说,每次给他讲题时,他总是很认真的样子,支棱起两只耳朵,两只胖手托住下巴,嘴里不停地哼哼着,意在倾听。可是一道题讲过后,问他:"懂没?能不能做来?"他会很快回答:"懂了。"但马上就开始摇头,再反复讲几遍。回头问他,他仍是支支吾吾,一知半解。有时急得人真能掉出泪来。

憔忧啊!只恨世上没有灵丹妙药,不能使儿子变得聪明一些。

尽管如此,我也不想对孩子有太多的责难和要求,更不愿打骂他。因为孩子除了学习成绩差一些之外,并不是一无是处。放学后,基本上能按时回家,都能主动干一些力所能及的事情,比如：收拾碗筷、抹桌子、拖地板、洗衣服等。

尤其是通过这么一件事，让我认识了孩子，发现了他心灵深处的一道闪光。

那是一个星期天的晚上，我做了不少饭菜，挺丰盛的，都是平素很少有的稀罕东西，等待所有家人回来一起吃。结果家人未能等回，却等来一帮亲友。饭间，儿子给这个夹，那个让，十分热情周到。饭罢，亲友散去，儿子嗫嚅着问我："妈妈，我可不可以泡包方便面吃？""咳？刚才那么多饭菜，你怎么不吃？"我问儿子。儿子说："家里来了那么多人，怕饭菜不够吃，就没敢放开肚子吃。"尽管孩子声音低低的，但给我内心的震撼相当大，我的心久久不能平静。我当即就对儿子说："儿子，你真可爱！你是世界上最可爱的孩子！"

孩子有一颗金子般的心灵，这比什么都可贵。

如今，我就不再惧怕开家长会了，时常准备着捧一颗同样体贴的心，坦诚地去面对一切。

人啊人

我有几件文稿急需整理打印,很自然想到了丈夫的单位。恰好丈夫不在,是办公室主任张春志接待了我。他得知我的事后,很快喊来一个叫小马的小伙子,让他帮我敲打这些文字。于是我便随这位蛮精干的小伙子去了他的工作间。

打开电脑,谁知小马击键的功夫并不强,好大一会工夫才敲了半页纸。有时遇到了什么字打不出来,还得转换打法,一会儿五笔打,一会儿拼音打。显然他还是个新手。我在一旁盯着屏幕,看着他着急我也着急。好不容易打完一篇,我想打印一份先看看效果如何,结果打印机太老旧了不工作。小马按按这儿,拍拍那儿,都无济于事。无奈我们只好商量全部打完再说,整整一个上午还没打完三分之一。我心里惦记着另一篇文稿有几处需要修改。于是我从包里掏出那个磁盘,让小马先打开作一修改。谁知磁盘插进去,屏幕上显示不出来。总是提示:"需要插入磁盘。"小马也不知所以然,最后起身对我说:"去隔壁试试。"

于是,我随小马起身到了隔壁。我对这里并不熟悉,尽管丈夫在此工作多年,没事我很少来。其实隔壁就是个文印室,居然有六七台电脑。六七台电脑似乎都闲着,两个女职员正坐在椅子上闲聊,见小马带我去动电脑,其中一个衣着比较讲究盘发高个的女职员起身倚着椅子站在离我们不足一米远的地方,板着脸双手交叉着拥在胸前,半开玩笑半认真地对小马说:"弄坏机子你赔!"小马没吭声。

磁盘插进去了,居然打开了。我那篇自感得意的文章显现在了屏幕上,使我情不自禁地从桌上拿起一支笔来给小马做指点。小马见我站在他身后,便对他的那两个无所事事的同事说:"拿把椅子。"意在让我坐下来。那两女子不知在嘀咕什么,听到小马的话,那个高个盘发女子,轻蔑地瞟了我一眼,对小马说:"看把你美的?!"听得出来这句话显然表明是对我这个陌生来客所受到不必要的礼待给予的一种回敬。小马仍未吱声目不转睛地击打键盘。我怕小马难为情,回头自己给自己找了把椅子坐了下来。这篇文稿很快修改完了。小马顺利打印出一份给我看:"不错,蛮好的。"修改打印完这篇文稿,小马说:"剩下的几篇还是回到咱们原来的机上打吧。"我赞同并一起随小马离开文印室。离开这两个傲慢不可一世的女职员。这里有一个小小的疏忽,我被人家追赶出来,将"顺手牵羊"的那支笔,毫不客气地"要"了去。

大约过了半个小时,事实上已经接近下班的时候,那两个女子一前一后跟着进来,原先的冷傲消失了,脸上明显地堆上了极其真挚的热情与友好。盘头高个女子走近小马十分关切地问:"还没完?用不用我来帮忙?"小马仍旧盯着屏幕未吭声。另一个女子只是满地找暖瓶,并自言自语道:"这屋怎么连个暖瓶也没有……"我明白她们是什么意思,但我总觉得好笑。

盘发女子站在小马旁边,不时地指指点点。还问是否需要拿支笔,我笑着摇了摇头。

尽管她们绕着小马絮絮叨叨地说了许多,甚至延误了下班回家的时间,小马始终目光集中不吭一声。我非常赞同小马

"此时无声胜有声"的做法。小马也是第一次接触我,他也并不知道我是谁。

事后,我跟丈夫讲起此事,当人事局长的丈夫开怀大笑一场。他说,现在的人多数崇尚的是权力与地位,你以为你是谁。两个女子前后不一的表现,使我产生了无数的联想。人啊人!为什么就不能摆脱一些世俗的眼光,在懂得尊重别人的同时也懂得尊重自己一些呢?

这是发生在几年前的事,给我的印象却极其深刻。

犟驴的感悟

"我在写作中常常找不到出口,生活中也是。这样的事情已经重复多年,我一直不知道。有时不明白自己是如何走上了写作这条不归的路,有时却又想,假若不写作我该如何活着。"这段话是一个叫庄严的所说的。本来这些话是我早想向大家所说的知心话,没想到却被他抢先说了出来。的确如此,感同身受。

我的小说《艰辛人生》《孔明康的老宅》出版问世之后,不知不觉中把自己定格在了一米多长的写字桌上,常常苦思冥想,欲做惘然,欲罢不能。

朋友问我:"图名?还是图利?"图名非也,图利也非也。究竟我在图什么?我也实在说不清,也无法说清。难怪许多朋友都骂我:"傻瓜!放得好好的日子不过,却非得把自己关在家里自己跟自己较劲。"提到写书出书像搞传销的一样令人鄙夷生厌。

我无法驳斥他们,又劝说不了自己,时常处在极度的痛苦、忧伤和困惑之中不能自拔。正像他们所说的那样,我是一个有病的人,而且病得不轻。可是如果从此放弃写作,我会感到更加虚无、烦躁、不知所措;如果再继续写下去,再一不小心出一本厚厚的书,恐怕得掉十多斤肉,连带自己的心血、汗水、脑汁不说,还得搭上几万元的积蓄。白白送给别人,不仅得不到任何回报,还得遭受许多尴尬和质疑。

现在的人有钱是不会去买书看的。有钱只管吃、喝、穿、戴、赌,歌舞升平,纸醉金迷,泡澡捏脚,那才叫真正的生活,如果花钱买本书看,那比掏心都痛。掏钱买书看当然被视为穷鬼的生活——平庸得很。

我不是名人,我的书固然无人问津,不去送人,又做何选择?
我真的很痛心,有时也很迷茫。

尽管如此,每当夜深人静之时,竟会情不自禁地披衣起床。人的习惯一旦形成,便成了自然。每当提起笔或者坐在电脑跟前时,往往像一个早已习惯了在茂密的森林里、灌木中,静静地独自劳作、砍伐、穿行的山农。

其实,我可以选择听别人的劝告:把家料理好,出去打打牌,唱唱歌,会会友,锻炼锻炼身体,或者外出逛逛名山古刹,听听音乐那就好了。可我偏偏踏上了这条铺满荆棘的孤僻小道。像一头犟驴,义无反顾。不过,一旦走出一片丛林,看到一处曙光,我就会兴奋不已,信心百倍,类似这种情景,令人万分感慨。原因是别人没有的经历,我经历了;别人感受不到的,自己感受到了;别人领略不到的,我自己领略到了。

经历与所见就是自己的收获。

这就叫犟驴的感悟。

草原南端的古木

从大同到呼市的途中,夕阳西下,溜光闪亮的公路两旁闪现出一栋栋、一丛丛的古木身躯。

它们个个像饱经风霜的老人,佝偻着背执拗地挺立在北方的沙丘之中,晚霞辉映着它们黝黑黝黑的面容,怪异的形态,使得它们更加光怪陆离。有的像挂着拐杖寻找家人的老者;有的像海滩边上的一尊雕塑;有的像身负重担,举步维艰的劳工;有的像两手背后,目视前方,深思远虑的谋略家;有的像单腿跪地,怒眉昂扬,宁死不屈的卫士……总之个个伤痕累累、赤身露体的样子,却顽强地将苍老的身躯挺立着,努力将生命的意义展示在大自然中,用灵魂铸起一道永恒的墙,把风沙堵在塞外。

此情此景深深地打动着我,震撼着我的心。

我好想停下来,走近这些老人。说是老人也不尽然,细看在它们的身边固然有同样铮铮傲骨的子孙后代,给他们拍照,体察询问它们在这种环境和沧桑岁月中是怎样生存下来的。

是否倾慕过南方一年四季滋润而舒适的美好气候?悲伤过没有?绝望过没有?灰心过没有?诅咒过没有?

车子飞速地向目的地驰骋着,载着我无尽的疑虑和惊叹!

然而,我的目光、我的心绪仍然停留在那片暮色中的丛林里。看到被岁月、风沙、高原恶劣的严寒和灼热抽打蹂躏过的古木身躯,看到他们精神深处的坚毅和忠诚,心底涌出一股股悲切的伤痛和崇敬。领略到了一个不屈的灵魂,领略到了一种顽强的生命是何等的伟大!千年不死,千年不倒,千年不朽。相比之下,人往往就太软弱、太渺小、太微不足道了。应该向这些古木一样,不论在什么样的生存环境里,都应该选择心灵的坚强。

蓦然回首,铭心难忘。

草原南端的古木,你永远是我心中的强者!

三毛兄弟与他的唢呐

认识三毛兄弟,是在初春的一个中午,在世纪大酒店的门前。

那天我回家较晚,手中提着刚从超市购得的一些杂七杂八的东西,匆匆忙忙地走在回家的路上。途经世纪酒店门前时,那里有办喜事的,人山人海,车辆也相当拥挤,非常热闹。地上落有一层新婚礼炮燃放后花花绿绿、五彩缤纷的碎屑,在微风的吹动下,欢快地满地跳跃。响器班子正在吹打,周围看响器的人,围了一圈又一圈,一对新人站在门口迎来送往,一派喜气洋洋的景象。我边走边躲闪着人群。看来规模还不小,我不得不绕道而行。

当我跨过街心,躲开人群、车辆,从人行道——世纪酒店那块拥挤的场地折身回来时,距离人群已经很远。可不知不觉中,脚步渐渐地慢了下来,仿佛被什么东西缠住了一般,越走越慢,索性停了下来。

我不是在想别的什么,也不是在想哪家人家的婚庆派头,而是被空中荡漾着的美妙激昂的唢呐声响,控制了感官,缠住了双脚。我怔怔地支棱起两耳,痴痴地凝听起来,简直太美了。

唢呐吹出的高亢而激越的音符,在其他乐器的衬托下,犹如一只只彩蝶,在人的头顶上此起彼伏、时紧时慢、时聚时散地翻滚着,跳跃着。一拨一拨地抛出,而又一拨一拨地落下。落在街头、楼顶、车前车后,落在行人的笑脸上、我的周身。眼前一片金光闪烁,繁花似锦。我不知道为什么会有这种梦幻般的感觉,只感觉到心头绽开了一朵朵鲜花,仿佛灵魂也脱身而去,飞向天际与彩蝶一起起舞。

这种美妙的唢呐声响,牵动着我的思绪,震撼着我的心灵,以致从未有过的喜悦,就像那一朵朵盛开的鲜花,欢快地萦绕在我的周身,像一股股暖流源源不断地涌入我的心田里。

这天天气真好,又是正午,天空一片阳光灿烂,在唢呐激越而嘹亮的感召下,在那种美好而奇妙的感觉中,我完全忘记了自己是一个即将成为婆婆、奶奶的女人,忘记了早已过时的午饭,忘记了手中拎着的一堆东西而折身挤入了围观响器的人堆里。

以往,我对唢呐的声响毫无兴趣,甚至相当反感。地方民间的响器班子多得可怕,常常出现在街头、巷尾、楼前、楼后,闯入我的生活里。呜里哇啦,叮叮嘡嘡,破锣烂鼓的声响,搅和在一起震耳欲聋。而且那些常年在外的吹鼓手们,个个蓬头垢面,衣着不整,给我的感觉尤其无聊厌倦,那种声响更是令我苦不堪言,简直就是一种痛苦的折磨和烦人的搅扰。碰到这种场景,一者,我总是选择迅速逃离,再者用手将两耳紧紧地捂住。

按民间的乡俗,评价响器班子吹奏得好与不好,好像历代都属男人们的事情,跟女人无关。女人们一般不近前观看,如果近前观赏也会被人视为不雅,女人们只有操劳的份。男人们才具有这种特权,哪里有响器班子,只要喜欢听,喜欢看,就可以赶忙奔去,簇拥着挤在人堆里,坦荡地围住烟雾熏天的火堆,叉开两腿,嘴上叼着棒纸烟,不论谁家,也不论是喜事还是丧事都是喜滋滋地笑着看着,十分着迷的样子。从不知道他们究竟是听到了些什么,看到了些什么,品出了些什么味道,女人们也从没问过包括我也一样。不过虽然我是女人,却没有那种过于守旧的意识,能够打动我心的事,我都不在乎。

　　围观的人群走了一拨又一拨。我就挤在最里头。好奇心促使我非得看清楚这是出自怎样一位高手的演奏。

　　我就站在唢呐手的对面,看着他,听着他,通过唢呐的吹奏,将那高亢激昂、抑扬顿挫的声响,转换成一串串快乐的音符、极美的旋律,像彩蝶、鲜花、星光、飞雪一样浩如烟海地抛向天空。

　　好个美妙绝伦!我在心里惊呼。

　　他吹得正起劲正得意。只见他端望中央,面前的矮桌上放着几把不同规格的唢呐,有长有短,有大有小,一会儿一换。两手握着唢呐,十指在上面灵活地舞动着,时高时低,时左时右地浑身摆动。一双处于艺术极端状态的眼睛,迷醉地时而微闭,时而大睁,蛙鸣般的腮帮一鼓一鼓的,显的那双眼睛极其深邃而美丽。他长得浓眉大眼,白白净净,衣着整洁,面容和善,是一位极其英俊、洒脱、自信的青年后生。跟我以前见过的那些唢呐手相比简直就是两个不同的概念。他的英俊、洒脱跟他的演奏艺术同样动人,与其说他演奏精彩,倒不如说他是一种艺术的完美结合体。

　　他一曲一曲地吹奏,我一曲一曲地倾听。我想我已经完全陶醉了。也不知过了多久,不知道是谁拽了我一下,像睡梦中被突然惊醒的人一样,打了个直愣。回过神儿来,才发现拽我的人不是别人,正是那位青年唢呐手。没注意到他什么时候已经放下一直举着的唢呐,向我这个男人堆里的老女人走来。他亲切地叫了一声姐,问我是否喜欢听响器。

　　我说我儿子正准备娶亲,没有正面回答他。他掏出一张名片递给我说:"姐,可以联系。"

见到名片,我才知道他叫三毛。曾获过第四届中国艺术新星大赛全国十佳奖,是中国民族管弦乐唢呐委员会会员,省戏曲委员会会员。难怪他吹得如此好。三毛见我手中一直提着东西,便从旁边搬过一把空椅。要我坐下来静听,还说别让我累着。然后他转身回到他的位置上,拿起一把较长较大的唢呐来,给了他的乐队一个手势,庄重而有力地将头甩了一甩,给了我一个倾听的信号。

一曲吹奏令我神往,一声姐让我感动。在这种感动中,脑海里曾经无数次地出现过我已故的父母,我所有的亲人、朋友以及他们的音容笑貌……年轻时出嫁的情景历历在目,忍不住泪流满面。

事实上,当他走近我时,这场演奏就基本接近尾声了,因为围观的人已经渐渐散去。他在为我加奏。

就这样我认识了三毛,倾听和见识了他所吹奏的唢呐声响。

儿子办喜事那天他来了,带着他那精干的响器班子。在这之前,我本没这种打算。当我忙碌完一切时,他带着他的响器班子已经散去了。事后好多亲友都说我家请的响器班子吹得好。可惜我什么也没听到。

几个月之后的一天,在一位朋友的喜宴上,我又与三毛邂逅,他一眼就认出了我,仍然亲切地喊着"姐",并将手中的水杯递给我,让我喝。我笑了笑。

"做我的兄弟吧,我既没弟弟,也没妹妹。我是真诚的。"我说。三毛听了我的话,似乎很动情。他说:"姐,我除了两个哥哥之外,连父母都没了,我怕……"他两手紧紧地握住我的手,那双充满艺术魅力的大眼睛扑闪着,嗓音颤颤地,有点哽咽。

我说:"只要你愿意,以后你就是我的亲兄弟。"

从此,三毛便成了我的亲兄弟。只是有关唢呐的演奏艺术还没来得及跟他探讨。

三毛兄弟每逢外出,都会给我发个短信告诉我他的去处。不论他走到哪里,不论有多远,我也能够通过感官的搜索,聆听到他那美妙激越的唢呐声响。

我喜欢三毛兄弟,喜欢他所吹奏的唢呐声,喜欢他不仅会说话,而且充满朝气、热情和艺术魅力的两只大眼睛,尤其喜欢他完美的演奏效果。我想在不远的将来,他的名字和他那美妙绝伦的唢呐声响,将会传遍祖国大地,大江南北,驻足在每个人的心头。我为他祈祷。

当地有个不成文的习俗,开业庆典、逢年过节、婚丧嫁娶才请人吹奏,一般是不会请的。

我思忖着,即便三毛是我的亲兄弟,可今生自己已经是完全没有了要求三毛兄弟以及他的响器班子,为我单独惊天动地地演奏一场的理由。而唯一的理由,也只有等我将来死后,放进棺木之中,我的儿孙们为我请响器班子单独为我的亡灵吹奏。可是到那时,我会听到什么?看到什么呢?

三毛兄弟与他的唢呐声响,也只好被珍藏在心底,寄存到精神深处了。

小说

路 途

  在转运站昏暗的路灯底下,她已经站了很久,她在等车。等开往老山方向的汽车。过往的车辆虽然不多,但总有。不时地从远处驶来,从她的身边呼啸着驶去。没有一辆肯在她伸出手臂的地方停下来。仿佛前方——终点站,有谁举着小黄旗,在记录他们的成绩似的,都铆足力气呼呼往前冲,不曾让自己喘息一时半会儿;都不肯让自己停留下来,把这个着急的同路人捎上。

  她要回家,她必须回家。因为处理父亲的后事,工作上已经耽搁了一些时日。她是一名核算员,也是一个孩子的母亲。孩子还没断奶,在邻居家寄放着;有几个工人的工资还没有发出;办公桌的抽屉里锁着单位公章以及处领导的私人章子;她兼管着全处室工作人员的办公用品,说不准早有人因找不到她而着急呐;马上又要到月底,该是考勤、报工的时间……所有这一切的一切都等着她呐。她越想越急,越急越想,恨不得插上一双翅膀,一下子飞回去。

  这天,北风呼啸着,天地一片昏暗,寒冷刺骨。不知老天在跟谁作对,把地上的尘土、碎片,所有一切浮物统统卷起来,抛向高空任其狂舞;把树木、行人刮得歪歪斜斜;电线也被刮得摇摇晃晃,还嫌不够,似乎要把大地翻个个儿不可,不达目的誓不罢休。

她来到这里时,正赶上狂风大作。远处枯树梢儿,发出悠长而尖锐的嗯哨声,嗯哨声咝咝不断地从她耳边掠过;道路两旁偶尔有些许人歪斜着身子经过,但都裹紧身子,把头缩进衣领里,行色匆匆。

寒冷刺骨。她紧紧身上的衣服,不顾一切地解下头上围着的那条天蓝色的白点拉丝围巾,摸了摸口袋里所剩无几的几块钱,发现丢了一只手套——本来跟环形花布兜紧紧夹在腋下。一来她得尽可能地露出面容,让可能认识她的司机看清她,以便停车;二来她得腾出戴手套的那只手,随时准备着拦车。

她急迫地站在路旁等。很快就有一辆银白色的车,迎面向她驶来。她见车上拉着高高大大的集装箱,以为这车是往老山方向的,很可能是自己单位的。于是快步向前,大声疾呼:"停车!停车!"结果,她一拳狠狠打在风里,车却没有减速,从她身边呼呼地急驰而过。车走远了,随之,几股强风掺和在一起,撕扯着她乌黑的长发,撕扯她身上的衣服,把她推来攘去好一阵。

曾有一辆车减速了,可等车靠近她时,司机摇下车玻璃,探头看一眼,很快加大马力呼呼开走了。

这次出门,她完全是受丈夫的委托。丈夫的乡下老家有紧要的事,需要他们两个回去一趟。可是丈夫脱不开身,只好由她代办。她正在服孝期间,父亲去世。打发父亲、给父亲拢完墓的当天,她没顾上休息一天,没顾上安顿母亲,就把还没断奶的孩子托付给邻居,带着一身的疲惫,风风火火匆匆忙忙赶往丈夫的乡下老家。当天,赶回去,办妥事。第二天,天拂晓,就在丈夫乡下、老家的村口,在一位亲戚的帮助下,很快搭上了从晋西北开往省城的一辆长途汽车,回到省城。她是下了汽车赶火车。紧赶慢赶,没能赶上正午那趟回老山的列车。如果坐等下一趟,那得需要在此耐心地等待七八个小时之久。"不行,我不能等。"她对自己说。于是,在火车站没待多久,就离开了。

她穿着一件洁白的羽绒服,在路旁彳亍着。脸冻得黑紫黑紫的。背后鼓鼓的隆起一个包。包上面羽绒服的帽子跟她的长发,拼命舞动,好像随时都要挣脱她,随风而去;一条黑色蹬腿裤上沾满尘土;一双白色人造革运动鞋,鞋底僵硬如冰,走路时哐哐直响,一不小心踩在冰凌上或者是凹凸处,她的脚会钻心钻肺地疼。她的耳朵像是被刀割掉了一般疼痛。可是,她不能让已经麻木的脚没有知觉啊!因此,她不停地在地上跺脚。尽管她的心渐渐地灰暗到了极点,可是一想到能从这里回家,她所表现出来的那股势头,就像一只愚蠢而又顽固的扑灯蛾,一心朝着有罩子的灯火扑腾。扑腾不进去,她绝不死心。

她发誓:今天,一定得从这里回到老山回到家。她不相信自己的运气真的很差,差到连一辆车都拦不住。

于是,她严密地把守着前方的路。凡是打此驶来的车辆,她都尽力睁大眼睛紧张地辨认、挥手……

这时,天越来越黯淡,越来越寒冷。很快,夜幕四合了。道路两旁的路灯亮了起来。眼看路上连个行人都没有,路过的车子也越来越少。北风呼呼地狂吼,吼得似乎要把她已经长眠在墓土中耳聋的父亲都惊醒一般可怕。

昏暗的路灯下,孤单只影、心神不宁、望眼欲穿的她,身子骨不停地打着哆嗦,下巴骨嘎嘎作响。显得越发急躁,犹如热锅上的蚂蚁,一会儿使劲跺脚、一会儿跑路那边望望。跑来跑去、东张西望……

看来,时间对她尤其紧迫。

然而,越紧迫,她脑子里就越纷纷攘攘,慌乱地想这想那:她竟忽然想起单位某些同事来,想起他们每一个人不同的相貌、语气、动作……因此,想起几位老师傅;想到他们就住在附近不远处的家来;想到他们家里,那柔和、明亮的灯光下,暖暖的客厅、软软的沙发、一炉烧得旺旺的炭火、一条用开水烫过的热毛巾……甚至想到他们一家人,此时,也许正围着桌子吃那热腾腾的晚饭……饭菜散发出勾人的肉香味道,那味道一直弥漫了这个屋子……她想着想着,仿佛就闻到那好闻的饭菜味道,不由得用鼻子吸了吸冷气,干咽了几口吐沫。心说:"我要是回到家,就好了。"

事实上,她完全可以去他们家,热乎乎地吃上一顿饭,然后,住上一夜。第二天一大早,再动身往回赶。其实,真的这样没什么大不了的。想想看谁就没有个难处的时候?然而,这种念头,犹如雨际中的一道闪电,很快就从她脑海里消失得无影无踪了,根本不能成为她的首选。虽说她给自己返回火车站留出一定时间,但当时间渐渐迫近时,她甚至完全彻底改变了主意:"去他的!"自己在这里,已经苦苦等待了这么久。终归,又得再往回走一大段路——到公交站等公交车;终归,再七倒八乘、千辛万苦地去赶火车。不!她死也不去遭这不舒心的罪过!何况,她压根就不相信自己的运气真的会很背。背到连一辆车都拦不住。她安慰自己道:

"再等等,再等等……也许……马上……"

风,仍在呼呼地刮着,路上几乎看不到一个行人了。就在这时,一辆橘红色的庞大的载重车,从转运站拐出来,缓缓地停在了她的跟前。司机摇下玻璃窗,探出脑袋喊:

"喂!上山吗?"

"上,上上上……"自己结巴得说不出话来。

她的双手、双脚好像都是假的,车门已经打开了,可是,一点儿也不听使唤,无论如何爬不上去。手抓不住把手,脚也蹬不到悬空着的车梯上,干着急。这是一辆进口的方脑袋车。车体相当庞大,光车轮就有十几个。司机从那边跳下来,在她身后惊诧道:"小楚?是你呀!"说着,一把把她托起来,塞了进去。

"啊!?"她回头,一惊:"丁……丁,丁师傅,是您呀?"他们认识,是一个单位的。司机叫丁大富,他四十来岁,宽脸、大块头,五大三粗,肤色黝黑强壮,性格开朗。时常笑眯眯、风风火火的。

她总算坐上了汽车,坐进了松软的副驾驶座位上,"谢天谢地!"闭上眼深情地吁了一口气。

司机见是单位同事,似乎也很高兴。他麻利地跳上车,一边启动车,一边关切地问:"冻坏了吧?"探过身子,摸了摸暖气,然后说:"车刚刚启动,空调还不行。过上个十来分钟,车里就暖和了。"她感激得直点头。

车在路上缓慢地移动着,车灯打到的地方一片光亮。

"你真走运。"司机不无感慨地道。他从转运站拐出来时,老远就发现前方有个晃动着的白点,知道肯定是人。但他不能确定是男还是女。不过他想,凡是站在这里等车的人,大凡都是回老山矿区的。所以,他就随意那么一喊。

"没想到,是你?!"他说着说着,就一个人哧哧笑了起来。

她刚刚上车,持续打着寒战。哆嗦得好像比她在路旁时还要厉害,顾不得说话。司机继续说:

"我原本打算在转运站住一夜,第二天再回的。可临时改变主意,想想迟早得回,迟回还不如早回,所以就决定连夜回。

"你真走运啊!如果不是这样,你说说,就这鬼天气?你想今晚搭车回去?哼!门也没有。"

他喜形于色、又激动不已地道:"你可知道,咱们车队十几辆车,跑天津港提货,回来时都被堵在了娘子关。娘子关一直在修路——相当难走。这一堵还不知堵多久,才能通。"

他回想着,忧心地描述道:"喊,我比他们早行了一步。你别看,就这一步,仅仅一步,就使我不知免遭多少罪……有一次,竟然在娘子关那鬼地方,一堵就堵了三天两夜。堵得……"司机说到这里,像是突然想起什么似的,回头问:"哎?小楚,你怎一个人在这等车呐?……天气这么冷,咋这么晚才回?"

"哦,我是有事……"她打着牙颤,简短而若有所思地回答道。她的身子仍然没完全暖和过来,浑身抖动着,跟打摆子似的,本来不愿提及此事。就只顾搓自己麻木的脸和手,怀里的花布兜掉在脚下,也顾不得往起捡。脑海里、眼中仍然纷纷扬扬,经司机这么一问,她还是吃了一惊。心说:"丁大富,不,丁师傅,您问什么都行,就是千万不要问我等车的经过,等了多久,我不想说。这一辈子都不愿意跟人提起。真的,这,太狼狈、太丢人了。"

司机的话似乎很多。仿佛刚打开话匣子,问这问那,问她处里某某某是不是准备提拔,……说起他跟煤炭部某某某大领导鲜为人知的特殊关系;他的工作调动;从遥远的新疆边陲,说起他从一个小小驿站的铁路扳道工,没出半个月的功夫,神话一般,呵,竟成了开发、建设老山矿区大军中的一员,开上性能如此良好的"大家伙",全国各地到处跑。挣钱不少,离家乡也近了好多。知道他这一来历的人很少。他这样说:

"当然喽,你可晓得,这事儿,我第一次跟人说。"

他用手擦了擦挡风玻璃,双手托着方向盘,悠然自得地点燃一支烟。边等发动机升温边吸着烟边说着话。然后成竹在胸地

冲着通往老山方向黑压压的山道,轻松而诡异地笑了一笑,像是自言自语,也像是安慰旁边的她,说道:

"咱们这就相当于到家了……不着急。再过两个小时——顶多三个小时。"好在他一直扯他的、别的一些事,没有过问她什么,她的神情坦然了一些。看来他非常喜爱司机这一职业。是一个对人生经历充满感念、充满生活热情、信心的人;是一个极其真诚、友善、健谈的人,实在太好了。心里热乎乎,不知说什么好。她为自己能遇到这样一个人而感到由衷的高兴。心想等以后有机会一定好好感谢他。于是,回头朝后望一眼,声音激动而低颤地道:

"看不清,您车上拉的是什么东西?丁师傅?"

"哦,从塘沽提的进口电缆。"他若有所思地盯着前方,回答道。

她想他跑这么远的路途,开的又是重车,一定非常辛苦,不免担心起来。于是,温和地对他说:"丁师傅,您说得对,不着急。一会儿上山时,咱们就开得慢一点。反正天已经黑了,几点到家几点算。"

她忽然想起,司机们曾写"大战一百天,百日安全无事故"的"保证书",其中一位司机在"保证书"上这样写道:"……宁愿领导迟回家!决不愿领导回不了家!"她不禁笑了。一个单位的人,在一个特殊的时间和地点相遇,谁能说不是一件令人开心的事?

她努力恢复着自己的精神状态,尽可能地跟这位恩人说着话,一者表达自己的感激之情,二者排除他路途的孤单,心里无比兴奋。

从老山到天津,从天津到老山,她仔细琢磨着他这一路的艰辛和体力消耗程度。在她印象中,凡是出长途,单位应该都派副驾驶的,可这驾驶室是空着的,她感到迷惑不解:"咋就您一人呐?没给派副驾?"她老担心司机,如果路上一旦有点什么事,比如,把车坏在前不着村后不着店的地方。身边没有一个可以帮忙的人,那司机可怎么办呐?她被自己的所思所想吓坏了。

"喊,那是以前。"丁大富满不在乎地扯了扯裹着脖子的粗线毛衣领,拉开双层棉袄的拉链、敞开胸襟,又一次转换挡位,挺了挺身接着道:

"现在,谁还给你派?再说,咱单位人手紧,几十辆车日夜不停地跑,都跑不过来,哪里还给派副驾驶。门也没有,想都别想。"他给人的感觉就这么粗狂、率直。

"哦。"她了解地点了点头。由于涉及单位——工作中的一些事情,也就不好再问什么了。此时她的身子渐渐暖和过来了,弯腰捡起脚下的花布兜。把围巾跟一只手套一起压在自己腿下。挺了挺身子,将长发别到脑后,显出一副极其快乐而又开心的样子。

"说实话,我最怕一个人开夜车。如果有人跟我一路上说说话,我开一整夜车——连续十几个小时,都不打一下瞌睡。"

这真是两全其美。她非常高兴。心想:如果不是他的热情、善良、好意,她恐怕还在寒风中,独自一人苦苦挨冻,心中充满了对同事莫大的了解、尊敬和感激。

汽车渐渐提速,马达隆隆作响。随着车速的加快,空调热风呼呼地吹在人的脸上、脚上,很快她的身子就越来越舒展、越来越自如了。她开始跟他东拉西扯起来。

她在机关工作,曾给他单独办过一次探亲手续。他也曾经谢过她,不过,现在想起来,自己为他做的那点小事,太微不足道了,简直不值一提。他年龄大、驾技好,她尊称他师傅。

"丁师傅,今年,没探亲吧?"

"没有,明年。"

"哦。"如果他再办探亲手续的话,她会积极主动地为他跑办的。她这样想。

……

"你困了?"他转头看了她一眼,问道。

"没有,没有。一点也不困。"

"不是晕车吧?"

"不要紧,没事。"她一天几乎没吃什么东西。想吐,可还是忍住了。

"那就好。"他说了一声,像是放下了心,用尽全力踩加速踏板。她依附在靠背上,两眼要么微闭,要么紧盯着前方。不敢多看车外迅速向后移动着的夜景。人体、车身开始颠簸起来,感觉自己像是坐在一艘轮船上,行驶在黑色的波涛滚滚无边无际的大海之中。

"再过十来分钟,就爬山了。"丁大富又挺了挺腰,加大了马力。

"爬过骆驼峰,下了风岭坪,心基本上就掉肚里了。"她什么都可以忍。遭了那么大罪,归心似箭,好不容易才搭上车,尽管是自己单位的车,也不能因自己的缘故而影响车程。哪怕耽搁一时半会儿也不行。她这样叮嘱自己。

"要是你能给师傅点支烟,那就更好了。"车子一颠一颠地前行。

"我不能。"她晃动着脑袋摆着手说。

如果放在平时,作为司机,他全神贯注驾驶着车,对唯一的旅伴提出这样一个小小要求，也在情理之中。不过说实在的，尽管她觉得从自己嘴里把一支点燃的烟，送到一个男人的嘴里吸，会让一个从来没有干过这事的女子感到有点难为情，但她也会照办。不过这天她确实不行，腹中空空、饥肠辘辘。这呛人的烟味再加上车子不断的颠簸，让她的脑袋都快崩裂了，五脏六腑缠搅在一起，感到非常难受。她知道她办不到，因此，她说：

"对不起！丁师傅，真的不好意思。"果断地回绝了。事实上，她被冻感冒了，人已经在发烧，只是她还不知道。

"真是，白捎你了。"他半开玩笑、半认真地说着。然后，自己给自己点上烟，发狠地吸着，喷出的一口一口烟雾弥漫在驾驶室里，随着马达隆隆的节奏，双手把着方向盘，像一位酷爱骏马的骑士奔驰在辽阔的草原上一样勇猛而强悍。充满了欢快的驾驶室，突然出现了短暂的沉寂，显然他的要求多少有点令人尴尬。

"白捎就白捎。"她心说。然后歉然地笑了笑，不好意思起来。

突然，车子来了个急转弯，随之猛地把她甩一边。她尽力稳住身子，一手抓着把手，一手捂着胸口，惊恐不安地说："丁师傅，慢点！慢点！再慢点！！"

"你，就放你的一百个中国心吧！"他信心十足而又蛮有把握地说："我闭上眼睛也能把你拉回老山去，你信不信？"

"信。不过……咱们……总之……"她嘟囔着说。不知道怎么给他讲自身的情形。又是恐惧，又是期待。唉！为什么非得让她遭这样的罪，不禁怨恨起丈夫以及丈夫家的人和事来。

车子开始爬山了，四周静悄悄的，马达隆隆作响，两只雪亮的车灯，犹如狼的目光一般警惕地探索着前方崎岖不堪、弯弯曲曲的山道,抛下一路尘埃在茫茫漆黑的寂夜里狂舞。车轮碾着通亮的光线,追赶夜晚的尽头。她的心缩成一团。

骆驼峰号称九拐十八弯的山道,蜿蜒曲折,坑坑洼洼,崎岖坎坷,弯多坡陡;山下是采空区,路面多有断裂处,常有山体滑坡。行驶在这样的山道上,谁能不害怕、不紧张?她牢牢地抓着侧面的把手,感觉身子骨都快散架了,捏着一把汗,心都搁到嗓子眼儿上了。

车子使劲地冲上一个坡,向一段相对平缓地带驶去时,终于喘息着减缓了速度,慢慢往前走。她长长地吁一口气,人感觉轻松了些许。

她非常的疲惫,脸热烘烘的,眼皮打架,真想合上眼,睡上一会儿。当车子慢慢平缓着向前行驶时,她终究未能抵抗住多日来风尘仆仆、四面八方倦怠的袭击,终于合上了眼睛,打起了盹儿。任她那软缎般秀美的长发跟着脑袋在胸前上下、左右不停地摆动,全然没了半点安全意识。

"她睡着了。"他喘着粗气,喃喃着,放荡不羁地把那只沾满汽油迹的脏手,插进她的两腿间,作一探试。

"你干什么?"她猛地惊醒,向他惊恐地喊道。

他立刻缩回手,搁到挡柄上,装出一副极其平静的样子,好像什么事情都没有发生过,继续专心致志地开他的车。车子依然忽颠忽颠地爬行着。

她吃惊地盯着他,打量了好半天。把身子缩了缩,心里疑惑起来。如果说她一路都很警惕的话,那么当她爬上他的车之后,这方面的戒备心理就全然没了。他们是一个单位的,是同事。他怎么可能对自己同事不怀好意呢?想想不会是他换挡时,一不小心碰到了自己?也不是完全没有这种可能。再说,路这么难走,他还开着车?难道是自己过于疲惫了、过于紧张了、神经过敏了?她始终不想把他往坏处想……可是,可是刚刚她分明感觉到,有只手异样地动了自己……她拧起眉毛严谨地看看他,看看他们两人之间的挡柄杠,再看看车外黑压压的山谷,缩在驾驶室的一角,神经绷得紧紧的,顿时像一只受惊的小兔,目光四处乱转,全然不知道自己还会经受什么,能不能安全到家。

黯淡的月光下,莽莽苍苍的骆驼峰,显出朦朦胧胧的山谷轮廓。山风像偷情的荡妇,不知羞耻、不顾一切地在山谷中裸奔,犹如屈死的鬼怪在夜幕下、波浪滔滔麦田里,嗖儿嗖儿地奔跑时一样,发出令人不寒而栗、毛骨悚然的鹤唳声。

路况越来越差,不是坑坑,就是洼洼。靠里有冰,靠外是悬崖。车子一直忽悠着走,没有加速。走不多远路面上就会出现用大小石头围起来的警示标志,这警示标志标志着此处不可通行,需绕边小心驾驶:是塌陷、障碍物或者事故区域。每走一段都非常困难,尤其是这夜里,需要司机全神贯注、谨小慎微才是。否则,一不小心后果不堪设想。

驾驶室里的气氛变得凝重而紧张起来,一时间一对孤男寡女不再说话,各想各的心事。她的心怦怦直跳,不敢再打盹儿了,一面打劝、安抚着自己不要疑神疑鬼,要相信人;一面强烈地提醒着自己要多加小心;一面用感官加紧搜索这小小空间里可能出现的异常反应。只有一个念头,就是能让她快点回到家,别的什么都不敢多想。一想那连车带人飞向悬崖、粉身碎骨、脑血迸流的剧痛和恐惧感觉,紧张就会立刻包围了她、淹没了她,让她觉得呼吸紧迫、困难,喘不上气来。目光紧盯前方,屏声静气,一副紧张神情。除此之外,她茫然不知所措。

"小楚!"

"哦。"

"你知道我现在在想什么?"车子绕过一块大石头,擦着悬崖边,向一个黑黝黝拐弯处爬行时,司机丁大富打破沉默,突然来了这么一句。

"不知道。"她把怀里的花布兜紧了紧,畏避道。

"想你。"

"想我?!"

"你漂亮。"他说着,就探过身子来捅摸她。

她恼火地把那只手给甩了回去。没好气地说:"你这是什么意思!? 我们可是同事! 是……你你你想把车往沟里开? 是不是?"她不再称他师傅了。由于愤怒、恐惧而激动得说不出话来,浑身颤抖着,目光惊愕地盯着他。

"你看你,不要怕么,怕什么? 来,往我这边挨一挨。我又不是老虎能吃了你。"他说着说着,又侧身过来搂她。车慢慢地走着。她又把那只挂挡的手重重地打了回去。如果说,最初她对他的品行还做不出准确的判断、心存感激的话,那么,此时已荡然无存了。

"丁大富,如果你不愿意拉我回去,就请停车!"她说。无疑他低级的、肮脏的、可恶的、粗野的、肉麻的言行,引起了她内心极大的憎恶。严重地搅乱了她的心灵,凌辱了她的品格。她不得不直截了当、毫不含糊地表明自己的态度。

"嘿嘿,看你说的,我怎忍心把你一个人扔在这黑夜里、半山上呐。想也别想。就是说……你可知道,当你坐上车,我的心就不由我了。"

他开始好言相劝:"真的,不瞒你说,他们(指有个别同行)常在路边饭店'量米'(嫖宿)我还真是没那心思……可是,可是遇到你,乖乖,我控制不了……你看路上连一辆车都没有,野外荒山,谁会知道?……只有你、我,只有天知地知你知我知,你怕什么?来,挨过来……别让我着急,好不好?……你说,在这世上,谁就没个用得着谁的时候?!……这个月的工资,我还揣在身上,一分都没有少,全给你。答应我。把身子往这边……算我求你……"说着,他猛地踩了刹车。轰隆隆的马达声戛然而止。笨重的车子抖动着停在了路边。然后,车灯灭了。他斜着身胆大而紧迫地摸索着向她压了过来。

"啪"的一声,一个响亮的耳光始料不及地掴在他的方脸上,顿时火辣辣的,他懵了。

他没再多说一句话,抽回身子,沉重地叹息了一声,神情是那样的沮丧、愤恨、无奈。最后他把身子俯在了方向盘上。

前方有一束灯光闪烁,一直等那辆车子由远而近,由近而远时,他才慢慢抬起头,启动了车子。

车子有气无力地走着。准确地说不是车子有气无力,而是车上的人有气无力。他万万没有料想到事情会是这样。以往有过的情景中,半道上拉上个独行的女子,哪个不是感恩戴德、投桃报李。一经勾引便扭扭捏捏、羞羞答答、半推半就。一个轻巧的爱抚会使处在同一小小空间中的男女都充满抑制不住的、隐蔽而神秘的快感,都会使他精神振奋,激情四溢。那是多么令人神往的情形啊。至于那些路边小饭店一拥而出的邋遢女子,任她们百般纠缠,他总是鄙夷地不屑一顾。

"小楚啊,小楚……"他心里埋怨道。被一巴掌掴过的半边脸火辣地灼人。越发激起他内心潜在的、隐秘的、强烈的不可遏止的丑陋可怕的欲望之火,他甚至忘记点一支烟。

车子突然加速了,沿着道路一起一伏飞速奔跑起来。他猛踏油门,马达隆隆作响,拐弯不减速,遇到坑洼处也不躲闪,让车子左右上下猛烈地摆动、丁零当啷、不要命地追着两条光线呼呼猛冲。

她似乎恢复了平静,镇定自如,只是眼冒金星。她分明感到他的情绪很坏,心也不往好处想了。独自嘀咕:"你都不怕把公家的车子翻进沟里,滚到悬崖下,车毁人亡,我还怕什么?大不了与你同归于尽……"

大约这样行进了半个钟头,眼看翻过骆驼峰、绕过逶迤的蛇道沿,进入老山界,基本就是缓慢地下坡路了。

此时,车子突然在一个拐弯处,猛地停了下来。四周静悄悄、黑漆漆的。司机丁大富打开车门,跳下了车。随着车门砰的一声,一股强劲的山风猛地冲进驾驶室,使她猛地打了一个冷战。车灯没有关,明晃晃地照着前方的道。

这时她静静地坐在驾驶室里,暗自猜测:他下车不外乎是两个原因:一个可能是他像一个醉汉一样,想让山风吹一吹,好让自己清醒清醒;另一个就是他去隐蔽处小便了。因为车子性能非常好,又是新车,不会是因为车子的缘故。不论她咋想,总感到自己此时是最安全的,不禁舒了一口气。想想离家的距离越来越近,内心又开始萌动起能够顺利下山、安全到家的美好愿望来。

当她内心正祈祷、期盼时,副驾座紧靠身子的车门砰的一声,突然被打开了。随之一股强劲的山风和着丁大富一起迅速地扑了进来,把她倾斜的身子重重地压在座位上。

"呜——呜——呜……"

"你好看!真好看!我就是想……"

"畜——生!呜——呜——流氓!"

"嗷——嗷"他的嘴繁忙着,手到处乱摸,把她羽绒服的拉链撕扯坏了。

"呜——呃!!!"

"咦,呀!……别——别咬。别——别挠——好好亲……"

"呜——呜"

"放——开——流氓!"她的腿被死死地卡着,头在靠背上荡来荡去,拼命才把身子移到两座间的空隙处,腾出一手狠狠地照脸抓了他一把。他闪了一下,头撞在了内悬镜上。就在这一刹那,她的一只脚有机会蹬着座边,猛地一下又把身子送到驾驶员那边的位置上。尽管他仍揪着她的一只胳膊、按着她的腿,她还是摸索到了开门的把手,把门打开,奋力把自己抛出了车外。

她从地上爬起来,跌跌撞撞地不顾一切地照着前方急走。雪亮的灯光下,被山风掀起的长发飘在脑后,就好像银幕上奔跑的白毛女。

他跪在车座上,手里抓着她一只袖管的羽绒服,不禁"哟!"了一声,惊愕得有点发呆。他根本没想到瘦小、柔弱的她如此刚烈——不要命。他真害怕了,好半天才回过神来。

他开动了车子,去追赶她。

"喂!——喂!"汽车的喇叭嘀嘀嘟嘟地响着,他呼她上车,可她头都不回。深一脚浅一脚地往前走着。身上没了羽绒服,山风穿透了她的心。

"喂!——喂!上车!——你是走不回去的……"车子在路面上扭来扭去走着 s 型;灯光灭了再点亮,灭了再点亮;喇叭嘀嘀嘟嘟响个不停。

一时间黑夜里宁静的山谷中,灯光闪烁,人的呼喊声、车的马达声、喇叭的嘟嘟声,一片喧嚣。这很危险,见她如此倔强,又唯恐她跌失悬崖之下,他只好把车子开到前面来阻拦她。

"喂!小楚,上车!……你是走不回去的。"她挣脱开他,什么也不愿听,继续往前走。他又快步追上她,拽住她的手,用近乎祈求的口气说:

"……保证!我不会再动你了。真的。你上车!……这何必呐?"

车没有熄火,就停在前面不远处,四盏红色的尾灯闪烁着。到了车跟前时,她不禁哀叹了一声,迟疑着放慢了脚步。他大步上前打开车门,动作就跟先前一模一样。

她环视了一眼四周,定定神。然后坚定地爬了进去,坐在了原来的位置上。

等他也爬进驾驶室、开动车子时,她用愤恨的目光盯着他,声音嘶哑地说:

"丁大富!我要回家!安全到家!"她手里居然还晃动着玉米棒大小的一块石头。毫不含糊地警告道:

"如果你胆敢再动我一下,我就,我就从车上跳下去!"气势汹汹地抓起羽绒服穿上。一副宁死不屈的样子。

他没吭声。这恐怕是他一生最无耻、最狼狈、最丢人、最无奈的一次。他用颤抖的手按下挡柄,踏着离合器,开动了车子。

……

载重车开始下山。她默默地坐在那里,眼睛直愣愣的。她俨然不知,是她的青春靓丽和散发着浓浓女人气息的长发,给她带来了这场本不该有的磨难的。她极度伤心,但始终没有屈服。有一句话是这么说的:宁可玉碎不要瓦全。当然喽,如果她肯稍微妥协一下、屈就一下、忍耐一下,甚至放开一次,荒山野外,谁能晓得?可是,如果那样的话,她还会是她吗?可是,如果她一旦把她一个女人固守的、视贞操、名誉、气节为生命、灵魂的东西彻底毁掉——没有了尊严、形象,她还有什么脸面活在世上?面对家人?何况她是一个自尊心极强的人。

车子终于下到了山峦底下。此时被狂风抽打了整整一天的老山矿区显得有点沉寂,没有了白日的繁忙与喧嚣;想必疲劳的建设者们,早早躺在了床上,跟家人一起畅想矿建以后的美好未来;散落各处的灯光,尽管星星点点,暗淡、无力,但当老远看到这一切时,不禁使她的心为之一振,感到无限温暖。能够很快到家的愿望也就越发紧迫。

老山的街道逐步在拓宽。进入矿区的路,虽说还没被硬化,但基本平坦。车完全可以放开来跑。

家,我的家!她在心里暗暗地呼喊着,计算着自己真正很快就会到家的准确时间。再过半个小时!不,再过20分钟,不!只剩……

就在她这样急切期盼的同时,她把她那条白点蓝底驼绒围巾,折起来套在脖间,把只剩一只的黑色尼龙手套戴上,把装有孩子奶奶给孩子做的小棉衣裤的环形花布兜,紧紧地搂在怀里,边做着下车前的一切准备,边繁忙地想着一个问题:就是下车时,随着使劲甩上车门的那一刻,用不用把准备好的、硬邦邦的两个"谢!"字扔给他?在黑处,她的眉头一直紧锁着,两只黑白分明的大眼睛,带着幽怨而冷峻的光芒一翻一翻的。总之,她不会再念他半点好处。从此以后,不会再与他有任何方面的接触,即使是工作上也不会再有,井水不犯河水。

车子很快驶出山道口,经过一个加油站,通过一座铁道桥,向西北方向的矿区中心,平稳地加速行驶。

她家很快就到了,这是大小车辆的必经之处。如果把她放下,他还需正常行驶半个小时、20分钟的时间。穿过老山镇,把车一直开到总仓库或者是开到大车队的院子里,安顿好,才可以放心离开车子去睡觉。等到第二天,再开车到仓库,经保管员提单、验收、卸车、签字、盖章之后,他拿任务单交在调度员手里,他的任务才算彻底完结。以往长途运载之后,他这个人总要在调度室、汽车跟前的同行们中,讲一讲他一路上的新鲜事,来个"……不瞒你们说,你们知道怎么啦?……真是意想不到。嘿嘿……"欣然自得地讲述、炫耀,他的种种经历、见闻、意想不到的新奇艳遇……每次都会引得大伙好一阵惊叹、质疑、嘲讽、挖苦……然后自己也跟着大家儿哈哈大笑一番为止。这次他想他不会了。因为他没了情趣、没了兴致。可他想不通,这回怎就这么不顺心?让他如此无可奈何,又垂头丧气。

他开始恨她,甚至后悔,不该把她拉上……

此时,车上闹翻了脸的两人各怀心事,谁都不愿再跟谁多说一句话、多待上半分钟了。多待上半分钟,对他们来说,彼此都是一种折磨。都想尽快结束这极不愉快的行程。各自回家、分道扬镳。

路面比较平直,由于行驶的车辆极少,他完全放开来行驶。车发泄似的沿着灯光照射着的前方呼呼地奔跑着,路旁若隐若现的建筑物,从人的感官、视线中迅速向后移去。他直挺挺地把着方向盘,心里懊恼、憋屈得要死,挂挡的手柄甩来甩去。他愤懑地想着:到她家门口时,立马停车让她下。如果放在别处、换上别人,老子会狠狠一脚油门,把她甩出去三五百米,不,三五公里,好让她长长记性!……可是……唉!……还是让她赶紧滚吧。没她在身边,自己轻松、自在,感觉会更好一些。这个令他头疼的、软硬不吃、一点都不懂情趣的臭女人!有什么了不起?

臭女人！……

正当车飞速驶到南区煤仓那段路面上、两人还正各自心忙意乱地筹谋、仇隙这不欢而散的最后时刻时，意外发生了。

"车祸！出车祸了！！"楚文静忽然大声惊呼起来。

雪亮的车灯射出老远，一开始她看到远处路面上散落着一些不明的黑点、异物。渐行渐近时，她发现七零八落散落在路面上的黑点、异物，竟然是人体，被撞击、碾压过的自行车、三轮摩托、口袋、煤块、鞋帽、一具具人体……

丁大富不作声，只管开车往前冲。事实上他比她发现得更早，看得更清。早已屏住呼吸踏尽油门、加快速度，左一把右一把，左一把右一把地倒伤着方向盘，竭力想逃脱此地。

"停车！停车！！！快停车……"她一面疾呼，一面急抓司机手中的方向盘，一面试图跳车。

眼前的情景，触目惊心、惨不忍睹……

一瞬间，载重车像蛇一般在路面上快速地摇摆着。情况万分危急。搞不好会造成二次事故。当然，这是世上任何人都不愿意看到的结果！自己又怎么能脱得了干系？司机丁大富比谁都更清楚这一点。因此，他断然打落她的手，低沉、冷酷地说：

"这事不能管！"就奋力往前冲。

"丁大富！你见死不救！？"她歇斯底里地号叫着，又要去抓方向盘。他又一次重重地打落她的手。显然这一拳凝聚了他对她一路的不瞒和愤恨，非常有力。

"你疯了！？"他吼叫道："这事儿，老子见多了。如果去管的话，不是吃饱撑的，就是个疯子！傻子！"他不想管这闲事、不愿犯这浑。

这家伙丝毫没有停车的意思。她只有去打车门，企图跳车。

人,一旦被某种思想、意识,灌输和统治了的话,往往是很难改变的。总而言之,在她看来,生死攸关,怎能见死不救?

她忧心忡忡、满怀愤怒,表现出一种挑衅的、绝望的、无奈的固执。猛地打开了车门。车门啪地打开了,又砰的一声磕了回来。没有关严的、半开着的车门哐当哐当地直响,她一只手臂挂在挡风玻璃上方的把手上,人就悬在那里……

不知是什么力量驱使她毅然决然、毫不犹豫、毫无顾忌地去做这件事。

车子在路面上摇摆着,迅速打了一个大拐弯,随之一个急刹车。尖锐、刺耳的刹车声,伴着轮胎擦着路面的吱声,在滑出事故段几十米远的地方停了下来。

就在这时,她纵身一跃,夜风掀起她那被撕扯坏拉链的白色羽绒服、掀起她的长发在黑黝黝的夜色中,画出一道闪亮的光线。她跳下了车。

他惊出了一身冷汗。迅速跳下车惊悸而慌乱地喊着她的名字:

"小楚!楚文静!……"在车还没有完全停稳当的情况下,就听到了砰的一声,随之车身颠簸了一下。他心说:坏了!这下算是真的完蛋了。她一定是被卷到了车轮底下。

他挨着轮胎惊恐地摸索,辨认……不曾想,就在这当口,她暗哑而强硬的声音从黑暗里传来:

"丁大富!"她吼叫着、命令道:"快来帮我!"

这时远处清晰而凝重地传来了一阵火车的汽笛声,汽笛声惊动了夜的黑暗。他没敢再犹豫,向她呼唤的方向奔去。

她在黑地里凭着感觉摸索到一两个人体,感觉没什么反应,就又往前摸索……

事故段的跨度很长,在百十米开外,沿途尽是七零八落的杂物。有撞翻的三轮车、煤块、自行车、头盔、鞋帽……相距很远,十分散乱,她根本不可能全部摸索到。只有近距离摸索……

这时先后有两辆小轿车,闪烁着灯光,探头探脑地擦着储煤仓的墙根快速地溜跑了。借着一闪而过的光亮,她隐隐约约看到一辆解体了的自行车车架下,一个蜷曲着的身子,似乎蠕动了一下,紧接着又隐隐约约听到身后,不远处有个微弱的而沉闷的呻吟声。她急忙朝那边摸去。

她把自行车架移开,摸到了那人的头部时,骇然地尖叫了一声。原来,她发现竟是一个女的。在试图搬动她时,她的两手感觉就像猛地抓在了一颗裂开口、熟透了的西瓜瓤里,软绵绵、湿漉漉、黏糊糊的,十分瘆人。显然这位女性的头部受重创,轻易不可搬动了。她急躁、慌乱得要死。

此时,那女子似乎又哼了一声,那声音微弱而沉闷,仿佛不是来自她的胸腔,而是来自深远地层底下、悠长的隧道中。这是生命的迹象。

她一边呼唤,一边小心翼翼地把那女子已经发僵的身子,从坚硬、冰冷的地面上扶起来,抱在怀中。这时丁大富借着迅速闪过的灯光,看到了她。慌忙奔过来说:

"我把车掉个头。"他环视了一下黑压压的四周,气喘吁吁地说:

"这,离车太远。"说完,他折身回去开车了。

他说得对。的确要想把人抬到车上去,太困难了。真是不可思议,就丁大富这句合乎情理的"人"话,当即感动得她几乎落下泪来。

月黑风高,往日里天气尽管寒冷,但群星也免不了会在宁静的天空聚一聚,闪烁着相互打打招呼,把冰清灿然的光芒,悄悄地抛在大地上,让不同人(包括他、她)的心灵,同样都充满无尽奇妙的幻想,而不是被笼罩在这黑暗底下,那该有多好?

她坐在冰冷的地面上,用敞开着的衣襟尽量给伤者遮挡着风寒;极力按捺着自己心急如焚的焦躁情绪,在耐心地听着、看着、等着。整个身体都在呼吸着这夜的奇寒、恐怖、紧张的气息。

时间好像故意在慢慢地爬行,跟蜗牛爬行在跑道上一样。

……

车掉过头返了回来,两人一前一后手忙脚乱地把伤者塞进了驾驶室。

"丁大富!那边还有一个!"

他又顺从地跟着她,把倒在路旁的一个男子也抬起来,塞进驾驶室的脚地上。

整个过程混乱、紧张、模糊。

载重车笨重地又掉了头。她弓着腰把着车门。

在车灯扫射过凄惨路面的那一刹那,她的心猛地像被锥剜了一下,万分刺痛。但她深知自己确实无能为力了。

车子呼啸着,向前方不远的矿山医院,风驰电掣般地驶去……

车子开进医院时,急诊室的门是敞开着的。她跳下车冲进门厅,就像疯了一般,东碰西撞、呼天唤地……

丁大富默不作声地帮她,一前一后把那两个伤者抬进急诊室之后,就悄然驾车离开了医院。

对于他的离去,她无话可说。她想他能做到这步田地,在她看来,已经非常不容易了。自己又有什么权利和资格强求他去干他所不愿意干的事情呢?

整个医院空荡荡的,里里外外几乎见不到一个人影。没有一丝活气,没有一丝暖意,而是昏暗、冷清、凄凉。

然而不死心的她一直吼叫不止。最终,门亭左侧的药房里,终于有灯亮了起来。一会儿,从里面走出一个裹着大氅的矮小女子,朝她走来,满脸的不高兴:

"咋啦? 咋啦? 深更半夜,你吼叫什么?"

"大夫! 医生! 快快快,病人——车祸!"她随她走进急诊室,把人指给她看。那女子冷漠地看了一眼躺在急救床上的人,转身边往外走,边掖着大氅,边抬头问她:

"你是他们什么人?"

"什么也不是!"

"不是家属!?"

"不是。"

"不是家属! 你在这里大呼小叫干什么!?"

"那医生呢? 大夫呢?! ……"

"哦,你等着……"这一切表明,后半夜值班大夫回家睡觉了,值班护士也回家睡觉了。

女子趿拉着鞋,走进了药房的门。然后打电话通知相关医护人员……

她站在空寂的走廊里,好半天缓不过劲儿来,感觉就像北极的雪崩忽然间把自己重重地压在了冰山下,连气儿都喘不上来。又感觉仿佛踏在了浮云上飘来荡去,飘来荡去……

此时此刻,除了急诊室的地上并排放着的两支被黑色人造革包裹过的床面上那两个昏迷不醒、危在旦夕的伤者,就是她的无尽的愤懑和无奈。

她顺着墙蹲下来,把脸埋在两手间,镇定、沉思了许久。然后扶着墙,慢慢地走进急诊室。

　　伤者两人脚上都没了鞋子,满身灰土。那女子年轻,看上去顶多二十来岁。衣着时尚而单薄。头、脸、草绿色的花式手工粗线毛衣外套、黑色紧身蹬腿裤,自上而下满是灰土,看着让人万分痛心。

　　急诊室的里间,有一支床铺。这应该是给值班大夫睡觉准备的。她想她为什么不能先给病人盖上,好让她(他)快点暖和过来。于是她把白色被子抱来,给那女子盖上。可是再找不到另外一个被子可以给那个男的盖。没奈何,只有把僵硬、厚重的床垫拖来,压在那个男的身上。心想,这样的话,至少不会被冻死。

　　她给那女子掖被子。然而,被子根本盖不严实,顾了上头顾不了下头,只能顾一头。无奈,她只好把自己脖子上那条唯一能够御寒的驼绒拉丝围巾解下来掖在那女子脖间。那男子的块头并不比可恶的丁大富小,也是一个大块头。身高体重起码在一米八、80公斤之上,上穿一件无领压线军棉袄,下穿一条深蓝色涤卡裤。根据衣着判断,很有可能是一位当地的兵改工。由于他沉重、结实的大块头身板,他耷拉在急救床边的一条腿和他歪斜着的身子,就使她吃尽了苦头。

　　她不停地努力着。给他们掖被子,仔细观察,不停地呼唤:

　　"哎!哎!醒一醒!……哎!哎!醒一醒!挺住,大夫马上会抢救你……"她绕着两支床,掐人中、掐虎口;拍拍这个、喊喊那个……

　　然而,任凭她怎样努力,他们就是一动不动,丝毫没有反应。

　　他们伤到何种程度,她不晓得。但直觉告诉她,他们还有救。只是……希望他们中能有一个苏醒过来。这样的话,她就可以得到他们的信息,通知他们的亲人或者同事。至于别的,她实在想不出还能有什么更好一些的办法来,让自己和他们一起脱离困境、危险。

她出出进进、进进出出。孤单的身影繁忙的像大雨来临前的一只蚂蚁,一会儿出现在走廊里,一会儿出现在外面的院子里,一会儿出现在急诊室。

走廊里的灯是声控的,有动静时它才闪亮一会,没响动时它很快就自动熄灭了。走廊里一片漆黑,犹如一座冰冷的、阴森森的地宫,令人发怵。

走出门厅,站在外面。暮色中,山脚下,整个医院这边为低办公区,那边高层建筑还远没完工,硬挺挺的起重架高耸着,密密麻麻的脚手架,在寂夜里寒风中,像是抱团取暖的非洲野人,黑黝黝的非常恐怖。

她两手抱着瑟瑟发抖的双臂,打着牙战,抬头望望星疏月淡的天空,想着她自己温暖的家……

她不禁凄惨地笑了。

是呀!这是何苦呢?如果想离开,那么只要一抬腿迈出这无人看管的大门……自己怎么就不能这么做呐?完全可以回去么!是呀,药房那女子说得对!自己算什么人呢?丁大富算什么人?躺在这里的两人又算自己什么人呢?自己现在要走,谁能管得着?谁管了?!谁也没管呀!况且,这一切与你有何相干?走吧!你快点……然而,就是——就是她的双腿沉重——心被巨大的、无边无际的她所看不到的东西给缠绕住了——灵魂被灌注了水银般凝重的液体。她无论如何迈不动腿、跨不出这道门。要想让她就此离开,除非这两人神奇地站在她的面前,大声对她说:"走吧!这里确实不再需要你了!"

但他们仍处在深度昏迷之中。

"老天爷保佑！让他们快点醒来……"她守着他们，独自一个人神神道道地、忘我地做着她能够做的一切——苦熬、死等。

功夫不负有心人。不知过了多久，终于，那个女子紧闭着的两片嘴唇，微微抽搐了一下，她迅速地贴上去，紧迫地拍打着她的半边脸，呼喊道：

"哎！哎！你醒一醒！哎！哎！你醒一醒！"那女子似乎听到了她的呼喊，一只手的小拇指也稍稍动弹了一下。就这一下，犹如深邃无尽的黑暗中，突然而显的一道闪电，让她立刻看到了希望。

"哎！哎！你快醒一醒！哎！哎！……快告诉我！你是哪里人？哪个单位的？你的家人……"

那女子终于从昏迷中苏醒过来，渐渐有了意识，只是声息极其微弱，无法使她听清楚她所说的话。

"哎！哎！……你再说一遍！说清楚！大声一点……"她把耳朵贴近她，她不断地呼唤。

"……亲——爱——的。救……救……我——那——亲——爱的……"那女子的眼皮抽搐着，睫毛一翘一翘的，显然她在努力表达着。

她终于从"二处""自行车""女儿""武装部长""亲,亲爱的"……这样一些断断续续、含糊不清，极其混乱的字眼中，搜寻、捕捉到了她一直紧迫搜寻的有关他们生与死的重要信息。

这个过程如此漫长，让她觉得自己好像挨过了整整一个世纪……

看看那个仍在昏迷状态中的男子，更令她恍然大悟。回想当时的情景，他们两人是有关联的。不是同骑一辆自行车，就是同骑一辆摩托车。总之,他们的关系非同一般。不是未婚夫妻,就是恋人关系。医护人员的繁忙抢救,这让她感到无比欣慰……

她一口气跑到单位,跑进自己的办公桌前,抓起电话,通过内部通讯系统的总机的接转,把这个重大的信息传达了出去,也好让他们家人尽快赶到。天边露出鱼肚白,她才拖着沉重的身子,摇摇晃晃、摇摇晃晃地走在回家的路上……

尾声

一个星期之后的一天上午,她从外面走进办公室,同办公室的一位师傅告诉她,大车队有人给她捎来东西,就放在桌子上。让她看看是不是自己的。

"花布兜!我的花布兜!"她奔到桌前一把抓起花布兜紧紧搂在怀中,面朝里,背朝门坐在椅子上,泪水成串成串地往下落。

她哭了,悄然无声地哭着。

进出办公室的同事发现,小楚在哭,臂膀一抽一抽的,一直不止地哭。然而,谁都不晓得她是因为啥哭。

于是,就相互打探、询问。最后大家都如出一辙地得出一个结论:她的父亲刚刚去世不久,她一定是想起了自己的父亲,所以,才哭成那样。这是很自然的事情。哭吧!哭哭也好。就让她哭个够。谁能没个伤心的时候?

可是,小楚却哭得没完没了。一些同事想不明白,哭得一塌糊涂,至于吗?真是莫名其妙。好多人都劝过:"凡事都应该想开一点,就别哭了,哭多了伤身。"有个同事这样劝道:"老父亲年纪大了……也很正常。难过归难过,应该节制一些……你没听说?最近,发生在南区的那场交通事故,震惊整个老山……四死,两重伤……听说最小的一个,只有21岁。你说惨不惨?……父母、妻儿老小……那可咋呀?都不活了?……"

同事越劝,她哭得越是厉害。最终见劝说无果,大家只好摇头走开。

然而,谁都不会想到,小楚恸哭的主要原因,竟然是她的花布兜——失而复得的花布兜。按说,花布兜里面并没有什么值钱、贵重的东西。无非是小孩奶奶给小孩子做的一身小棉衣、一支牙刷、一支牙膏、一小盒护手霜、半包卫生纸,仅此而已。

然而,有谁会料想到、掂量出、体会到,在她的心灵里、内心深处隐藏着的,她那不起眼的花布兜——风雨飘摇中的一只小船,见证了她怎样令人难以置信的人生负重呢?

花布兜,我的花布兜……

哭呀!哭呀!她痛痛快快地哭着!尽情地哭着。只有这样,那种生命的负重,才能像这个囊括、承载所有一切的花布兜一样,将那无数的辛酸、屈辱、愤怒、伤痛、煎熬、恐惧、寒冷、凄凉、委屈……一股脑儿,慢慢地悄然地永不回头地溶化在她那涕泗滂沱的泪水之中。

那年,她才23岁。

今日无"战事"

清明节前后的一个星期里,因妻跟她母亲回塞北的乡下老家寻根祭祖去了,刘一思不得不把不满3岁的儿子带回到父母那里,让父母一起帮着照看了几日。

通常他跟妻子都挤住在丈母娘家。

第八天,也就是清明节后的第二天清晨,天蒙蒙亮,妻子跟她父母乘坐的列车还没有完全驶入终点站,刘一思就已经早早将熟睡中的儿子弄醒,给他穿好衣服,把儿子换洗的衣服和儿子使用的奶瓶、衣服、玩具等所有一切东西,统统塞进一个黑色的旅行包里一起搬上了车。

刘一思一直在想,还是赶快把儿子交由妻子和她母亲一起带比较安全、可靠、放心。父母这里是靠不住的。短短一个星期,带孩子的辛苦让他感受到了人生的五味杂陈、酸甜苦辣。母亲身体一直很不好,再加之前年一场腰椎手术下来,母亲虚弱的身子骨连个开水壶都提不动,父亲又忙于他所谓的工作——一张报纸、一杯茶的工作,因此他跟儿子白天黑夜在一起,尽可能地不去打扰父母。尤其是多病的母亲。

父母不能照看孩子,并不是他们不亲自己的孙子、不疼爱自己。这一点刘一思他能体贴、能了解、能接受。问题的关键是他无论如何了解不了、接受不了父母近几年逐渐升温、越演越烈的感情战事。只要有点精神头儿他们就开始吵啊、闹啊,大吵四六九,小吵天天有,不是把家搞得硝烟弥漫、战火一片,就是搞得毫无生气、冷冷清清。家的气氛让他感到窒息。

家中战事不断,自打他结婚、生子以来就再也没有消停过。幸福和快乐也如同天上温暖而灿烂的阳光,转瞬被父母收去了,心中一片凄凉和灰暗。一次,刘一思在跟同学聚会时喝了酒,淌着泪水对那些仍然尚未恋爱、结婚的同学说:"做牛做马别做人;成名成鬼别成家。"可见他有多烦。

车子启动了,款款驶出大院、驶出矿区、驶向市区。矿区到市区有一段蜿蜒的山路,路上车很多,他一手紧紧地抱着孩子,一手紧紧地把着方向,心里万般凄楚。

他是家中的独子,本来一个非常优越而温馨的家庭,一对曾经恩爱的夫妻,现在到这种程度,真是悲哀哩。刘一思想到这里落下了泪,无奈而感伤。

当他冒着初春的寒冷,抱着孩子离开家时,心里还这么说着:"我真是受够了,你们爱怎么就怎么去吧!我不管了。门子甩得很响。"因他的父母又因一场激烈的争吵,转换到实质性的冷战状态。

"我的爸、妈,你们这是干吗呀?人过半百了,放着好好的日子不过,到底想干啥?能不能为儿着想着想?实在不能过就分开,何必呢?既然谁都不提离婚,那你们就好好过,彼此控制一点谦让一点,像过去一样有说有笑、欢欢喜喜、愉愉快快……说来说去还是那些鸡毛蒜皮、不值一提的烦琐小事儿,为一个苹果、一句话甚至是一个不被人所察觉的一些表情动作,无止无休、寻死觅活、两败俱伤才肯偃旗息鼓。值吗?!真是无聊至极。让我说你们什么好呢?一家人,不能平平静静安安然然地过日子,谁的心情能好受?既不可思议,又不可理喻。"

像这样的话刘一思对父母不止说过一次,每一次都是那由衷的三部曲:晓之以理、动之以情,然后勃然大怒。但每一次所起到的收效都仅限于——遏制当时紧迫而恶劣的局势,使其不再蔓延和扩散,没有起到根本的实质性的转变。他一旦离开父母几日,那一对老冤家很快就会扭打在一起,不可开交。一次他的母亲居然服了药,幸亏抢救及时。这事儿发生之后,相对安然了一些时日,但好景不长,两个人的感情战争,很快由最初的星星火火、摩摩擦擦,然后又急剧飙升到浓烟滚滚、遍体鳞伤。刘一思每一天都过得提心吊胆、战战兢兢。

因此,不论他是在哪里,繁忙的工作单位、香甜的睡梦中,还是朋友热闹非凡的喜宴上,一旦收到两个不同的手机号、不同时段的紧急呼叫,惊恐的他一刻不敢滞待,火速赶往家中。

那两个手机号,一个是来自父亲,另一个便来自母亲。往往这种情形之下,两个被战火燃烧着的人,通常都不能自救了。他在扑救母亲的同时也得扑救父亲。

父母这样长期反复的剧烈冲突,早已搞得他身心疲惫、苦不堪言。一个年龄还不到30岁的年轻小伙子,一双美丽而忧伤的眼睛,一张白白净净、棱角分明的脸庞上,居然挂满了无数令人心碎的惆怅和懊恼。

车子爬上一段坡,在一处平缓的地带停了下来,他摸了一把挂在脸上的泪痕。儿子还算老实,两只美丽的大眼睛紧紧盯着车窗外流动着的新奇的景色,没有不停地动,只有那只胖乎乎的右手,偶然打动一下方向盘。刘一思生怕卡久弄疼了他。哎,好,乖宝宝就这样,坐好了别乱动,咱们马上就去见妈妈、见姥姥。

车子又启动了,路边景物流水一般地向后移动,很快将一辆辆煤车抛在身后。随着车子的加速行驶,刘一思跟儿子一起有了飞翔的感觉,很容易地让他忆起了他快乐、美好、幸福的童年。煤堆上,纸飞机、克赛号、父亲的肩头……他幸福的童年其实并不比儿子逊色。想幸福就永远别长大。刘一思想着想着,不禁苦笑着感慨了这样一声。对儿子也是对自己。但事实上可能吗?不可能。人终究是要长大的。

　　刘一思想着想着,他的思绪很快又回到现实中父母的身上。"神经病!"父母似乎真的有病,并且病得不轻。种种迹象表明……他曾经不止一次恼怒地对激烈交战中的父母这样咆哮过。但真真切切地想过,应该如何采用一些特殊、可行的办法来,试着医治和缓解他们这种病态。比如,找找他们单位的领导、同事、信得过的一些朋友?不行不行,父母都是要脸的人,自尊心很强。弄不好事与愿违,更加深他们之间的矛盾。

　　刘一思想到的这一办法立刻就被推翻了。因为他突然想起,一次一位当医生的院长阿姨来家探望母亲的病情,这位院长阿姨不仅是父亲的朋友,同时也是母亲的朋友,于是当他不经意地向院长阿姨透露了父母的不和。结果,当时母亲就给了他一个令他意想不到的眼神。待这位院长阿姨离开后,父亲就骂他:"猪脑子。"问他"这样光彩?"刘一思当然感到很委屈很伤心:"你们觉得不光彩,怕丢人,你们就别闹啊!你们为什么还闹?闹!?做你们的儿子真倒霉。"

　　事后,他想了很久,想来想去也许真的是自己错了。这是家庭内部矛盾而不是敌我矛盾。可他怎么感到父母之间日加紧张的矛盾冲突,比敌我矛盾都要可怕呢。问题必须得解决。照这样发展下去,后果不堪设想。他不能没有父亲,更不能没有母亲,他爱他们。

咋办?该找谁呢?一路上,刘一思想了好多种方案,甚至想到了他的亲朋好友、岳父母、现在的领导,但很快都被一一否定了。朋友虽然肯帮忙,但他们跟自己一样,在父母眼里仍然都是毛孩子;想到自己的岳父母,他也很快摇头否决了;至于他的领导那更不用说,充其量只不过是一个小小队长,怎能说服、劝导了他们?思来想去,唯一的办法,就只能去找心理医生。对,就找心理医生!为什么不去找呢?

人的痛苦往往就是这样形成的。

刘一思想到这里,不知不觉加快了车速,异常的兴奋。因为长期的苦思冥想、一筹莫展、焦头烂额,自己居然忘记了自己,抛开父母,早已是一个具有独立思想和独立行为能力的人。

于是,当车子驶向距离岳父母家还有一小段的巷道时,便把孩子匆匆塞给刚好下车回家的妻子和岳父母。将车子倒出,独自驾车向繁华的都市奔去。

这是一个相对僻静的地方,街道两旁都是一些挂着小型服务行业招牌的门面房。不过招牌都十分醒目,什么"律师事务所""婚介所""家政公司"等等。当然也有不少成年男女、老头老太太走过和进出这条街,但没有别处那样嘈杂、熙攘。

刘一思在一个挂有"心理咨询中心"招牌的门前,狠狠吸了两支烟,才走了进去。房子不大,面对面放着两张白颜色的写字桌,一个中年男子,正漫不经心地翻阅一张皱报。

一个矮小肥胖的身穿白大褂的年龄偏大的女人起身接待了他。

她拖过一把十分陈旧的蛋壳椅,豪放不羁地张扬着那两道黑幽幽的假眉,不无机智、热情地道:

"小伙子,说说,说说你有什么心烦事？需要哪方面的心理咨询？我这里可以给你提供……"说着,伸手从桌子上拿起一张详细的服务项目的宣传单给刘一思看。

刘一思扫了一眼那张宣传单,谨小慎微地在那张破旧的蛋壳椅上坐了下来:

"哦,是这样的……"他把父母这两年来恼人的情况,跟面前这位持有南方腔的老心理医生,一五一十详详细细地说了,心中寄予极大的希望。

老医生直视着他的眼睛,慢慢抬起那两道黑幽幽的假眉,极具深沉地问道:

"你父母从事什么行业？"

"煤炭行业。"

"什么职务？我的意思是说,你的爸爸、妈妈他们具体是干什么工作的？平时有哪些爱好？"

"我妈妈,她是资料管理员。至于爱好……"刘一思松了松衣领,紧接着用一种他这个年龄的男孩子的语调说:"医生,我这么跟您说吧,您看过电视连续剧《激情燃烧的岁月》吗？还有《亮剑》？"

老医生连连点头:"看过,看过。"

"我爸他就属于李云龙、石光荣那一类型的人。"

"啊,我明白了。这不典型的更年期综合征嘛?！噢呀呀……"老医生说着说着,猛然从椅子上站了起来,像是受了惊吓一样,在地上快步地踱来踱去:"这可不得了哎,会要命的……"

刘一思紧张地瞪大眼睛,急促不安地望着老医生,疑惑地问:"真的,有那么严重吗？"

"怎么没有？简直太可怕了。我曾经就得过这病。见谁烦谁。谁的话都听不进去,总感到世上的人都在跟自己作对……常常失眠,不睡觉。整天不是想着杀人,就是想着自杀。有一次,在大街上,有一个小伙子向我问路,我总感觉到他是在跟踪我,于是就报了警……还有一次,是在一个风雨交加的夜晚,我的床边一个黑影在晃动,我想都没想抄起台灯照着那黑影砸去,原来是老头子在为我掖被。"你想想看,你的爸爸妈妈是不是这样子的……"老医生似乎越说越起劲、越说越可怕。还时不时地用一种探寻的目光和尽量让刘一思信服的语调对刘一思说:

"现在,得这种病的人好多好多。我这里每一天最少接待这样的患者两三个……光靠吃药是不管用的。得马上进行心理医治,最好把他们带来。你再好好想想看嘛,你的爸爸怎么可以这样对待你的妈妈?而你的妈妈又怎么可以这样对待你的爸爸呀……"那个一直翻看着那张皱报的中年男子,也时不时地做出一个肯定的动作,送上一个令人信服的眼神。

刘一思坐着没动,但面色早已苍白了。尽管,他觉得这老医生同她的假眉毛一样,给人的感觉特夸张,但他被她所讲述的那种骇然的恐惧潜入了心里,使他想起发生在父母身上的许多令人费解的事情。他感到害怕,起身告辞:

"谢谢!医生。"

"哎哎哎,小伙子噢,咨询是需要付钱的。"矮小的老医生到门口,扬着她那肥胖的手臂冲刘一思喊。

"多少钱?"

"80块。"

刘一思离开心理咨询中心,在一家小饭馆里,匆匆吃了一碗面条,其间他给妻子简短地打了个电话,便毅然决然地驾车赶回父母的身边。

母亲易走极端,不是沉默,就是爆发。虽然母亲通常所选择的是前者,但事实上,选择前者的结果,往往是后者——爆发的前奏,非常可怕。

这一点刘一思比谁都清楚,所以他万分担心他的母亲。嘴上说:狼吃狐子、狐子吃狼——他是不管了,但怎么可能不管呢。他们是他的亲生父母呀。

一进家门他就看脚垫上摆放着的鞋,根据脚垫上摆放着的鞋来判断家中的基本情况。父亲没在家,母亲很可能一整天都没起床。他按捺着扑通扑通直跳的心,换过鞋急忙向母亲的卧室奔去。

屋里很暗,窗帘被拉得严严实实,他开了灯。母亲两眼盯着天花板,目光呆滞地躺在床上。

刘一思最担心的就是这。

"妈,您不能总这样……"他嗓子有点哽咽,将手臂伸到母亲的头下,把母亲忽地扶了起来。母亲的嘴唇干裂的像蒜皮一样,面色苍白,目光无彩,神情倦怠。刘一思心疼地说:"妈,千万不敢再倒下了。坐好了,一会儿下地走动走动,我给您弄些吃的。您想吃啥?"他帮母亲支好背,给母亲理了理蓬乱的头发,把水杯递在母亲的唇边,并建议母亲:"要不,先去看看电视?",他知道母亲很少看电视,说了也等于白说,但还是像安抚小孩子一样安抚着母亲。母亲听着他的问话却没有回答,只是就着水杯轻轻地抿了一口。待母亲回过神来,他离开卧室进厨房了。

很快一碗热气腾腾的牛奶卧鸡蛋端上来了,可令刘一思万万没有想到的是,母亲一时三刻就变了相,她居然踩着椅子、踮起脚尖,晃晃悠悠向高处的书架够书,够一本,她狠命地撕一本,往地上扔一本。纸屑纷纷落在地上。母亲边撕、边扔、边嚷嚷"让你给我撕！让你给我撕！"那神情就像疯了一般。那些藏书可说是母亲一生的嗜好，也是母亲一生的珍爱。然而，不久前已经被父亲给撕毁过一次了，现在母亲的这一举动，对她本人、对这个家是一种极大的毁灭。

"妈，您这是干啥?!"刘一思惊恐地喊叫着，将碗搁到书桌上，赶忙扑上去，把母亲从椅子上抱下来，两手紧紧地攥着母亲的手，直到母亲无力抗争为止。

母亲被按坐在床边，脚下踏着被撕碎的书本，低头哭了起来。先是默默地哭，然后眼泪一滴一滴慢慢往下掉，随后，痛哭起来。

刘一思知道母亲心里难受，他拿纸巾给母亲擦去眼泪。

为了能尽快让母亲的情绪平静下来，缓解母亲由暴怒而引起身体的剧痛，刘一思开始给母亲捏手臂、肌体。母亲除了腰椎间盘手术之外，还患有严重的类风湿、顽固性偏头痛和其他一些疾病，每天至少要七八种药来维持状态。

"妈，您不能这样下去了。这样下去，您要知道，崩溃的不仅是您，而是我!"刘一思说。

母亲渐渐停止了那种肝肠寸断的哭泣，慢慢抬起头，似乎恢复了她应有的神情和理智，用冰冷、颤抖的双手捧起儿子的脸，声音微弱而又柔和地道：

"思思，你告诉妈妈，妈妈是不是真的错了？可错又到底错在哪里？咋会把生活搞成这样？"

刘一思听了母亲的话，顿时眼眶又湿润了。他把自己的脸埋在母亲的两手里，然后又昂起头，泣不成声地道：

"妈，说句心里话，其实，您跟爸爸都没错。如果有错的话，那也是儿子的错。真的。我说的全是心里话。您想想看,你们都功成名就了……儿子在你们的心中,本应是天之骄子,可我作为你们的儿子,没能让你们感到骄傲和自豪,心里特矛盾、特痛苦——好像一颗依附在你们身上的一个致命的囊肿,不得不吸收你们的营养……光靠自己挣的那点钱,一个月下来连娃娃的奶粉钱都不够……我也想过无数次,不是没想过,自己一定要轰轰烈烈干出一番事业来,给您跟爸看看,还你们一分荣耀和光彩。可是,现实和人的愿望往往相差太远,真的!妈,太难了。人说80后缺钙,是最愚蠢、最没创新、最窝囊的一代……我想,是儿子让你们没面子、没心情,所以你们才……"

刘一思有生以来,第一次使用激将法。他语言恳切,声泪俱下,使母亲暂且丢开她心中的怨恨来,惊诧地看着儿子,为儿子的苦恼不安起来:"你怎能这么说呢?妈并没有说你什么?"母亲呢喃着为他擦泪。

"是,您是没有说过我什么,可您和爸爸的这两年的表现说明了这一点。儿子,包括你们的孙子在你们面前,都不能令你们开心,那还有什么令你们开心的?想想人活着真没意思……"刘一思说着,将一团潮湿的纸巾从母亲手里拿去。"您让我咋想?"

"思思,你可不能这么想,你年纪轻轻,这种思想是极不健康的、是错误的、是要不得的!知道吗?妈妈就你一个儿子,你是妈妈的命。"

"命?"刘一思听了母亲的话,突然笑出了声。当然母亲是爱他的,这一点毫无疑问。于是,他伸手从桌角处拿过一面小圆镜,伸到母亲的面前让她照了照,紧接着道:"妈,您看您都变成啥样?还知道自己要'命'?我还以为您早不要'命'了呢。如果要'命'的话,妈,就不应该这样。好好善待自己,把身体保养好,姿态高一点、宽宏大量,别总跟爸爸……"

"你让我宽宏大量?儿子,你咋就不能为妈做主呢?你不看看,他把你妈欺负成啥样?"一提到父亲,又在镜中看到自己的模样,刘一思母亲的愤怒情绪立刻就回升,面部表情由愤怒而走形变样,被一种委屈的本能的悲愤所笼罩,浑身都在颤抖。刘一思紧紧攥着她的两手说:

"妈,您怎么说来就又来了?您总不能让我去打我爸吧?过去的事情就让它过去好了,为什么总是纠缠不休、没完没了呢?"刘一思愁苦的直摇头,心中的火气直往上蹿,可面对自己的母亲,他无可奈何。

母亲暴怒的目光,在儿子的脸上不停地搜索,似乎在搜索她生命的力量。

刘一思知道自己是没办法消除母亲的仇恨的,解铃还须系铃人。

"这样吧"刘一思半跪在母亲的身前央求到:"妈,您老人家就算是为了我,先消消气。这样不好,伤身。我去找我爸,让他给您道歉。如果他执意不肯,即使您不跟他离婚,儿子——我跟他断绝父子关系。"儿子的话说到这个分儿上,母亲似乎没了主意——或许要的就是这样一个效果,她克制着没再咆哮,两眼呆呆地望着儿子离去。

刘一思母亲有一个怪僻的性格——执拗。尤其她认定做的事,一定得做。任何人任何事都别想阻止她改变她扭转她,即使百病缠身,也是百折不挠,似乎用尽毕生精力来完成。

比如,她打小就喜欢读书藏书,光读书笔记、生活日记就有几十本。她有个心愿就是有生之年,在自己的书架上亲眼看到自己署名的作品。为这个她已经落下一身病,仍痴心不改。尤其一场手术之后,她这种顽劣的性格就越发鲜明,常常沉浸在她自己的精神世界里,构思着、畅想着……

一次她刚刚拔掉输液体,便一手托着还没有完全愈合的伤口,坐在了写字桌上。她不会使用电脑,多年来一直是手写,辛劳得跟一头老牛一般。这使得丈夫非常恼火,跟她大吵一架。

在刘一思父亲看来,刘一思母亲的这一状态,是对生命的毁坏、是对家人的不负责、是对他情感的背叛。过去工作跟打仗一样紧张、繁重、忙碌时,他并没觉得妻子这样有什么不好,可自从他从重要的领导岗位上突然停止下来之后,他感到无尽无聊,回到家里想跟妻子说说话,可妻子总是一副深沉、漠然的样子。咿咿呀呀除了喊叫这儿疼那儿痛之外,便让人给她一遍又一遍地推拿按摩,感觉稍微好一点,她就坐到写字桌前,根本无视他人的存在。

这样久而久之,刘一思的父亲,由最初的不满、幽怨、隐忍,终于发展到后来的暴怒、厮打、毁灭——残酷的冷战状态。他认为妻子的心离他越来越远,以至让他无所适从、让他感到万般的落寞、灰心和痛恨。

一天晚上,他很想跟妻子谈一谈,重温一下过去他们久违了的无数美好而幸福的时光,结果无论他咋努力,妻子很快就睡着了,身上冒着热烘烘的虚汗,脸红扑扑的。因为她服了超量镇静安神的药。

刘一思的父亲整整一个晚上都没有合眼,望着熟睡中妻子合着的双眸,犹如望着两扇冰冷而沉重的大铁门,将他拒之门外。他感伤、无奈、愤懑。整整一夜,他在这扇门外不停地狂奔了一夜。

他终于明白了,他现在开始嫉妒和痛恨她书架子上的每一部书;嫉妒和痛恨当她翻阅查看时,跳入她眼帘的每一个字;嫉妒和痛恨她附在桌上时落在她额头上灿烂地跳跃的阳光和灯光;嫉妒和痛恨被她常常握在手中的笔;嫉妒和痛恨那渐渐增高的被她视为精神殿堂的书稿。正是这些"家伙"引诱了她、占有了他在她心目中的位置,他决心报复。

于是,他把她那些多年来处心积虑、呕心沥血的书稿一气之下,全部撕毁了。

当刘一思母亲从香甜的睡梦中清醒之后,看到眼前发生的一切,她先是不敢相信,后来最终明白究竟怎么回事了,她疯了一般地扑上去,撕他、咬他、砸他。

其后,每当刘一思看到母亲时,母亲都是一副苦大仇深、咬牙切齿的样子。

家中的祥和、宁静彻底被打破了。

刘一思去到父亲单位时,早是下班后的时间,矿区、市区早已经灯火通明了。

父亲仍孤独地待在他的办公室里。

于是,刘一思在父亲的办公室里,跟父亲长谈了将近3个小时。当然,他没向父亲提起这天他送孩子后,专程进城请教了心理医生的经过,更不会向父亲提出他答应母亲向父亲提出断绝父子关系的要求。请教心理医生的事,他直到现在回想起来都觉得极其无聊、无味、无趣。至于哄母亲的话,那是他一贯采用的激将法。

他不仅得哄母亲,而且也得哄父亲,像哄小孩子一样耐心地哄。哄得他们高兴、哄得他们着急、哄得他们互相牵挂。

实际上,刘一思父亲看到儿子比接到儿子的电话,显然更兴奋。他不再一遍又一遍地翻阅手头的报纸,而是换成了《科学发展观》,并摆出一副专心致志的样子,在上面用笔勾勒出无数重点,反反复复地思考着,故意不搭理儿子。

刘一思一看父亲这架势,不仅跟母亲斗气,而且又要跟自己玩起了小孩子的那一套把戏,心里感到既可气、又好笑。

但他耐着性子,谦逊地走进父亲,坐在他身边,两腿交叉着,伸手从他手中拿过《科学发展观》,说他今天就是为这个来向父亲请教的,因为全国人民都在学习、贯彻、落实上面的实质内容和精神,可他概念不清。希望父亲能给他详细讲一讲,以便他写好学习体会。

父亲几次想问问家中的情况,问问她妈她吃没吃饭,都被儿子一连串的话题堵回了口。

于是,接过儿子给他续好的水杯,不得不同样耐着性子一本正经、洋洋自得地给儿子讲《科学发展观》的中心内容和基本实质。当他讲到"以人为本""和谐社会"以及"人与人之间、人与自然之间的和谐"这样一些关键词句时,刘一思说:

"不愧为老爸,对'和谐'的了解,不仅有高度,而且有深度,真是受益匪浅。"紧接着他话锋一转:"亏您还好意思讲。家都搞得不成样儿了,还谈什么和谐社会!?"把父亲捧得高高的,随即又将他重重地摔在地上。

半个小时之后,父子俩回到了自家楼下。

刘一思做了个让父亲下车,独自回家的动作,然后说他有事,挑头开车走掉了。

其实,刘一思开车并没走远,他把车子停放在了街头一处路灯底下,车头对着母亲卧室的窗灯。虽然,他不再担心父亲不回家或者离开家。因为在他准备离开父亲的办公室时,父亲就哎哎哎着,急速地跟在他的身后,唯恐儿子这扇大铁门也把他堵在门外,不再坚持老伴儿不给他主动打电话他就坚决不回家的念头。但是,他仍然十分担心这对老冤家,待在一起会不会很快再交起火来。

因而,他在车里一直盯着母亲卧室窗口透出的灯光、等待他们的求救电话,一直等到母亲卧室疲倦的灯光消失在翌日的晨曦中。

北方的初春依然十分寒冷,他在车里熬了一夜。当他连续打了几个喷嚏,看到街上开始行驶的车子和身着运动服锻炼身体的人们时,刘一思双手捧着脸,将担心一直推到脑后。

"啊……呀!……"非常倦怠的他深深地叹息了一声。

随之,又朝母亲卧室窗口望了几望,预计今日无"战事",才开车离开此地,回到他自己久违了的家。

他太需要一个香甜、安稳的觉了。

堂嫂

近几年来,李玲时不时地会想起一个人来,这个人就是丈夫的本家堂嫂。

真正认识堂嫂是在那年孩子们的爷爷——她的老公公出殡前的头天夜晚。

在这之前,她只知道丈夫有一个不太愿意提起的堂哥,在猫儿台矿工作,有三个姑娘,最小那一个是他亲生的。除此之外,有关他堂哥的事情,她知道的并不多。因为,孟家的人很少提起这个人来。一旦提起堂哥这个人,家族中自上而下都会显出一种异样的神情,仿佛提到的不是他们家族中的一员,而是一个恶魔、一个无赖、一个粘在手上甩不掉的血吸虫,会令他们厌恶、惶恐,甚至不安。所以,在孟家人眼里、心目中堂哥是一个非常糟糕而又令人极其讨厌的人。基于他是这么个人,所以他的妻小在这个家族中,自然不会被谁放在心上。固然,李玲也一样,从来没把这个堂哥堂嫂放在眼里。

说白了,一句话:她打心眼里瞧不起他们,原因其实很简单,就是因为他们穷。

那天夜晚,一切都沉寂下来了。李玲的老公公就安静地躺在院子里的棺材中。家里条件有限,差不多点来的亲友和远道而来的宾客,全部都在李玲的精心安排下到县城旅馆去歇息了。

家里只留下身着重孝的人。

亲人们像白面袋一样一个挨着一个地挤在老爷子生前躺过的地方。李玲说这样挺好，做儿女的都该陪伴老爷子最后一个夜晚。

于是，堂屋左边的炕上和堂屋右边的床上，都挤满了眼圈红肿的儿女们以及他们的孩子。

火炉旁是个较为显贵的地方，居屋子的正中，朝门放着一把靠背椅，上面铺着厚厚的棉垫子。李玲说是那么说，当然不会去老公公躺过的地方去挤。于是就不分白天黑夜地坐在那把靠背椅里发号施令。

虽然，老公公有五六个女儿、女婿；五六个侄儿、侄女，但她是老公公唯一的儿媳妇。

由于公务缠身的丈夫在这一天，才匆匆赶回来安葬自己的父亲，看上去一脸的悲伤和疲惫，神情木讷，所以家中大小事情都得由她来打理。

她不习惯乡下这么寒冷的冬日，身上时常紧紧地裹着一件棉大衣，手不离杯、身不离火。自老公公病危到去世，历时半月，尽管她娇贵的身子多日得不到很好的休息，也没法得到很好的休息了，但她还是忍不住地思索着，不允许自己在这方面有任何的疏忽或者不经意让世人指责和嘲笑。

此时，已是深夜一点多钟，屋子里静悄悄的，她仍然独自坐在那里，感觉一点睡意也没有。可能是坐久了的缘故，她不得不又一次伸展两腿，站在地上把身子扭动了扭动，然后又重新裹了裹棉大衣，准备坐回到原来的位置上时，结果被深深地打了一个趔趄。紧接着又神经质地突然挺直了身子，就像有人在她的身后猛地撞击了一下似的，神经骤然紧张起来。

躺在炕上、床上的人睡得都很死,她有点害怕。非常希望自己的跟前出现一个人。这个人不论是谁,只要不是老公公,能跟她说说话、壮壮胆胆就行。

这个时候,昏暗的灯光下,她还果真看到了一个人。

在这之前,她当然并不知道自己曾经迷糊过或者是打过一个盹儿。不然,怎么可能有个大活人走近她,她却一点儿也不知道。

她使劲儿擦了擦眼,定睛一看,是堂哥的妻子——一个很不起眼的矮小女人,正灰头土脸地缩着身子走近火炉台,将发僵的双手伸向火口取暖,并声音低低地自言自语道:

"外面可真冷!"

"咋是你呀?嫂子,吓我一跳!"李玲着实被吓了一跳,目光透出几分惊恐和责备,然后赶紧拍了拍胸口,奇怪地问道:

"你咋没跟他们一块去休息?你咋不找个地方躺一躺?"

在李玲发这些问话时,其实她心里特别清楚。因为,在检点、安排所有亲朋好友住宿、休息时,说实话她知道堂嫂跟堂哥两人压根没有被列入名单上。

想到天这么冷,堂哥找个地方休息绝对不会有问题,可堂嫂呢?突然,李玲有点不安起来,于是惊讶地低声问:

"这大半夜的,那你在哪里待的来着?咋不进来烤烤火?"

堂嫂回答道:"村子里……村子里的野狗、野猫多,灵前的供品……供品怕给叼跑了。"

她看到她身子缩成一团,语气结结巴巴的,显然她浑身都在颤抖,绕着炉子不住地搓手顿足。

"那你就一直待在灵堂里?"这事儿,李玲的的确确一点儿都没想到过。感觉自己的心猛地被什么东西刺痛了一下,嘴里喃喃地道：

"真没想到，真没想到……让你受罪了。"

堂嫂说："没事儿，这点罪我受得了。比这更苦、更大的罪我都受过，这点事儿不算什么。都是自家人。"

她边安慰李玲边在她对面的一把硬板凳上坐了下来，并将两胳膊肘支在火炉台的边缘上，像祈祷一般地把她那两只干过重活的双手合在一起，接着不紧不慢告诉李玲，现在已经用不着再担心。因为，她刚刚拿东西扣上，并在上面压了石头："你尽管放心好了。"

"啊，原来是这样。"李玲欠了欠身说："谢谢嫂子！想得如此周到。要不然……还真麻烦哩……你喝点水暖和暖和？"

在火炉台上，放着李玲自己的专用水杯，水杯里的水加有补充体能的糖，时常冒着炊烟一般袅袅升腾的热气。当李玲假惺惺地指着杯子，发出这个问话之后，她就立刻后悔和担心起来。后悔自己不该跟她说这样过于热切的话；担心她果真毫不客气地把自己高贵的水杯端起来，送到她的那张贫贱的嘴唇上。如果是这样的话，那可真麻烦了，这比叫她去死都令她痛苦、难受。因为，她难以忍受她身上时时散发出来的那股穷酸气味。

李玲目光紧张而专注地看着堂嫂，希望她能明智一点。还好，堂嫂眨着眼睛摇了摇头说，她没养成喝水的习惯。

"还是你喝吧！"

这话正合李玲的意，于是她在心里长长地吁了一口气，随后便抱着自己的杯子时不时地呷上一口。

面对堂嫂，李玲感觉自己真的没有什么好说的。只是在心里想：一分长相、一分福，这女人就这样——天生受罪的命。倒是堂嫂打破沉默，不失时机地说了一大堆令李玲开心顺耳的话。

她说她能干、漂亮、有福,不仅是孟家最漂亮的媳妇儿,而且是她所见到的最出色的女人。还说她们俩在一起相比较,简直就是一个在天上,一个在地上,根本没法相提并论。这话说得李玲满心欢喜、心花怒放。

守着炉子,她们两个女人面对面,东拉西扯话自然而然地多了起来。如果放在平时,李玲绝对不可能跟这个女人多说半句话的,尤其是堂哥这样的人的女人。再说堂嫂长得也实属难看,宽脸、方嘴、面色沧桑,没有半点儿诱人之处,个头矮小不说,两条罗圈腿走起路来极像螃蟹,难看得要死。别说跟她在一起待上大半夜,即使说上一句话,她都会产生有失尊严的感觉。

很快昏暗的灯光下,又恢复了死一般的沉寂。

也许是在这种特殊的情况下,为了排解心中的孤独和恐惧感李玲别无选择;也许是堂嫂这个人的善举,到底还是打动了一些她的心;也许是在她骨子里、心里、精神深处一直潜在着的那种好强意识的驱使下,李玲突然间,竟然产生了想了解她如何生活的一些情况的强烈愿望。以此来满足一下自己内心的某种快乐和需求。

于是,李玲说:"嫂子,咱们两人唠唠家常吧?"

……

于是,她们一直聊到天大亮。

说来也奇怪,就是在这个特殊的夜晚,堂嫂这个扁平的、粗陋的、矮小的女人,居然带着她一脸的匪夷所思,迈着她的罗圈腿渐渐地走近了李玲、走进了她的心灵里,并且形象异常得坚毅、光鲜、高大起来。这让李玲感到万分的惊奇。除了惊奇,更多的一些是爱慕与妒忌,酸楚与敬仰,同情与无奈。她的出现在李玲的精神领域、内心世界、灵魂深处不外乎是一个极大的震撼。这种震撼力,某种程度上讲就好比有人当头给了她一棒。

从此,李玲不敢再蔑视她。那夜,堂嫂对李玲是这样讲述的:

"不瞒你说,我的生活是提不起了的,说出来让你笑话。面对你跟孟明,我总感到不安和愧疚,因为我欠了你们。虽然咱们曾在叔叔那里碰过一两次面,我记得非常清楚,那都是在正月里。唉,我总觉得自己胳膊长、袖子短,见了侄儿侄女们连个压岁钱都掏不出来,没敢跟你攀谈。

"多少年来,虽然多次去过老山、大泉煤矿——孟明的办公室,去找孟明借过几次钱。但始终没好意思去你们家……

"我常常跟女儿们说,咱现在还不上,等将来你们念出书来,有本事、有能耐了,一定要把叔叔婶婶的钱还上。即使我死了你们也不能忘记。借过谁的钱、花过谁的钱、欠过谁的都一一记着。滴水之恩,应涌泉相报。这是做人的起码道理。人穷,可不能志短呀!

"我的命不好。在第一个男人死后不久,便经老乡的介绍,拖抱着不满两周岁的大女儿和将满三个月的二女儿,满怀希望地跟着当煤矿工人的孟栓贵,来到猫儿台矿。那年我才21岁。谁能想到跟着他,我却没有过过一天好日子……吃没个吃样儿、住没个住样儿……所以从来没请谁到家做过客。

"不过,现在我感到自己的苦日子快熬到头儿了。我的三个女儿非常争气。大女儿、二女儿在去年的高考中,两个全考上大学了,不花一分钱,学费全免。三女儿的学习成绩也特别好,今年中考时,考了个全年级第一。不仅被省重点高中破格录取,还为家里带回两笔资助款:一笔是八千,一笔是五千。"

堂嫂从贴身的裤兜里掏出捆绑着的一沓钱,脸上绽放出令人陶醉的笑容,把钱展示给李玲看。

"不瞒你说,家里的门锁不牢靠,所以就全揣在身上。除了这个原因,还有一个原因就是怕孟栓贵拿上吃喝了,赌了。这钱多么不容易啊!这可是孩子们劳其筋骨、饿其肌肤所得来的。你想想看穷人家的孩子多得很,能得到这些钱的有几个?"

"两个女儿考取得是什么学校?"李玲关切地问。

堂嫂说:"一个在清华,一个在北大。"

"清华、北大!?"李玲几乎喊出来,惊讶得简直不敢相信自己的耳朵。眼睛直愣愣地盯着堂嫂,似乎堂嫂在跟她说一件在她看来离题万里、天方夜谭的怪事,心里有一千一万个不相信。

堂嫂说:"是呀!在猫儿台矿,凡是认识我的人都这么说'你家祖坟冒青烟啦?咋就能一年出两个状元?'工会主席刘凯山说,适当的时候一定要请我去谈谈经验。嗨!我有什么经验可谈!?"

堂嫂讲到这里时,似乎那种强烈的幸福感,骤然唤醒了她往日隐藏在内心深处的辛酸和困苦,使得她潸然泪下,她说:

"弟妹你是不知道,走到今天这田地,谁会想到我娘儿几个有多么不易。"

"几个孩子从来没有吃过几顿像样的饱饭,没穿过一件像样的衣服。大女儿头一年高考时,由于身子骨缺乏营养,临近高考时昏倒了,第二年才又跟二女儿一起高考的。"

堂嫂泪流满面,后来用手抹了一把眼泪,眼珠子往上翻了翻,又出乎意料地突然笑了起来。终于她忍住了笑,对李玲说:"在我们家长期以来有个不成文的规定,这个规定是孟栓贵制定的。他对孩子们说'爸爸不离开饭桌之前,你们谁都不须往跟前坐!'。"

"他每月只下六七个坑,有时顶多七八个坑,每个月所挣的工资,估摸够他的酒水钱,就再也懒得不多下一个坑了。整日一瓶酒、四小样(花生米、拍黄瓜、豆腐干、猪头肉)下酒菜,从早喝到晚。稍一不高兴,不是砸东西就是打老婆、骂孩子。我身上有多处伤疤,你看看头上这一块!这都是孟栓贵拿烧煤用的小铁铲给我留下的。"堂嫂无可奈何的样子。

"你也知道,这几年矿上棚户区改造,所有的职工都住进了民用经济楼,而我家至今都不敢申请一套,仍旧住在半山坡上一座孤零零的小破房里。没有电视、没有自来水,走风漏气,冬天寒冷、夏天热。而他在家什么都不干,整日就惦记着他的劣质烧酒和四小样菜。"

"……有时,在他口袋里实在掏不出一分钱的情况下,他想的不是多上几个班、多挣几个钱养活老婆和孩子们,而是绞尽脑汁想着,从谁那里可以借到让他下酒菜的钱……真是没法提起,没法提起……丢人、败兴。"

"……可这一生中你已经遇上了这样一个人,有什么办法呢?没有!只为孩子们有个爹……想想这日子总得往下过,人总得往下活。只有活着,才有希望!你说对不对?所以,世上的苦和罪我都受尽了。"

"我常对女儿们说:不要怕吃苦。想想那些缺胳膊少腿的、聋子、瞎子、傻子,许许多多的残疾人,他们还在世上好好地活着,咱什么也不缺,为什么不好好活着?不仅要好好活着,而且还要活出个样儿来。"

于是,为了维持生计,为了让孩子们能上学,堂嫂矮小、瘦弱的身影遍及猫儿台矿的山山峁峁、沟沟岔岔、楼前楼后的每一个角落。捡煤块、捡破烂、捡一切可以用来换取一些零用钱的废品。在什么也捡拾不到的情况下,她只能想到去煤库偷煤。

她说:"有一次,在一个风雨交加的夜晚,大雨瓢泼,小路泥泞不堪。我背上扛了一袋煤,至少也有30公斤重,还没走多远,就被几个年轻后生盯上了。我前面跑,人家后面追。一路上跌跌撞撞、磕磕碰碰的,最终被追赶得走投无路,只好被人家带回公安科。"

"雪亮的灯光下,正在月经期的我,立在公安科值班室的地上,雨水、汗水、泪水加血水,从身上畅流了一地。这一次还没经审讯,科长便叹了一口气说'嗨,咋又是你?',挥挥手示意将我放了。临走时我说'你们看我已经受了这么大罪的份儿上,就让我把煤背走吧,我实在是没办法。谢谢你们能高抬贵手。'他们竟然答应了,还说让我等雨停了再走。我说'等雨停了,天亮了,这会给你们添麻烦。'后来我还是坚持把那袋活命的煤,吃力地背回了家。"

堂嫂说:人活到这种份儿上,是没有尊严的。如果非得讲尊严,那么尊严就一定会毫不含糊地要了她的命。

她曾卖过烤红薯、捡过菜叶子、卖过几次血、帮别人扫过街道……也坑骗过孩子们的老师、学校和医院。

孩子们昂贵的学杂费,她总是不能按时交上,总是一拖再拖。在孩子们一声声的紧逼下,她不得不找到老师、校长,央求他们宽限些时日;央求他们不要当面催逼孩子们,以免孩子们的自尊心受挫,影响学习。她发誓一旦有了钱,就立马交上。

于是,她不得不背着孩子们今天来交上30元钱,明儿来交上50元。时间久了,搞的老师、学校极不耐烦,最后不是老师自己垫上,就是被彻底减免掉了。所幸的是孩子们的学习成绩一直都很好,为她这个当妈的解了围、遮了丑。

她说:"真的,不怕你笑话,在我这一生当中,还有比这更寒碜、更丢人的事儿都发生过。"

"那年,我病了。急性阑尾炎,需要手术。我就找到医院院长说我是某局长的亲戚。他相信了,立刻就组织手术。"

"因此,医院自上而下都特别关心、特别关照。等到刀口好得差不多了,医生说'等通气儿了(放屁)之后,观察几天再考虑出院。'还没等院长来得及打电话向某局长讨好、汇报、表功;还没等抽线、没等放个屁儿,我拔掉液体,早逃之夭夭了。我没钱,可我得活命啊!"

"当然,像我这样的贫贱之人,在这个世上死多少,对别人来说都微不足道。可对我来说,我的死将会使我的三个女儿失去母亲、失去前景、失去未来。"

"所以,不论别人怎么看待我,我将为我的三个女儿好好地活着。"

……

这就是堂嫂。堂嫂悲苦的极具浪漫色彩的传奇故事,深深地感染和打动了李玲的心。

第二年一个明媚的夏日,猫儿台矿北边的山披上,弯弯曲曲的羊肠小道上,有一个穿着高跟鞋的女人,在他人的引导下正手脚兼用地向一座孤零零的小房子走去,她就是李玲。李玲专程来看望堂嫂。

沿着弯弯曲曲的小道,李玲拄着腿,歇了几歇,堂哥、堂嫂的家终于到了。

这座小屋破败不堪,砖墙有几道裂缝,门前丁点大的一块菜园,种着几颗辣椒、大葱、西红柿和几株摇头摆尾的串串红,一道篱笆把菜园和山道隔开了。堂哥不在家,堂嫂正在院子里浇她的菜地。她看到李玲急忙把手中的水瓢丢进只有半桶水的水桶里,转身回到家立刻忙乱起来,李玲就跟在她的身后。堂嫂又是倒水又是让座,一时间表达不尽她的惊喜和意外。她手里端着水说:"罐头瓶已经洗过几遍是干净的,只是有点烫。"到底往哪里坐,她的目光也跟着李玲一起搜索,最后咧着嘴嘻嘻地笑着说:"家里没个沙发,床是拿绳子绑着的,还是坐高一点的凳子上比较好。"

李玲环视着整个屋子,最后她的目光停留在墙上。墙上糊满大小不等、新旧不一的奖状。然后,又在三个女孩笑吟吟的那种合影前停留了许久才告辞:

"嫂子别忙活了,我来看看您就好。车还在底下等着呐。"

堂嫂没有强留她,只是说她太突然了,没有任何思想准备。一遍又一遍地表示:"你等着!等我有办法了,一定去饭店好好请你一顿。"

三年过后,又一个寒冬日,是李玲老公公去世三周年。丈夫把自己不争气的一双儿女打发到车站,责令他们安安稳稳坐火车回乡下老家给爷爷烧纸,把车子里的座位腾出来给猫儿台矿的大爷大妈留着。儿子、女儿都显出不满的神色,李玲的丈夫一下子就火了,他大声骂道:

"你们还好意思坐老子的车?给老子别说考'北大''清华',考个普通大学,老子给你们派飞机。"

这一年堂哥堂嫂的小女儿又以优异的成绩考入了省财大。

堂哥堂嫂成了名副其实的品牌大学生"专业户"。也许是子贵父荣吧,这次李玲跟丈夫与堂哥、堂嫂一路同行,并没觉得他们有多么讨厌。

在一次朋友的聚会上,就大家当时的热门话题大谈特谈时,李玲的丈夫自鸣得意又喜形于色地对朋友们说他的三个侄女,一个考入清华、一个考入北大、一个考入省财大。居然跟高等学府攀上了近亲。这在李玲听来,心里五味杂陈,说不出的滋味。

有关于堂哥,为什么如此被人讨厌的原因,后来李玲从丈夫和其他孟家人那里得知:堂哥一向就是个不务正业、好吃懒做的人。

李玲丈夫的爷爷有三个儿子,也就是说她丈夫有一个大爷、一个叔叔。叔叔工作在外了。

大爷死得早,留了孤儿寡母的大娘跟未成家的堂哥——孟栓贵。大娘决定改嫁是天经地义的事,但年龄已经不算小了的堂哥却执意随娘一起改嫁。他不听从两位叔叔的再三挽留和阻劝,不仅将他自己应得的那一份遗产全部变卖,而且还改名换姓随娘到他乡。

结果没过多久,他便把他那份遗产挥霍得一干二净。之后,又返回孟家,要求跟两个叔叔分财产,弄得鸡犬不宁。无奈之下李玲的老公公,不得不求助弟弟,把他跟自己的儿子一起打发到弟弟那里的煤矿当了窑黑子。

几年过后,李玲的丈夫在煤矿干得非常出色,很快就成家立业了。而他的这个堂哥却一事无成,连基本的生活都得不到保障。直到三十大几岁时,才从老家给物色了个带孩子的寡妇,也就是现在的堂嫂。堂哥总算是成了一个家。

一年之后,堂嫂也为他生了一个女儿。但日子过得仍旧十分糟糕。他不好好工作,总是到处借钱,孟家人没有一个没被他盘剥过。

虽然堂哥不得人心的过去和他一向好吃懒做、游手好闲的生活做派,一直都不是孟家人所愿意提起的。但一想到他出色的三个女儿跟那个了不起的矮小女人时,都不免由衷地感叹。堂嫂不仅支撑起了一个家,而且,还培养出了三个响当当的名牌大学生。

这是李玲最称奇、最佩服她的地方。

在现实生活当中,虽然常常有无数这样那样,出人意料的事情发生,就李玲而言,从来没有想到自己对一个自己曾看不起的人的观点、认识改变得如此彻底和深刻。

这也许就是人们所说的:平凡中见伟大这个道理。

在后来的每一次回想中,李玲总是无法形容,她这一夜,不,这一生当中,面对堂嫂这个矮小的女人,内心所产生的种种难以释怀的复杂情绪。

从此堂嫂这个女人,就像扎根似的,总浮现在她的脑海里,这就是李玲为什么时不时地会想到她的原因所在。

常来

我是父母的老生子,是父母晚年打造的一台劣质产品——问题机器——破汽车。生就一身的毛病,小时顽皮,还不慎将腰腿摔伤过,因此各种大小不同的疾病也就像魔鬼一般,早早地纠缠上了我,赶都赶不走。长期潜伏在体内,昼夜不停地折磨着、耗损着、吞噬着我的生命。

常年的伤风感冒、头痛脑热、失眠、高血压、四肢酸软、浑身乏力姑且不提,单腰椎间盘突出一项,就带来极其残酷的病痛。

疼痛起来时,往往使我大汗淋淋,龇牙咧嘴,苦不堪言。多少年来的各种疗法,可说几乎耗尽了我的精力、我的积蓄、我的耐心。

医生的最后决断:手术!

嗨唷,一听手术,我害怕了。

我没那个胆。

说实在的,我不是怕死。我是怕人在旅途——就父母制造的这台劣质机动车,虽说不太好使,但毕竟载着全家妻小在向人生的目的地进发着,可一旦被拆卸开来,还不能百分之百地保证以后正常运行,快拉倒吧!

不能冒那个险。

再说呢,伤筋动骨一百天,自己躺在病床上,让妻子、儿女们来喂吃喂喝,端屎端尿……我受不了。

想想,即使真的不把我给彻底整垮、整瘫、整死,单单躺在病床上的痛苦感觉,就会要了我的命。

还是采取保守治疗好。

男人嘛,总的有主意,有骨头。没主意,没骨头,怎叫男人?

忍。

哼哼叽叽顶屁用!

就这样过了一天又一天,我这辆破车。

有时,妻问我:"难受吗?"我说:"没事。"

心想,谁能替代的了?谁死谁咽气,谁生孩子谁肚疼。哼哼,这是没招的事。

人体—— 一个有血有肉的肉体,倘若真是一台机器——一辆质地不好的破汽车,那倒好了。我会要求制造商重新打造一回,即使不给重新打造,也会强烈要求更换零件,直到完好为止。

当然,说是说,我没有责怪父母的意思。责怪父母是没有道理的,毕竟他们是无辜、无意、无奈的。

再说,生命是世界上最宝贵的东西,他们已经给你了,你还能要求他们什么?好好珍视才是。何况他们早已完成传宗接代的历史使命,心安理得、大摇大摆地迁居冥国了。

我总不能因爱慕父母的从容、洒脱,不负责似的中途撇下妻小,紧随父母过早迁居冥国去享受那种轻松自在、无病无痛、无忧无虑的逍遥生活吧。那会遭世人臭骂的:"短命鬼!早死鬼!缺德鬼!制造下一堆'半成品'不管,却追他妈去了。"

到了那边,也会不可避免地换来父母一顿严厉的痛骂:不争气的东西。任务还没完成,早早扑来干什么?你以为阎王爷会提拔你当主任哩？嗯?！你这样一来，我们的家园、田产、后代，都不改名换姓成了别人家的？云云。

嘿嘿，我说过我不会。

虽然，父母给我留下了一个劣质的体格，但他们同样留给我一个起码是健全的东西，那就是我的头脑—智慧—思维。

我得靠它来完成我的任务，靠我坚强的毅力和意志来支撑我的腰杆——笔杆。

说心里话，谁不希望自己有个强壮的好身体，活个儿成女就，子孙满堂，长命百岁，地老天荒。可我这极其糟糕的身体状态……要想生存生活下去，得在世人面前装出一副强者的样子，是何等的不易，但是我做到了。即使是共事多年，一直虎视眈眈地窥视着我这个主任位子的名牌大学生小成、小李、小王他们，都从未见过我难受时痛不欲生是什么样子，甭想。

当然，我更不会让任何领导看出我工作时力不从心的精神状态。凭什么？我还年轻着呢。写报告，写材料，组织会议，搞接待，请示，汇报，陪酒，应酬，哪样我也不落套。八面玲珑，滴水不漏，看这主任当的。不论什么场合，什么情况，领导喝酒，一喝就把舌头喝得往肚里咽半截，总得挡驾。难怪他常说："老黄，老黄，黄主任，你……你……你不能走，不能没有你啊！"

我心说，你知道自己不行，还逞什么强？知道自己不行，怎么当上领导的？德行！说白了老黄我哪样不如你们？自然已经喝坏了党风，喝坏了胃，喝得自己胃下垂了，都不顾。

我怕啥。

这次我不走，不走。就听你们的一起一条龙……一条龙。别再说我熊包，不给面子。

我不要一个，要俩！

就那次,在凤凰山庄,我没感到我的腰腿要命似的疼痛过。本来早已生锈了的器件被那柔软无骨的纤手上了亮油按摩,小妹妹甜甜的一声大哥,细腻的摩挲,抚摸,推揉,摸揣,踩,顶,拉,拽,蹬……还有那撩拨人心的一次次挑逗,让我实实在在度过了一个销魂的夜。使我信心百倍——我不是废人。难怪一提凤凰山庄都愿来。仅此一次就让我忘记了体痛,忘记了原则,忘记了对妻的承诺。管他呢,多数都是受请,不来白不来。

就这样好长一段时间,我神不守舍,眼前总是晃动着漂亮小姐们的影子,回味着那散发出香水气味和那无所不到的纤手在身上游走的感觉,诱惑得心神迷乱。

然而,受请的次数毕竟是有数的。每当熬上一通宵或打上两圈麻将下来,腰腿便钻心地疼痛,各种止痛药对我的顽症早失去了效力。往往这个时候,我会不由地想到那地方,什么港式按摩,泰式按摩,比翼双飞,激情飞跃,鸳鸯戏水……刺激啊!

我不是那种爱占别人便宜的人,况且去这种地方,并不是什么光彩和值得炫耀的事情,为了避免不必要的麻烦,为了缓解那恶魔般的体痛,我还是决定独往。

妻打电话问:"回不回家吃饭?"

我沉着声说:"明天有会,正赶材料哩。"

"谎言是男人的专利",这话一点不假。撒起谎来,还得理直气壮一点,不然妻怎能相信。

嘿嘿,妻无语。

我偷笑。

我去了。

人们总结的时尚经典语:大棚把季节搞乱,小姐把家庭搞坏,麻将把身体搞垮……经典!太经典了!谁说不是。

这能怪我吗?要怪就怪那折磨我身体的病魔,怪那诱惑我的一个个娇艳的狐狸小姐;怪那自高自大,自以为了不起却腹内空空,常常爱摆个谱儿,指手画脚,耀武扬威,高高在上的同类。

经常听他们说:"黄主任的身体就是好!"其实,就我这身体——这辆劣质汽车,装点装点,纯属是为了跟他们飙,飙!这也许就是男人的本性吧!

同在蓝天下……

我来啦!我喊老板娘。

要求还是上次的那两按摩小姐,老板娘答应了。

事后那两小姐,一起冲我:

"大哥!给钱!"

我掏出钱夹,一人发了一张。

两小姐瞪大了眼睛,把钱硬塞给了我。

"哎?!一张还不够?要多少?"

"啊唷,大哥你不是这样吧?别的先生都像你,我们不赔死。这是两小时。伺候您舒服了,您得每人给我们300。300还算少的呢,老顾客嘛,一共800元。"

我说:"万水千山总是情,不给小费行不行?"其中一个小姐哗啦一下子,收起了那风情万种的神情,甩下胳膊,扳起了俏脸:"现在哪有真情在,能挣几块是几块,你给还是不给?不给你就别想走。"

嘿嘿,想敲诈!?老子就是不给!看你们能怎的。

事情惊动了老板娘。老板娘来了。满脸堆笑地说了一些抱歉的话,又臭骂了一顿那两小姐,并将她们赶走。

老板娘嬉皮笑脸地道:"黄主任啊,别跟她们一般见识。您是常客嘛,来这里不就图个舒服。只要你舒服了,钱算个啥,你说是不是?像您这样有头有脸的人,还会计较钱?再说哩,从事我们这行的,不也就是挣的这份下贱钱吗?"

面对满脸横肉的老板娘以及老板娘那两只贪婪的目光,唉,多一事不如少一事。这个老板娘是个惹不起的主儿,什么事都能干出来。

算了算了,算自己倒霉。

我只好掏出崭新的八张大头票甩在床上。

老子下次不来了。

不来了,不来了。

走出凤凰山庄,我仍在生气。

人家同样舒服是挣钱哩,咱舒服是花钱哩。老子不会再来。再来就不是父母造的。

钱!钱!钱!我心疼我那钱。

临走时,站在门口的老板娘还冲我后背喊。

"黄主任,舒服,您就常来!"

人生好多方面,其实是很无奈、很无味、很无聊的,我常常在想。就身体而言,一处不适处处不适。

有时实在忍不住,就喊妻子、儿女一起给我捏打捏打。可她们总是不得要领,胡乱捏打,把我给整得满头大汗。这种痛又变成了另一种痛。

"算了算了,都给我一边去!"儿女不满,妻子抱怨。家的温馨气氛会被我一瞬间搅得狼烟四起。

回头望妻,妻坐在沙发一角抹泪儿。再细看妻的两鬓也已染上了白发,面色也不像从前那样红润有光泽了。

唉,年龄不饶人,到底不该啊!

是我不好!

我去机关澡堂去洗澡,让看门房的老李给我搓背。

我说:"老李啊,我腰腿,这儿那儿你多给我搓几下。使劲!对,再使劲!"

"黄主任,没想到您也腰腿痛?见您总是精神神的,从没听您说起过。哎,我就是多年的腰椎痛——常死不咽气。难受着哩,我能理解。派出所往里100米,有个盲人按摩处。按摩的挺好。医疗手法,价钱也不贵,每次20元,不妨您也去试试。"

真的?那我现在就去。

屋子不大,里外两间。里间放着三张半床。靠里的一支太挤,属闲位。男女三个睁眼小徒弟,一个戴黑老大墨镜的高个盲人。他们正在忙着做按摩,屋里清静而不杂乱。

床上躺满了盖白布单的人,床单洁净,一目了然。

新来的。徒弟上报。

随后又进来几个人,一看人满,声称等不及出去了。看来人还不少,等待着的人像蚂蚁一样出来进去的,我有点性急。

盲人大夫对我说:"稍等。"

"不着急。"

只听得里间有人说:"陈大夫我想拔火罐。"

这是谁呀?口音这么熟悉。我看不清,因为他正趴着呢,身上蒙着白布单,整张脸被埋在特制的床洞里。

那人又说话了:"黄主任您怎会来这里呢?像黄主任您,应该是去凤凰山庄、桃花岛、飞情屋的人,来这里不屈尊了您。"

嗨唷,是小李这小子他损我。

"你小子年纪轻轻跑这里来干什么?"

"拔罐,空调中风了。"

"噢,原来是这样,看来人无完人。"

终于有人下床了。

我上去。不寂寞,有人陪我。小李跟我,你一言我一语相互调侃诋损对方。很快小李的身上便拔满了火罐,一动不动像个大乌龟。我拿手机给他拍了照,想让他看看他那熊样。

我已经知道盲人姓陈,他问我:"哪里不舒服?"

"腰腿左半拉。"

"好,您躺好。"陈大夫在为我做按摩了。

嗨!手法就是不一般。真是:对症下手不细言,恰到好处自逍遥。

"感觉怎样?"

"好好好,很舒服。"

40分钟过去了,我都有点不想起来了。也许我睡着了,小李先我而去,招呼都没打,却埋单了。居然用的是月卡,无疑是自己掏钱,别人是不会送这样的"礼物"的。

虽然我看不到陈大夫的眼睛是什么样子的,但完全可以感觉到他的这种劳动的真实和可靠。

完了,他将我送至门口说:

"感觉舒服些?"

"舒服!舒服!"

"舒服您就常来。"

"噢。"

嗨!同样的消费理念,所带来的却是不同的效果和感受。我顿悟。

看来以后得常来了。

的哥

若没有什么特殊的情况,我往往选择步行去上班。这样的话,可以尽情享受出色的初升的太阳为我们带来的欢欣,太阳洒向大地、洒向这座城市时是多么美好,能使我们生命如此喜悦;看着早起的人们形形色色、步履匆匆,出行的车辆南来北往、川流不息;街边、路中的绿化带以及各种不同树木花草在不同季节的变化,呼吸经过一夜沉淀后的新鲜空气,是多么令人心旷神怡和感慨万千。我们感到多么幸福、思想多么轻松、多么情怀博大,于是想唱歌,想跳舞,甚至想去亲吻太阳。

可是,生活在世上的人们,并不都是这种感觉。我认识的一位的哥,他就没有这样一种感觉。他备受生活的挤压和困苦,愁容满面,甚至苦不堪言。

一天清晨,出门稍稍晚了一点,我就匆匆上了一辆车。的哥问我:"去哪?"我说我去单位,把要走的路线指给他,车子开动了。又一个新的开始,我作了一个深呼吸,不禁感叹道:"今天天气可真好!"

"你以为有太阳就是好日子?"的哥闷闷地反驳到。

"嗨,"我说:"哥们你这话怎么讲?什么意思?"但无论我怎么问他,他始终没再吭一声,直到我下了车。

这位的哥给我留下很深刻的印象,引起我极大的好奇。引起我极大好奇的除了他白发苍苍的老相,还有他反驳我的"你以为有太阳,就是好日子?!"这样一句话。

此后,我有意地乘了他几次车,渐渐熟悉起来。

他本是一位仓库保管员(煤矿职工子弟),父亲在他13岁时工亡了,18岁时他被照顾成为一名仓库保管员。由于特殊的家庭经济情况,30岁时才成了家。母亲是个病秧子,患有严重哮喘——肺心病,隔三岔五就得住一段时间医院,一年四季365天天天都被药泡着。有一个10岁大的女儿,上小学三年级。他为给母亲看病欠了债。前些日子险些丢掉工作,因他顶撞领导。后来他好话说尽,工作是保住了——看大门,但收入还是降低了。

有一次他这样对我说:"这样也好。晚上值夜班,白天跑出租。省的在领导眼皮底下,听他们指手画脚、吆五喝六。"看来他非常需要钱,是在拼命挣钱。他老婆没有工作,全家人都靠他挣钱养活。女儿上学需要花钱,母亲看病需要花钱,然而他挣的那点可怜的工资,刚够生活。如果遇到别的应酬或开销,他就得向人借去。他的心情很不好,正是这缘故他才顶撞领导、跟领导发生冲突的。

"能具体说一说吗?"我问他。

"唉,"他沉重地叹息了一声,又无奈地摇了摇头,苦笑着说:"保准你以为我有60岁,是不是?其实我40刚出头。"他没有立刻回答我的问题。

他把车子停在我单位的大门口,但我并没有下车,而是指挥他离开那里,向这座城市的北边缓缓驶去。因为这天是星期天。

经过几个小时的行程,车子停在群山环绕的水库边上。没有了城市的嘈杂与喧嚣,我想恐怕没有什么好的地方能比得上这里更安静更适合人消遣。静静的水面上泛起阵阵涟漪,远处吹来凉爽的风,天空透出成熟的色彩。我坐在坝上,掏出烟点上。他不抽烟。我告诉他,这一天我什么也不干,只想消遣。咋消遣咋来。他好像有点犹豫,在车上磨蹭了许久,才拿着张报纸走到我跟前。我说:

"坐下,坐下来跟我说说话。"

我们闲聊起来,聊了许久。我深信自己已经博得他的信任和好感。这样才有机会听到他的讲述。

"我恐怕就是一个天生的倒霉蛋。我是独子,打小没了父亲……你问我是怎么顶撞的领导?唉,说起来真是一言难尽。家里事儿多,请假的次数也比较多,迟到早退实在难免,领导对咱早不满意了,这咱知道。可是没办法。单位搞手指口试活动,劳动纪律抓得紧。那段时间我妈又住院了,突然胃出血,那血像喷泉一样……我请了假……我没办法。这时候领导一个电话接着一个电话把我催回单位。"

"我管的物品,其实吧,我对那些东西都比较熟悉,说实在的,放在平时闭着眼睛随便摸一件出来,都能说出它的性能、规格、型号、什么用途来。咱不是傻子,过上一两次,东西就都记住了。可是那天我脑袋晕乎乎的,烦躁得很。你想想,老妈还在医院里躺着,医生让务必在这一天再交 5000 块钱,我愁得要死。在这种情况下,我能有状态吗?领导们是天天强调那点破事。今天这个领导来检查,明天那个领导来检查。送走一批又一批。这天上面又来了个什么经理,十来辆小轿车陪同,浩浩荡荡、前呼后拥来到仓库,来到我的物品管区。有个领导一本正经地指着一件物品问我:'这是什么什么东西?'"

"不知道!不知道!!不知道!!!我连续回答了三个'不知

道。'"

"想到每个月只能拿到的那几百块钱奖金;想到在班里总是坐在最后一排的女儿、哭哭啼啼的老婆,想到我妈……我的情绪就没法控制了。我们领导冲到我跟前说:'你什么态度?!'我说:'我就这态度!'"

"你被停职了。"

"我说:谢谢!"没回头,一口气冲出仓库。

"有时我在想,如果我父亲还活着或者我有个兄弟姐妹、有个帮手那该有多好啊!可我没有。人穷志短马瘦毛长,不瞒你说我连个像样的亲戚、朋友都没有。就那天离开单位以后,同事小马打电话告诉我:'这下你可真是捅娄子了。'劝我赶紧回去给领导赔个不是。因为领导已经派人搬走了我的桌子。我说:'我不去。'当时我在气头上,也分辨不清他对我是否真的怀有好意,是不是幸灾乐祸。我对他没好感,以前我挺关照他的,他爱打麻将、爱喝酒,工作上我总帮着他。可这小子不近人情,他比我条件好,父母都有工作,老婆也有工作,自己又买了车。可一说借钱,连门都没有。"

"唉,说起借钱一事,我内心就无限的惆怅和感伤。"

"我妈她今年才61岁,我们孤儿寡母活到这步田地不容易。我常常在心里抱怨,妈呀妈!您为什么就不能有个好身体?……为给母亲看病,这些年来,我能借到都已经借遍了,把大兄哥娶儿媳妇的钱都花了。大兄哥大兄嫂急着要娶儿媳妇,是天天追在屁股后头要钱。想想人家是个农民,攒点钱,不容易。这有什么办法呐。为此事,我老婆是天天跟我哭。"

"一次,我恳求小马:'我妈要住院,给我想办法,借上一万。求求你!'你道他怎么说?'借借借,我哪里还有钱呐,全输了。'

然后，他给我出主意，要我向麻将馆里人去贷。说那样挺方便的。我一咬牙，行，只要能拿到钱，怎么都行。他带我去，我说，就算你帮了我的忙，这人情我记着。可直到现在，我仍然没有彻底还钱人家的利息。"

"我心疼我的母亲，心疼我的女儿，心疼我妻子，她们是我在这个世上最最亲近的人。我常常在想，没有她们，我活着还有什么意义？我做梦都想让她们生活的好一点。可是，我连起码的生活保障都给予不了她们。"

"女儿上三年级了，天生弱视，比同龄孩子的身高足足矮了一头。"

"一天，女儿回到家哭着对我说，她看不到黑板上的字，要爸爸妈妈去跟老师说一说，把她往前排挪一挪，这样她就不去挤别人，别人也不会再挤她。我老婆身高不足1.5米，戴800度的近视眼镜，我女儿跟她妈一模一样，又瘦又小。看着孩子可怜兮兮的样子。我说：'别哭，爸爸跟你们老师说。'"

"'爸爸你说的是真的?'看到女儿期待的目光，我说：'真的。爸爸哪能骗你呐?'女儿听了我的话，当时一抹眼泪，高兴地蹦跳着：'谢谢爸爸！'小嘴撅起猛地亲我一口。"

"第二天，我就去找老师。我说：'老师，你看我家孩子她，个头小，坐在后排看不见。麻烦您给她调换调换位置。'当时，正准备上第一堂课，年轻漂亮的女班主任，手里捧着书，一脚门里一脚门外，站在教室门口，上上下下打量了我半天，说：'理解理解吧！我也没办法。现在的孩子视力都不好。我能照顾，尽量照顾。你说这样好不好?'"

"哎，我说……还没等我把话说完，这个漂亮的女老师就把教室的门给啪的一声关上了。随后，非常不耐烦地打开门：'别敲了。'"从门缝里塞出冷冰冰的三个字来。

"这下可把我气坏了。后来我三番五次地找。我得跟他们评评这个理。我不信这邪,我去找校长。嗐,起初我真的不知道,这是为什么?后来有人悄悄劝我、提醒我,这不是你家孩子高低、胖瘦的问题,而是——作了一个塞钱的动作。"

"难怪我跟学校理论,老师、校长如出一辙:'你家孩子是宝贝,别人家的孩子同样是宝贝。都想往前,那谁家孩子该在后呢?'"

"是啊,我家孩子就应该在最后,我不能再嚷嚷了。再嚷嚷也没有用。正如提醒我的好心人说的那样,除非我不想让孩子读书了。"

"后来……后来,我只好换了一副嘴脸去找老师。我说,老师,不好意思,你看我是个粗人,您别见怪。小意思,然后,我就给人家口袋里塞钱。孩子还得靠您多关照哩。嗨,没想到,这一招真的管用。"

"第二天去接孩子,老远就见孩子高兴地连蹦带跳地朝我跑来,喊着告诉我:'老师给我调座位了。跟好朋友都坐在一起。'这样一来,孩子高兴,我也高兴。我还想孩子的问题是解决了,不用再为此事烦恼。"

"可不曾想,好景不长,还不到半个月,孩子又要被挤到最后一排。"

"现在的物价往死里贵,我老婆一个月都舍不得买二斤肉,只是下午的时候,才敢出去买菜。吃的、喝的、用的都是最便宜的,咱哪有闲钱送人。再说送,又怎能送过人家有钱人呐!想起孩子,想起这事儿来,我就忍不住辛酸、落泪。"

"别人家的孩子都报各种培训班,唱歌、跳舞、学画画。我孩子也有这种愿望,我总是哄孩子,等你再大一点,爸爸让你学。可我老这样哄孩子。我是一个窝囊废啊!"

"我独自一人的时候,总喜欢听旭日、阳刚组合唱的那首歌《春天里》,那种沧桑感,真的非常适合我的心情。在这个世上,有啥别有病,没啥别没钱。这些年来,我就跟医院打了交道,那可真是吃人肉、不吐骨头的万人坑。连挂号你都得掏黑钱……"

"说到工作,我还是得感谢小马。小马要我去给领导赔不是,他说得对,我不能没有工作,尽管每个月只有那3000来块钱收入,可也是生活的主要来源呀。等我妈病情稍微稳定了一些,我就跑回单位,给领导解释,恳请对我的谅解。我七七八八说了很多好话,我们领导脸阴沉沉地说,'保管员肯定是不能让你干了。'我说我总得有工作吧?哪怕看大门也行。'那你就看大门好了。'"

"这样我就成了看大门的。最初我还以为是个不太可笑的玩笑。但最终成了不争的事实。嗨,人的命……"

"今年5月的一天,我从别人手里以每月3700块的租金,租来了这辆车。晚上值夜班,白天跑出租。可没想到跑出租也不那么容易,除了油钱,一天必须挣到200块钱,否则我就得贴钱。可有时,一天连100块钱也挣不到。"

"会好的,一切都会好的。我常常这样安慰自己。"

暮色渐渐地暗淡下来,远处的群山淹没在沉重的黑色里,我们绕着水库的堤坝来来回回走了很久。我的心沉甸甸的,停下脚步,用手拍着他的肩膀说:

"真像你说的那样'一切都会好的。'哥们,我相信!"

返回的途中,我们都沉默了。我在想心事。

"还是把我送单位吧!"我说。

下车时我把钱塞给他,向办公楼梯走去。一路上我已经拟好了两题目《有太阳未必是好日子》《的哥的讲述》。我得连夜把它写出来发出去。我是一个公务员,写作是我的业余爱好。他在后头气喘吁吁地举着钱追上我:

"哥,这不行,不行。这钱太多了。我不能要。"我将他的手挡了回去。我说:

"今天,你陪了我一整天。这是应该的,非常感谢!"

"哥,要说感谢的话,是我应该感谢您。这一天,是我一生中最畅快最开心的一天。我还从来没有像今天一样,痛痛快快地对一个人,说过这么多话。哥,我真心谢谢您!您,您能把我当人看,我……我……说成啥也不收你给的钱。"一直纠缠着,追到我办公楼梯上。

我握着他那双粗糙的手,诚恳地说:

"哥们,不要这样。我是真心的,你不信?"

"信,我信。"

"去吧!"我说。

门厅里,灯光下,他嘴一咧一咧的,泪光闪闪,好像还想说点什么,但最终欲言又止。就这样,他望着我,我看着他僵持了许久。

他才像个懂事的孩子似的,猛地扭头离去。

我要去看姨夫

姨来看我,她说她听到我因病住院,就急着来看看我。可是由于姨夫的身体状况不好,所以一直拖到现在。

姨夫的身体到底怎样?在我的印象中,高大的、很能吃苦的姨夫给我的感觉很特别。多会儿见了也是笑眯眯的,不多说话。姨夫的实际年龄比姨大得多。

"还能劳动吗?"我问姨。

姨说:"别提了。你姨夫躺倒了,动不动就得住院。"为此事,姨既着急,又生气。

着急的是姨夫三天两头就得花钱看病,生气的是姨夫一辈子,抱着"金碗"讨饭吃。这样艰难的日子,让她难以承受。

"这话咋讲呢?"我问姨。

姨从身上掏出一个两寸宽、三寸长,已经非常陈旧的小红本本来。我接过一看,是《复转军人证明书》。

"这是姨夫的?"我问。

首页是毛主席像及一段语录:"发扬革命传统,争取更大光荣。"

下行,(75)晋换复字第017480号

姓名:田天元同志系山西省太原市古交人,于1946年参加中国人民解放军,现为加强国家社会主义建设,特准予复员。

其后为大红印章:中华人民共和国国防部及彭德怀印章,1952年9月5日。

姨夫年轻、英俊的照片赫然醒目。

我说:"姨,我咋从来没听说过?"我只知道,姨夫是个从河南逃荒来的生意人,会打铁。

姨说:"嗨,谁说呢。"她指着小红本本说:"这还是从你姨夫贴身口袋里偷偷拿上的。这不,想去找找人家民政局,看看能不能给点救助。"

"以前从来没有找过?"我瞪大眼睛问姨。

姨说她以前曾找过一个了解姨夫经历的老公安,老公安答应亲自协助办理。让姨夫去做个伤残证明。

可姨夫说:"丢人。我能活着就是万福,怎能给国家添麻烦。"死活不肯去。

姨夫参军八年,参加过大大小小无数个战役——解放战争、抗美援朝战役,身上布满了弹痕。直到抗美援朝战役结束,才复员回家。

家里现在还珍藏着他当年立功所获的奖牌和证书以及一张朝鲜币。

端详着这小小的证书,听着姨简短的叙说,我满鼻子、满眼睛、满耳朵似乎都是硝烟、战火的气味。心里说不出的难受。

时至今日,姨夫83岁高龄,复员快60年了,一直跟姨住在偏远的小山村里,深居简出。还时常将他的《复员证明书》寸步不离地装在身上,珍爱如命。却从没跟任何人炫耀过他曾有的辉煌历史、个人荣耀,也不曾向谁提及过他应得的国家补贴和应享有的待遇。

"过去年轻时,身体能抗得过去,现在抗不住了。"姨流着泪对我说:"现在,世上居然还有你姨夫这样的人,告谁,谁信?"

送走姨,我立刻做出一个决定:我要去看姨夫。

那场风波

只要刘一兰回到旧居,回到两棵梧桐树下的邻里们中,有个话题总会被人提起来,那就是哄抢菜地的事。凡是住在这一栋楼上的住户,谁都不会忘记。谁也不可能忘记。每逢提起这件事,大家总是笑得前仰后合;王老太太总是捂着嘴,笑个不停;牛莲花说她无数个"傻";刘一兰总会脸红,总会情不自禁地复读牛莲花的那一个字:傻!傻!真的很傻很傻!

这事尽管过去多年了,但这里的人们仍然记忆犹新。好像昨天的事。

其实这是发生在29年前的建矿初期,也就是现在我们脚下踩着的这块土地上的那场砍菜风波。

那时这里什么也没有,就身前身后这两栋新建住宅楼(四、五号。五号楼里住着多数前山抽调来的单身职工。那时还没有排楼号),日夜相守着,像一对恩爱的夫妻孤零零地竖立在这里。四周全是田野、菜地,远处是环绕着的群山。

在这之前,刘一兰一直以为这栋楼上还没有住满人家,其实不然,这栋楼上不仅住满了人家,而且还有比她们更早的住户。

清一色的工薪阶层,最高级别的当属财务副科长、妇产科大夫、中学老师和像老王头一样从部队转业在此开发建设古交矿区的老兵家属、前山煤矿抽调来的部分职工。其后,便是刘一兰她们那批征地女工（周边农村女孩）与刚离开校门不久的穷煤专生们组成的新家庭。比如,杨万千、马英英夫妇;朱聪、牛莲花夫妇;李桂英、郝来贵夫妇;孟谦、楚金花等,相知相熟的同学兼老乡,特别爱吵嘴打架的几对新婚小夫妇。

一天清晨,天蒙蒙亮,刘一兰就被楼上楼下、左邻右舍惊动起来。家门被敲得砰砰直响,友邻们呼喊着,告诉她两口子赶快起来,去地里抢菜去。寨湾滩的菜地马上就要开发——盖楼,据可靠信息一两天之内推土机就会轰隆隆开过来,突突突地把这里的菜地全部铲平。

快快快,快起。刘一兰边穿衣服边推打、喊叫睡梦中的丈夫杜宝。可是杜宝很贪睡,像猪八戒一样哼哼着,身一翻就又睡过去了。刘一兰见三番五次喊叫不醒他,只好一个人去。事不宜迟,她得先去看个究竟。

刘一兰快步下楼,向菜地跑去。打身边经过的人,谁都顾不上跟谁打招呼,事实上,天色朦胧,谁又能看清谁呐。

刘一兰来到地边,透过雨后蒙蒙的晨雾,放眼望去,好家伙,漫天彻地、黑影重重。那黑影有高有低、有静有动;再往细里看,有男有女,有老有少,像蚂蚁、蝗虫蚕食一般,从这边蔓延到了那边。

刘一兰有点急,刚跳入菜地就只顾拔鞋,往前迈一步极不容易。

这是一块苕子白——卷心菜地。地很嫩,一踩两脚泥。被人磕磕绊绊、拖泥带水踩踏过的地儿一片狼藉。泥泞不堪的烂菜帮子,打到人腿上生冷生冷。刘一兰两手提着被露水打湿的裤腿向中心的地方走去。她边走边张望。远处看上去长得非常好的一棵苕子白,走近一看,结果发现早不知被谁砍去了脑袋,只剩下个酷似莲花状的菜颈,仍旧笑盈盈地长在那里。

她的心突突直跳,非常想通过人了解一下详情。比如,是谁首先听说这个信息的,古交大队的村民会不会突然跑出来,阻挡、拦截、追赶他们;马英英、牛莲花她们都出来了吗,什么时候出来的,是不是早弄了好多到家……

这时田地里,她的对门马英英老远就看到她了,只是冲她一笑,便匆匆提着菜刀向前去了。在马英英的身后,杨万千背着鼓鼓一麻袋,在人群簇拥下一步一个脚印朝家的方向走去。一个砍,一个负责往家背。

天逐渐透亮,仿佛有谁一下子把罩着大地的那一层银白色的纱突然间给扯去一般,大地清晰地呈现在人的眼前:天空、山峦、薄雾、树木屏障、清凉的田园绿地,密密麻麻、郁郁苍苍,有的砍、有的拔、有的往家送,一副农家繁忙劳作的生动场景。

一切都在无声静谧之中进行。

刘一兰精神大受鼓舞,她往前跨了几步,终于从砍菜的人中认出了牛莲花。她原先看得不是太清楚,近看才知道那一朵一朵的黑影除了人的屁股,就是那被堆积在一起有大有小、万分喜人的卷心菜堆。有的菜堆旁边放着一些嫩小的青辣椒、紫茄子。紫茄子嫩的犹如刚出生三天的婴儿的脸,那青辣椒更像是男婴的小鸡鸡。尽管她脑子里快速地闪过,这个季节这些细菜刚好是开花的时候,如此糟蹋真的很可惜,但当她看到这满地的人和菜时,她的眼急红了。

此时,牛莲花正撅着屁股手起刀落,一棵棵茴子白,好比一颗颗被砍掉的人头,骨碌碌地滚在她的身后。她隔一两步都要挺起微微凸显的肚子,回头望望,再弯腰往前砍,裤腿挽得老高,光着脚麻利地跟个出色的农妇一般。刘一兰非常想走近她,跟她打个照面,可见她根本没有停下来的意思。

"傻瓜,快下手吧!此时不下手还待何时?"刘一兰望着眼前笑吟吟的卷心菜,心里骂着自己,恨不得一下子把满地的菜全抱回家中。于是,她什么都不再顾忌,赶紧捡起几棵抱在怀里。抱了一棵又一棵,抱了一棵又一棵,结果她像一只贪婪的猴子,抱起这棵丢下那棵,只管在那里倒腾。

正当在手忙脚乱之时,不远处一个脸蛋红扑扑的、头上冒着热气的胖大嫂,手里举着一把菜刀,挺胸凸肚地站在菜间,冲她笑着说:"你出来晚了。出来早点的话,还能整点辣椒、茄子什么的。"

胖大嫂满口东北味。她是牛莲花的楼下王师傅的老伴。她认识刘一兰,刘一兰并不认识她。这时,她是在和善地提醒她楼上的牛莲花,同时也在提醒刘一兰,那些菜你不可抱走,那是俺们家整的。要抱你自己到前边去整。刘一兰不知其意,只管抱。直到牛莲花的大嗓门拉开:"啊……呀!你咋好意思啦?这么大的地,前面多的是,你不去砍,别人费劲扒拉地砍下……你也不看看,我们地上划着圈圈?是做了记号的。"

刘一兰慌了,她赶忙丢下怀里的菜,向没被砍拔过的菜地那边蹦去。她的脸涨得血红,感觉身上被放了一把火,火燃遍了全身,一直烧到了她的耳根。她又急、又气、又羞。羞的是自己分明看到了泥地上的那些符号,有圈、有点,但她却没来得及理会、意识其中的意思。那意思很明确,凡是用圈圈、点点做过特殊标志的东西,就属于人家的,别人不可随便占有,否则便视为不洁——不厚道。凡是农村出生的人都懂得田间这一潜规则。此刻,刘一兰忽略了。猛然间经牛莲花这一嚷嚷,自己贸然成了从别人碗里抢吃的人;气是气自己男人关键时刻如此差劲;急自己好没经验,出来时不知跟别人一样带上家伙。

此时,她根本不知道她的友邻牛莲花,也正生着她男人朱聪的气。她每砍一棵菜,就在心里狠狠地骂一声自己的男人"王八蛋"。心里想着骂着:"这日子,不是一个人过得。看人家王师傅,老老少少全家出动了;看人家马英英的男人杨万千……你有什么了不起。我闹回去你就别吃。"边砍边在心里骂个不停。她感到非常伤心。通过这事,她算是看透了他。

牛莲花火劲越大,砍菜的速度就越快,当她听到王嫂说话,一掠头便看到正抱她身后菜的刘一兰,她哪里顾得上什么情面不情面,于是,便毫不客气地发出了一顿嚷嚷声。

扎在地里的卷心菜根部很粗壮,尤其经过雨水浸泡后,用手很难将它撇下来。刘一兰情急之下,只顾使劲拔,不曾想,几次都失败了。她不死心又跳到一棵莴子白前拔呀拔,她终于从地上拔起一棵。结果脆嫩的莴子白早在她手里泥迹斑斑、披头散发、面目全非了。根部还带着一个碗大的死沉死沉的泥坨。

看看满地的攘攘熙熙的人,刘一兰扔掉卷心菜,拔出被陷在泥里的鞋提在手上,光着脚带着哭腔气咻咻地回家去了。

她带着一身清凉的湿气,站在床边,猛地抱起杜宝的头:

"杜宝,你给我起来,我问你。"

杜宝被彻底惊醒了,哗啦一下坐了起来,抓住她的冰冷的两只泥手,惊慌失色地问:

"怎么啦?!发生什么事了?"

刘一兰红红的脸蛋儿上挂着两颗冰冷的泪滴。

"杜宝,我问你,你到底爱不爱我?"

"爱。"

"在不在乎我肚里的孩子?"

"在乎"

在得到杜宝肯定有力的回答之后,刘一兰跑进厨房,提上菜刀。

"走,既然是这样,你跟我抢菜去。"

这下杜宝不敢迟疑了,赶紧穿衣,奔窗前向菜地望了一望,说:

"走,把家伙带上。"

刘一兰这才满屋子转,屋里一目了然,除了两个合在一起、高低不一的单人床,厨房门后一把扫拖布、一个倒垃圾的簸箕之外,恐怕再没什么了。最后,她麻利地将床上新婚时铺着的那块红格布床单,一把扯下来夹在腋下。杜宝说:"那不行。"杜宝急中生智从床下拽出一个特大军用旅行包,哗啦一下,把里面的书籍、钢卷尺、三角板等杂七杂八的东西全部倒在地上,拿起旅行包率先下楼,直奔菜地。那一刻,刘一兰感动了。心想关键时刻还是要靠自己的男人。

楼和菜地的距离不足50米。

这栋楼就像一个硕大的蚂蚁洞,而像蚂蚁一般的住户,这天清晨是倾巢出动。个个慌慌张张、忙忙碌碌地往返于洞和菜地之间。远看黑压压的一片。真可谓:一人一个胆,十人就敢搬泰山。

田间,刘一兰奋力砍菜,强壮的男人杜宝只管往家扛。每10分钟便是一趟。

当刘一兰望着自己男人穿行在人群之中,心里别提有多得意、多幸福。

在这之前,他们两人一直生着气,她一连好几天都不理他。尤其一到吃饭时,刘一兰闻到楼下飘来的菜香味,她的心里就直发毛。看看自己端着的一碗煮挂面,本来还有说有笑的她,立刻就不对劲了。鼻子不是鼻子、脸不是脸。总是质问他:"你不是口口声声让我过上好日子吗?楼下的煤池都快被人抢占光了……什么时候给我盘火?什么时候才能把户口迁来?你不是口口声声让我过好日子吗……"他说:"日子总有一天会好起来的。""什么时候?"她要他说清楚。

当然,他给她说不清楚,总是一脸的茫然。她越发生气了,然后放下碗筷,独自倒在床上蒙头大睡。睡,睡不着,然后就开始抽泣。抽泣上一会偷偷地摸出日记本来,数一数夹在里面的粮、油票,然后合上本开始想。想婚前、想父母、想他婚前给她的那些令她神往的无数个承诺,想着想着就又抽泣起来了。被子里的她,像一只蠕动的蚕蛹。

这种时候,他说什么都不好使。

不过,这日杜宝的表现,扎实在众邻里们面前,给了她很大的信心。至少他没让她失望。

这时太阳出来,听得有人说:"不敢再弄了再弄下去,古交村的村民出来,看到这情景,恐怕事情真的就不那么好说了。"

杜宝擦了擦额头上的汗,喘了口气,瞅着妻子的脸问:

"可以了吧,你还要弄多少?"

刘一兰这才终于停下手来,收起她那贪婪的目光,抖抖身上的泥巴,把菜刀递给杜宝提上,自己抱两棵,怀着大获全胜的心情,跟众邻里退潮似的退回到楼里。

这一夜,这栋楼上的人家,似乎过年一般,兴高采烈、欢欣鼓舞。

牛莲花、马英英、爱爱她们几个最要好的友邻,比起以往更平凡地走动。你到她家瞧瞧,她到你家来看看,说不完倒不尽,这一天中自己所亲历的这一惊心动魄、别开生面的哄抢场面。

刘一兰的丈夫杜宝圪蹴在地上,守着一台一千瓦的电炉子,十分用心地用一块猪皮擦一把新买的炒瓢(锅)。猪皮放在被烤热(红)的炒瓢(锅)上,欻拉欻拉作响,冒出一股股呛人的黑烟(据说新买的炒瓢只有这样炮制几次,日后才好使不生锈)。黑烟夹伴着诱人脾胃的猪头、猪蹄肉香,从这个家弥漫到那个家;从敞开着的门窗一直弥漫到过道、走廊、户外;弥漫到整个单元。

她也不觉得累也不觉呛,就喜滋滋地站在灯光下他的身边,靠着墙,双臂交叉在胸前,陶醉般地欣赏着丈夫;听着、看着猪皮在烤热的炒瓢里一遍又一遍地被挤压、翻腾,吱吱冒出的一股股黑烟与铁铲、铁锅两金属相撞时发出的叮哐声。神情欣喜,满脸是笑。

当友邻们闻着这诱人的肉香气味,来到她们家,看到这情景时,发出"啧啧啧"一片赞叹声。

牛莲花说:"弄了这么多?"她挨个屋子圪瞅,目光里满是惊羡。

马英英也不免羡慕地说:"呀呀呀,看看人家杜宝儿,杜宝才是真正过日子的那种好男人哩。"

牛莲花盘问:"喂,老远就闻到……你们家吃的啥好饭来着?这么香,把人给馋的。"牛莲花的嘴里直泛口水。

"饺子。你说能吃啥!?"生性幽默的杜宝,目不斜视、一本正经地说。

刘一兰也跟着会心一笑,逗引得个牛莲花、马英英垂涎欲滴。

牛莲花不禁又拿这日抢菜一事,绘声绘色地说:

"你们看看人家王师傅、李师傅、张师傅;看看人家杜宝;谁都比我强。"把自己男人跟楼上所有认识的男人挨个做了对比,然后痛骂了千遍。

马英英不由地一个劲地"啧啧啧"。一趟一趟跑回家去给自己男人通报她的新发现。

处于妊娠期的女人对什么都敏感,尤其对食物。能否美美吃上一顿饺子,居然成了她们衡量婚姻、追求美好幸福生活的重要标准。

其实,只有一块猪皮,只不过是杜宝从认识的食堂大师傅那里讨要来的一小块,仅此而已,可她们深信不疑。

牛莲花临走时用鼻子狠狠地闻一闻,眼圈红红地说:

"我们家是没个面板,如果有的话,我可以好好做上一顿饺子吃的。"边往家走边骂道:

"朱聪,你等着。我吃饺子时,就让你个王八蛋看着……"

这是多么振奋人心、多么不寻常的一天啊!

刘一兰的家显然一下给充实了。走廊里、储藏室、阳台上到处摆的一棵棵清香、鲜嫩、喜人的苘子白。屋子里不再像以往那样嗡嗡空响。

刘一兰心里美滋滋的,不知有多高兴,感到无比幸福。看看这棵、摸摸那棵,犹如哈巴狗掉到面缸里——满鼻子、满眼都是吃。以为这一来,过冬也不会成问题。甚至觉得这一辈子都不会再为吃菜的事而发愁。

上床后,她伸长脖子,闻闻满屋子散发出的卷心菜清香气味和猪皮擦炒锅的肉香味,不禁深情地对杜宝说:

"哎,你真好。这才是我的好男人哩。"

没有窗帘的屋子,洒满月光。

第二天一大早,一个极坏的消息传来,当地人要挨家挨户搜查。搜查出谁家抢了菜,不仅要罚款,还要通报所在单位。

突然间,这栋楼上人家,又犹如暴雨来临前的蚂蚁,诚惶诚恐、惊慌失措了。

起初她(他)们干的如此明目张胆、大张旗鼓、轰轰烈烈。

现在却不知如何是好。

刘一兰得知这个消息后,甚感大难临头。当初怕的就是人家找上门来,现在看来,怕什么,来什么。

她手脚并用攀上阳台台墙,阳台与阳台之间,虽说仅仅只有那么一步,殊不知眼下四层楼、十几米高。要知道她可是一个身怀六甲的孕妇呀!然而,她却不顾一切地跨过去。向邻居们讨主意。问牛莲花怎么办。

牛莲花惊魂未定地指了指靠床摆着的两只枣红杨木扣箱。她把苘子白都藏到里面了。扣箱上面分别苫盖着两块好看的蓝花布,蓝花布上面摆着一面镜子和洗漱用品。这两只扣箱是她结婚时父母给她的陪嫁。如果不是爹娘给她这陪嫁,"我妈妈呀!我可不知道该咋办?。"

她从牛莲花家的阳台上蹦回来,又神情恍惚地去敲对门的门,门死活不开。侧耳细听,里面窸窸窣窣、突突通通的。然而,刘一兰哪里顾得上许多。把脸贴在门上,只顾嗒嗒嗒地敲门。边敲边压低声音喊:"我——是——刘一兰。"敲过好一阵,门,哈开了一条缝。杨万千探出半个脑袋来,刘一兰侧身挤进去。她得问问他们怎么办,如何处置它们。

马英英家门口、地上都堆着菜。两口子正搭人梯,手忙脚乱地往门顶上面的壁柜里藏菜。见刘一兰不识时务地闯进来,马英英一个劲地嘟囔、督促、发火:"你你你,还不快快快。"一个劲儿督促杨万千赶紧蹲下身,然后把她扛起来。她一手举着菜,一手托着墙,哆哆嗦嗦地踩在杨万千瘦弱的肩膀上,再由这个矮小的男人摇摇晃晃地,把她和她肚子里的孩子一并举起来,把卷心菜塞进门顶(水泥)壁柜中。地上、脚下散落着一层泥湿的烂菜帮子。

刘一兰见此情景,二话没说,扒开门撒腿往家扑。仿佛鬼子、枪炮已经赶到了村口。

她拼命把卷心菜骨碌到床下,拿被子捂上。一屁股跌坐在床上,面无血色地独自发起呆来。

惶惶不可终日。

一个星期过去了,又一个星期过去了,什么事情都没发生。

然而,被各家藏在床下、一人多高的门顶壁柜中、卫生间里、木箱子里,腐烂得发出阵阵恶臭的茴子白——卷心菜,才被这栋楼上的"蚂蚁们"乘夜色,默不作声地贼头贼脑地从"洞穴"中,搬腾、清除到楼下的泥坑中。

这场风波才算渐渐平息。

从此,为保全做人的那一点尊严,她们之间再只字未提这事儿。

直到过去二十多年。

如今,这里早已高楼林立,被簇拥在高楼间的这栋楼上的大多住户,不仅买了车子,而且有的还在别处买了房子。有的在沿海;有的在省城。但大多数都没住多久,便纷纷驾着自家的车子回到这里。

楼还是原来的楼,人大凡还是原来的人。唯一不同的是,刘一兰已不是这栋楼的住户,而是一位雍容典雅、风度翩翩的贵夫人。尽管如此,她仍然跟许多住户一样,眷恋这里;眷恋楼下当年由郝来贵亲手栽下的那两棵茂盛的可以遮天蔽日的梧桐树；眷恋邻里之间曾经经历过和发生过的无数难以忘怀的有趣故事；眷恋他们之间的深情厚谊；眷恋曾经度过的那些艰苦岁月……

这是一个风和日丽的夏日周末，王老太太又不禁提起这一往事。

"一兰，你记得不记得，咱们楼上的人去抢菜？"

顿时，梧桐树下，一片哗然。

刘一兰："记得，咋能不记得？转眼，都快三十年了。"

一个小媳妇不解地问：

"抢菜？抢什么菜？在什么地方抢菜？"

王老太太捂着嘴，手臂一划拉，随后，爆发出一阵哈哈大笑。

牛莲花说："啊呀，那次，王师傅家抢的菜最多。刘一兰家也抢了不少。咱这楼上……"说着说着，牛莲花两手一摊，从石鼓凳上站了起来，险些把手中的车钥匙甩到地上。

"你们说说，哈哈哈……说说我们那会儿有多傻！？想起过去……啊呀！"她一副无地自容而又悔不当初的样子。紧接着："你们知道不知道茴子白烂了有多臭？哈哈哈……比大粪臭、比死人臭。"随后，又详详细细，把如何抢菜；如何藏菜；如何度过那段提心吊胆的日子；如何被杜宝擦锅的一块烂猪皮，逗引得哭了一夜；如何为此而跟自己的男人吵嘴打架的事绘声绘色地讲述了一遍。

引得大家大笑不止。

王老太太使劲止住笑。

"那可不！俺记得俺们家刚搬来那会儿吧，俺四十刚刚出头，比你们现在还年轻。力气正大着哩！听说人家要搜查，我的妈……可把我给吓坏了。"

这个东北老女人,话还没说完,就又张着没牙的嘴,大笑起来了。笑得肥胖而松弛的肉在衣服里直晃荡;笑得小马扎倒在身后;笑得直揩眼泪。

牛莲花:"你说,闹那么多能吃了啊?你说说……"

另一个小媳妇接过她的话:"现在,我们家一个星期都吃不了一棵。"

刘一兰不禁感叹道:"要不咋说,我们那时特傻呐。现在白给,都没人要。"

……

"我们的婚姻走过三十年。"

"现在的日子真叫个好。"

"家家有车,人人有房。"

"好啥好,吃的都是'毒品',唉,如今连一点儿泥土的气息也闻不到了。"有人抱怨说。

……

虽然,光阴荏苒,时过境迁,但那场风波、那情景,却能如此深刻而清晰地浮现在她们的眼前、脑海里、记忆中,以致成为她们后来最浪漫、开心、有趣、难忘的幸福回忆。

大家的脸上都洋溢着灿烂的笑。

这个愚蠢的女人

王海队长跟矿办主任张全栓神情异样地立在门口,紧张地望着公安科几个强壮有力的后生,把这个可恶的女人拖出办公室,一直拖下楼去。她简直疯了,全然不顾一切地闹到矿上来。这成何体统?影响有多坏!

整个办公室的门窗都敞开着,各个科室的工作人员都被惊动了,放下手头的工作,在走廊里探头探脑、上楼下楼、穿来穿去。

夏日的阳光从敞开的纱窗涌进,把烈日炎炎下矿山的气息、煤尘、嘈杂吹进阳面办公室里,又从阳面办公室穿过走廊吹进阴面的办公室里。楼下各种汽车的马达声、不远处运煤列车的汽笛声和那女人不绝于耳的哭喊、叫骂声,一时间掺杂在一起,像是大城市的火车站一样喧嚣。

张主任跨到办公桌前,端起水杯咕噜咕噜地喝了几口,重重地放下,回头对王队长说:

"王海,这事本来是由纪委田书记管,可田书记不在。看来这事儿我真还是管定了。"

忧心忡忡、灰头土脸的王队长却说:

"要不您……去?咳!不知道她还会闹到啥程度?"

"会闹到啥程度?"张主任越发生气了,瞪着眼珠子说:

"咋,你怕了？一个堂堂大男人,看你那怂样儿。这有啥大不了的？全矿人谁都知道,如果那次事故不是赵来生救了你的命,那么死的人就是你,而不是赵来生；当寡妇的不是赵来生的老婆,而是你老婆,哪会有你的今天。知恩不知报,什么玩意儿?！人家一个寡妇,本来就极不容易,怪可怜的。咋的,帮帮人家有什么大不了的,非得闹到今天这个程度？我就没见过这么个不讲理的凶娘们儿。得好好治治这个凶娘们儿不可,不治她一回,恐怕她永远都认识不到自己到底是个什么样的女人。"

王海坐在沙发上,一把一把地用手抹着汗,他是个消瘦的大高个儿,动作慢腾腾的,表情凄然,一脸疲惫。他本来还有几分愧疚、几分惧怕、几分难堪,现在听张主任这么一说,心里仿佛有了主心骨,最后狠狠地说:

"听你的。"

"不过,当然嘞,话还得反回来说,日子还得过,工作还得继续做,你说是不是？这样吧,既然工会主席、妇联主任三番五次都做不通她的工作,对,我倒是突然想到了一个人——陈寡妇,就是她了。你看怎么样？"

"嗯。"王海点头表示赞同,随即又补充道:

"不知道人家愿不愿意去？如果愿意的话,这事儿还不能耽搁。你要知道,那几个后生一旦离开我家,她保准还会跑到矿上来。"

"我这就给她打电话。"张主任说。

不一会儿,陈寡妇便戴着两只破旧蓝布袖套,耷拉着两只滴水的湿手,站在了张主任的面前。

陈寡妇虽然是一名保洁员,但有一种特殊的、奇怪的、令人不可思议的喜好,那就是热衷于对罹难家属的陪护。一旦发生死亡事故,她总会一马当先、感同身受地现身说法。矿上处理这些头疼事儿时,还真免不了她这号人的参与。

因此,矿上自上而下,无人不知。

她满脸皱纹,如同经年的苹果一般,为人凶狠,极其贪婪,还有那佝偻的腰身,似乎常年劳累造成了她这个样子。

陈寡妇佝偻着背走进了,站在张主任办公室桌前,用衣襟擦了擦手,平静地问道:

"主任您找我?"

"哦,对。赵嫂,是这样的。"主任紧接着说:

"你认识他吗?"

她转过身来看了一眼沙发上焦头烂额、垂头丧气的王海说:

"认识。我咋能不认识。他不就是采煤一队的队长王海嘛?"

"对。他们家最近发生了一些事情,他老婆,嗨,我这么给你讲吧!他老婆怀疑他……跟他闹架,闹得不可开交,都闹到矿上来了。又是菜刀、又是硫酸,又哭又闹,寻死觅活的,闹得他工作都没法干。这怎么能行呢?你说这影响有多大。"

"啊,刚才我在走廊都听到了。"陈寡妇插了一句。

"你晓得,咱们矿上的工作性质是什么,万一再出个什么事,那咱们靠什么活?再说哩,王队长是咱们矿的出煤大户,所以说,问题非常严重,势态非常紧急。"

"我明白了。你的意思是让我去劝劝她。"

"对,就是这个意思。请您来,就是考虑到您的特殊性,可以用自身的经历和体验告诉她:当一个女人,如果没有了男人时,生活会变得多么艰难和困苦。好好开导开导她,让她好好过日子,别三天两头儿闹,闹得大家鸡犬不宁。"

"可是……"

陈寡妇显出犹豫不决而为难的样子,她用目光询问着屋里的两个男人,因为她从未碰到过这种事情,首先考虑的便是她可能得到的一些好处。而这些好处不知是由谁来付给,能否使她满意,心中没底。因此,表面上显得不很痛快,其实内心还是蛮欢喜这种受雇与差遣。有一点,就是她从来不怀疑她自己干这类事情的能力。

张主任见状说:"完了,你可以把办公室的旧报纸全部拿走。"

王队长似乎也明白了点什么,赶紧表态:"辛苦您了。事成之后,我会好好答谢您的。"

"这你放心。那我就去了。"

她边脱袖套,边往外走,走到门口时又立刻转身回来找纸和笔,并且一丝不苟、老成持重、认认真真地对王海说:

"你得把手机号码给我,我的手机号也给你。你得给我交上50块钱的话费,这样的话,家里一旦有什么情况,才好及时向你汇报,我想这样比较稳妥。然后你再把住址告诉我,如果不算太远,我可以步行着去,不必打车。其他的事情就好说了,你们只管放心。"

这个时候她犹如士兵接到将军的一份指令一般。

于是陈寡妇去了。她一路上急匆匆地迈着小步,仿佛身后时时刻刻都跟着一群野狗似的,跟各种车辆争着道。两旁做买卖的小商小贩见她如此奔跑,还以为又要发生矿难了。

当陈寡妇到达王海家时,公安科的那几个后生还没有离去。

"滚!"王海妻子雷秀的情绪,仍然没有平静下来。在屋里不停地闹腾着、叫嚷着。不许人管她的家事更无权控制她的人身自由。要他们赶紧滚开。她要跟她那个敢偷着养寡妇的男人去拼命。

公安科的几个年轻后生把在门口的走廊里,你捏我一下,我推你一下,挤眉弄眼、嘀嘀咕咕地嬉闹着,全然不搭理她,任她发疯。可实在忍耐不住了,偶尔也回敬她几句:

"你以为我们是吃饱撑的?如果不是你拿着凶器,跑到办公楼,我们才不会管你家什么咸淡事。"

"我们这是奉命执行任务。"

"希望你配合我们。"

……

接着,他们又开始嬉闹了。

门是敞开着的,但没有一丝丝的凉风。

陈寡妇喘着粗气,拨开楼梯里看热闹的人群,在他们惊诧的目光下侧身挤了进去。

她一路上就寻思好了如何对付这个女人。于是,她并没有刻意观察什么,而是径直走进屋里,走到那个面色苍白、气急败坏的女人面前,简短地通报道:

"我叫陈竹仙,是矿上专门派来'照顾'你的。"她边说边选择着字眼,语气既低沉又强硬,毋庸置疑。然后,一头扎进厨房去了。

很快,厨房里便传来水龙头,哗哗啦啦的流水声和锅碗瓢盆的碰撞声。在场的人,面面相觑,一时间屋里的气氛得到了缓解。

当陈寡妇手拿扫帚来到客厅时,雷秀大概已经精疲力竭了,她一屁股跌坐在沙发上,张着臂,歪着头,闭着眼,好像一件被随意扔到那里的布衣衫一般;那几个后生嘀咕着退出门外,商量了一阵后,轻轻地关上房门走了。

于是,闷热的屋里,就只剩下了两个女人。

陈寡妇转着身子扫视整个屋子。屋子是三居室,很是宽敞,所有的家电应有尽有。只是多日没人打扫了,到处是小孩子的衣物、玩具、纸屑、灰尘。枣红色的木地板上满是脚印,一卷卫生纸从这头滚到那头,在地上画出一条宽而白的直线来,任它横着。只是除了厨房地上的两个空纸箱之外,就没有她所渴望得到的那些可以随便拿走换钱的。比如,啤酒瓶、易拉罐之类的东西。

陈寡妇边打扫屋子边思谋着。蓦地,她那颗贪婪的心震颤了,一股妒火涌上心头。她对眼前这个身在福中不知福、享尽了富裕生活的女人和对那个提供这种生活给这个女人的男人充满了愤怒。这种愤怒,就好比一个没落的帝王,见了他曾经的奴仆一样。

但她仍然去干活,一面盯着雷秀那张疲惫不堪的脸,一面等着她平静下来跟她开口说话。

整整一个下午,陈寡妇都在默默地干活。

天黑了,屋里亮起了灯光。

雷秀似乎清醒了。她见眼前窗明几净,焕然一新,先是一愣,后来,渐渐目光中便透出几分信任、几分感激,于是哽咽着喊了一声:

"大姐!"

陈寡妇搓着骨节粗大的两手,慢慢地靠近她,表示关切地问:"大妹子,感觉心情好点不?"

雷秀不语,猛地把头埋进两手间,似乎折磨她、令她难以忍受的痛苦又要迅速潜入了她的心田,随时都会形成强大的能量,从她那饱满的身体里爆发出来。

陈寡妇:"大妹子,不是我说你,你这样不好。"她移动着身子:"天色不早了,我得回去。另外,门口那两个空纸箱我顺便把它带走。在走之前,我可以给你留三条建议,第一……"没等陈寡妇说完,雷秀就紧迫地打断她的话:

"大姐……"她从沙发上蹦了起来,一把把陈寡妇拽住,摁在自己身边,攥着她的两只手急切地说:

"你不能走!你得告诉我,如果是你,遇上我这种事,你会怎么办?你晓得……你还根本不知道事情的原委,我得先一下一下从头到尾、详详细细地给你讲一遍。我不是那种爱胡思乱想、捕风捉影的人。你要知道……"

雷秀怕这个老女人在不知情的情况下,也和他人一样在不理解她的情况下,劝导她,阻拦她,令她更生气、更绝望。于是,她迫不及待地对她讲:

"事情是这样的,我给你说。有那么一天,我突然接到一个电话,一个陌生男人的电话,电话中那男人声音低低的,但准确地叫着我的名字,问我'想不想知道你家男人王海,现在在什么地方?在干什么?如果想知道,我就告诉你。'我问他'你是谁?'他说"你别管我是谁。后来,我想了想,问他'他在那儿?'"然后,他就告诉了我。

"我很纳闷……到底我还是去了。我想看看他说的是不是真的。好在这里离那里不是太远。不到3分钟的时间,我就到了。按照那人说的那样,我很快就找到了义学路小区一层二号家。"

"当时,我记得很清楚,时间大概是在下午的五六点钟。"

"那天,天气非常好,不冷不热,人们都在楼前楼后、花池池旁的石凳上纳凉。我用不着打听,就直接来到了这里,站在门口。我仔细一打量,嘿,这不是赵来生——李寡妇的家吗?门是虚掩着的,里面发出吱吱的类似电钻发出的那种声音。然后,我拉开门就进去了。我猫着腰往厨房里一看,果如其言,王海在,还有三四个人在里面,我一眼就认出了他。"

"他们在通下水道。"

"你知道……一开始吧,这事儿我根本就没往心里去,认为这很正常。后来,他们也很快发现了我。我家王海两手脏兮兮的,站在那里奇怪地瞪着眼,问我'怎么到这儿来了呢?'我说'路过。听说你在这里,所以就来了。'当时,李寡妇脸红扑扑的,腰里系着一条围裙,见我来了很是热情,一阵忙乱后,执意给我倒了一杯茶水,非让我多坐一会儿、喝了水不可。于是,她陪着我在她家的客厅里,一直等到管道疏通。"

"等他们收拾利落,准备离开李寡妇家时,我家王海,眉飞色舞地就着我的耳根诡秘地说'今天发奖金了',他请客。请我吃涮火锅。让我给我妹妹家打电话,要她们一家一块儿去。因为,我的两个孩子也在我妹妹那里。我说这感情好哇……后来,我们跟我妹妹一家就在广场对面的那个夜市上最热闹的地方,一直吃到10点多,天色也不早了,我们才高高兴兴一起回的家。真的,我是怎么去的李寡妇家,为什么要去?早忘得一干二净了,哪里会想到……我真的,真的太傻了,傻得连傻子都能看出来……就这样,这件事很快就过去了,我还跟往常一样。"

雷秀说到这里,似乎回想到了那最要紧的事,突然激动起来,由于激动和紧张而呼吸不畅,她浑身都在颤抖,睫毛上挂着泪,仰起头闭上眼,好一会儿才让自己停顿下来。

"后来,他打了我,竟然打了我。"

"你知道吧……时隔不久,在一个晚上的10点多钟,我又接到了那个人打来的电话。当时,我记得非常清楚。我已经躺下了,正准备睡觉。在这之前王海刚刚给我来过电话说,他正准备进坑,晚上不回来。我想是不是王海又有什么事情……"

"于是,我去接电话。不曾想又是那个陌生男人。他神神秘秘地告诉我'雷秀,你家男人又去了李寡妇家了'。问我,'你知道不知道他去干什么?''干什么,不干什么,管你什么屁事儿?'我当时还骂了那人。"

"扣下电话,我睡意全无。怎想也觉得不对劲,无风不起浪……难道他真的在骗我?!如果真是这样……我心中的恼火一下子就窜到了屋顶。"

"来到李寡妇家楼下,你知道,她住一层。我绕着前后窗户,听了好半天也听不到里面有什么动静,越是听不到什么动静,我越着急,干脆去敲门。可是,任我怎么敲、怎么踹,就是没人给开。足足有一个小时,我的肺都气炸了。"

"邻居都被惊动了,楼道里站满了人。对门的门哈开一条缝,探出一个男人的光头来,在昏暗的灯光下朝我努努嘴,用表情告诉我,他们就在里面。'王海!王海!你给我滚出来!李寡妇你个不要脸的臭婊子!'我喊叫着,找来一块砖头砸。一下、两下……没想到,门突然开了,他就出现在我面前,还没等我反应过来,就是'啪!'的一巴掌,狠狠地打在我的脸上。顿时,我只感到脸火辣辣的,眼冒金星、天旋地转……"

"这事儿是真的,真的……那一记响亮的耳光证明了一切。他们搞上了,竟敢背叛我,偷偷摸摸地搞上了,我还被蒙在鼓里。"

"我怎么能轻饶他们。你说?我不会放过他们……"

"后来,后来回到家。虽然,他七七八八给我说了一夜的好话,说他不该打我,更不该跟李寡妇有染,是他的错。跪下来求我,让我看在多年夫妻一场的情分上;看在两个孩子的面子上,大人不计小人过、宽宏大量、高抬贵手,原谅他、饶恕他这一次。因为这是他唯一的一次,也是最后的一次,以后,即使借他一百个胆,他也不敢了、也不会了。他是一时糊涂、鬼迷心窍……今后,他就是我的牛、我的马,任我骑、任我打,就是千万不要再跟他闹。

"可我办不到!睁眼闭眼,都是他跟李寡妇关着门子、关在门里让人一想到就恶心的、无法忍受的情景;我的脸时刻火辣辣的,那一巴掌……怎能说忘掉就能忘掉……"

"连续几个晚上,孩子们吓得哇哇直哭。他想睡觉,可我睡不着,满眼睛、满脑子都是他跟李寡妇的影子……后来,我终于想到一个整治他的办法。"

"我让他给我站着,就站在电视机旁墙角处,墙,我都不让他靠,可是他站着都要睡觉,我愤怒至极,我说'我让你睡!'找来一根牙签,一扎两节,把他的上眼皮、下眼皮支起来。就这样他还想睡,耷拉着脑袋。'好哇!我让你睡!'又找一根筷子,一扎两节,把他的下巴也支起来,在他身上用毛笔画上鼻鼻眼眼、画上李寡妇……就这,我都不觉解气。"

"可是,后来,他竟然借机给逃跑了。逃跑了,就再也没有回来。"

"今天已经是第十一天了。第十一天了,他根本就不怕我;不在乎我;不管我的死活。"

"这个王八蛋!我不去寻他、不跟他闹,咋解我心头之恨!大姐你说,如果是你,你能不跟他闹?"

"闹?!"陈寡妇的表情像被针扎似的,脸上的皱纹突然抽搐了一下。她盯着雷秀那张由于狂怒而扭曲、变形了的脸,寻思着她想好的那三条建议是白费了。

如果她在一进门之前,还是想着如何感化她、让她明白,自己这样做是多么的愚蠢。然后,反省反省自己的错,主动给男人打个电话,她的任务就算完成了。她日后,就可以理直气壮地把办公室所有的旧报纸全部拿走。可现在,在她看来是她妨碍她。每过一分钟都像是在消耗她的时间和钱财。于是,她想,这个可恶的女人、好活得不耐烦了的贱骨头,男人为什么还要养着她、受她百般折磨呐,真是岂有此理。

她憎恨这个女人。当她问到她时,她在心里恶狠狠地说:"你是我,你就不会闹了。"

于是,她的头脑中又产生了一个新的念头,一个近乎疯狂的念头。这个念头,就是"让你变成我!"

灯光下,一股强劲的清风袭来,吹动着墙上用一根钉子钉着的一本古典美女画挂历。那挂历摇来摆去,呼呼作响,宛如在飞,在挣扎着,想同雷秀的痛苦一道消失。陈寡妇一个健步跨上去,一把把它扯下来,扔在那两个准备带走的废纸箱上。然后,走到雷秀跟前,轻轻地拍着她的肩膀说:

"看来,我给你准备好的那三条建议,你是不会采纳的。"接着,陈寡妇说:"不过,我还想对你说,第一,离婚;第二,跳楼;第三,原谅他。"并将她最初的这三条建议对这个疯狂的女人一一作了剖析。

"你看啊!"陈寡妇慢条斯理地道:"第一,离婚。离婚就意味着你把自己的男人让出去。也就是说,把自己的男人,白白让给李寡妇或者其他别的女人。以你的个性,你绝不甘心。是不是？也不是明智的选择。所以,不选择离婚。第二,跳楼。根据观察,这家是五楼,一旦跳下去,人的一切烦恼和生命就会一起随着'噗'的一声,立刻结束。可是,谁不怕死呐？何况你还有娃娃。你舍得留下他们？不牵挂？那么,剩下的一条,那就只有选择原谅他。原谅他、包容他,就意味着你必须睁一只眼闭一只眼……"

雷秀坚定地全部否决了。她咬牙切齿地道：

"休想,不可能。"

这时的陈寡妇,盯着雷秀那张傲慢的脸,在心里冷笑了一声,迟疑地道：

"那么你,现在,是不是就是想要一个两全其美的好办法？既能解气,又能开心。"

"对对对,有吗？你快给我说说！"

"有。"

陈寡妇胸有成竹地说完,却又故意慢腾腾地不肯立即说出她早已准备好了的第四个、也是最后一个建议来。

雷秀见陈寡妇犹豫不决的样子,非常着急。她急于了解这个办法的真相。这种迫不及待的心情,像地狱中的烈火一样,烧得她坐立不安。于是,她又一次紧紧地攥住陈寡妇粗糙的双手,望着她近乎哀求。

在这之前,她谁的话都听不进去,总感觉所有的人都在故意跟她作对,什么工会主席、妇联主任,即使是跟她的亲妹妹、妹夫,她也闹翻了。用她的话来说,"你们根本不理解我,不知道事情的真相。我的事不用你们管。"

现在,她抓住陈寡妇的双手,就好比抓住一根救命稻草、灵丹妙药一般,目光里满是希求。

陈寡妇狠狠地说：

"给他戴顶绿帽子！"

雷秀先是一震，片刻之后，便神经质地狂笑起来：

"哈哈哈……哈哈哈……太好了！真的，太好了！好主意。我就没想到。"那表情、那神态，就好像已经挎着一个男人的胳膊，雄赳赳气昂昂地走到了丈夫王海的面前一样。

陈寡妇在雷秀的狂笑中离开了。

她微微弓着身体，以使自己腋下的纸箱牢靠一点。下了楼，她走到一个僻静处，长长地舒了一口气。然后，掏出很少用的手机，给王队长打了一个电话。电话里只简短说了四个字："平安无事。"

过了一段时间，张主任在办公室的门口，老远瞧见了走廊尽头打扫卫生的陈寡妇，便猛然想起了他吩咐她的那件事。

于是，他给王海打电话，关切地询问道："最近怎么样？老婆有没有再闹腾？"电话那头王海嘿嘿地笑着说："好了！好了！"

张主任说："那就好。安心工作吧！下一步，矿上马上就又调整班子了，你是很有希望的一个。"王海队长谢过主任，在嘿嘿的笑声里，挂断电话。

过了一段时间，左邻右舍、楼前楼后，凡是认识王海妻子雷秀的人，发现雷秀越来越注重打扮了。嘴唇涂得红红的，即使到楼下的小超市逛一逛，买一包卫生巾，她都穿着拖脚的长裙，披着湿湿的头发，在人们奇异的目光下溜上一圈。就连她妹妹也深有感触地说，她姐姐总算是想开了。

一天，雷秀的妹妹接到姐姐的电话，电话中姐姐说她在做美容，要妹妹帮她再照看几天孩子们，她想清静清静。妹妹二话没说,把姐姐的两个孩子都接走了。只要姐姐开心,她什么都肯为她做。

也就是在这天夜晚的12点多钟,采煤一队的队长王海,洗完澡走出澡堂,眼前的矿山灯火通明,如同白昼,一股凉风扑面而来,他感到格外清爽。尽管他连续跟了两个班,略感疲惫,但想到妻子雷秀,他还是抖了抖精神,跨着他那辆枣红色的摩托车回家了。他不能再让她生疑、惹她生气。

王海进了屋,随后又轻轻地把门关上。走廊的灯都没敢开,为了不惊动可能已经入睡的妻子,他几乎是蹑手蹑脚地推开卧室的门的。

然而,他被眼前的情景惊呆了。灯光下,床铺上,两个赤身裸体的男女正滚缠在一起。一个是自己的妻子,一个是李寡妇的对门、看澡堂的光头,人称老秃驴的马三桂。

眼前的情景,立刻在他身上引起了剧烈而难以名状的愤怒,他一动不动地站在地上,浑身不停地抖动着。随后他一下子从门口奔到床边,抓起床头柜上的电话机,向他们的身上、头上猛烈地砸去。

他边砸边凄绝地、断断续续地吼叫道:

"你们……你们……去死吧。"

这是多么可耻而又令人作呕的一幕啊!他扔掉手机,打开门,摇摇晃晃地下了楼。跨起他的摩托车,向他熟悉的、深爱着的矿区驶去。

行到调度楼、通往选煤厂准备进入矿办楼拐弯处,与一辆刚刚驶出煤库的大卡车相撞了,他当场死亡。这个地方恰好竖着一副醒目的矿标:

高高兴兴来上班,平平安安回家去。

第二天一上班,陈寡妇跟往常一样,仍旧佝偻着背打扫楼上楼下的卫生,边打扫边收理她的废纸箱、旧报纸,盘算着这一天中她所能得到的最多进项。

可她后来奇怪地发现,办公室的人出出进进、忙忙碌碌、三三两两、神神秘秘地好像都在谈论着一个人的死。井下又出事了?她上前一打听,才知道是采煤一队的队长王海夜里死了,不幸出了车祸。

所有的人都在惋惜着、谈论着王海的死。王海的死无形之中又给矿上增添了一名寡妇。

"这个愚蠢的女人!"陈寡妇失声骂道。

无颜回家

牛魔王角逐赌场,鏖战麻友,不料惨败边楼,痛失千万。众赌徒一片欢喜,他气馁而归。

牛魔王乃牛明旺也,由于生性好财好斗,爱认个死理、打个别、抬个杠什么的,是有志不得志、从不把领导放在眼里、而领导也不能将他放在眼里的那种人,故得此"雅号"作代用名。

话说牛魔王退出赌局,像喝多了酒的人一样,独自迈着醉步走在夜里,万念俱灰,不知去往何处。摇摇晃晃来到绝望滩,夜风抽打着他的瘦脸、瘦身,他都无知无觉。

这次他输惨了。输的不仅仅是家全部的积蓄,更主要的是女儿雅雅准备上大学的费用。女儿雅雅离考某财经大学的分数线只差了4分。4分啊,这就意味着他必须掏出四万甚至还要多的钞票,才能实现女儿的梦想、妻子的梦想、一家人的梦想。这两万元钱就是妻让他跑办女儿上学之事而郑重其事交给他的。不足的部分妻说了:"抹开脸面向亲友们抓借一些。"

他非常清楚,这两万元并不完全是他的功劳,是好强的妻子牙缝里省、肚里减,开了个理发店,一剪一剪地从头上剪(捡)来的。

这下可好了,全完了。

他蹲在空旷清冷的河畔,一支接一支地吸着烟。口袋空空,心亦空空。

话说牛魔王运气也真够差的。本来他是去跑女儿上学的事来着,可他鬼使神差就是想去赌。赌的目的就是为了赢,为给女儿凑足这笔钱。可惜外财不扶命穷人。

不知过了多久,经过寒风细雨的抽打,他的大脑渐渐地清醒过来了,使他自然地想起了妻子、女儿。想起了妻子跟他这些年来,紧紧巴巴过的日子,想起自己无所作为的人生。

瓦罐不离井边破,英雄不离阵上亡。这是至理名言啊!他悔恨不已。望着苍穹一声长叹。随之,举起拳头狠狠地砸自己的脑袋。痛骂道:"牛明旺啊牛明旺,你这个混蛋!"眼前又一次出现了先前那新圪铮铮的两沓钞票来。

此时此刻的心境,虽然是每一次赌输了都有的那种情景,但这次如此恶劣,连死的心都有了。

经过几个小时之后,妻子的电话又一次固执地响起,划破了黎明前的寂静,也激荡起了他沉痛的思想。

牛魔王立起身,稳住脚,悲壮地举起手机:"玉芬,我对不起……你娘俩"。向妻子、女儿告别。

电话里妻沉寂了许久后,便响当当、脆声声地回应道:"想死?好啊!我早给你准备好了二斤棉花,回家来一头撞死。好给我娘俩保得个全尸。"电话戛然而止。

东方渐亮,路边、街道上出现了朦胧的人影。

牛魔王悲凉而空洞的心,顿时涌起一股暖流,眼圈潮湿了。他感激妻子的善良、妻子的宽容、妻子的坚强。

经过一番前思后想、痛定思痛之后,他终于耷拉着脑袋,迈开僵硬的两腿,向家的方向而去。

后 记

多年没动笔了。我曾经发誓不再写作,并向家人保证除了上班之外,潜心保养身体。然而种种缘故导致我这部载重的老牛车,无论如何都跟不上生活的节奏、时代的节奏,力不从心,难以驾驭。生命的火焰犹如一盏即将耗尽的油灯,灵魂几度沉入深海,精神跌入山谷,肌体失去掌控……

我太累了,一旦倒下就再也不想站起,不想前行半步。闭上双眼只想静静地到此为止。往往这种情形之下,心灵深处的那盏葵花灯,就会在我的前方突然闪亮起来。

那盏葵花灯就是母亲高洁的灵魂。她总是闪烁着幽怨而智慧的光芒,照耀着我、引导着我、鼓励着我。这时,我的意识会被一次又一次唤醒……上有老,下有小,责任重大。放眼望去,路漫漫,任重而道远,可要真正到达生命意义上的终点,还需顽强地站立起来继续承载前行。为此,我除了选择自己内心的坚强,别无他选。

最后,还是那句话,此文集与之前出版的小说《艰辛人生》《孔明康的老宅》,留给我的儿孙。儿子不看,孙子看。孙子不看,孙子的孙子看。我坚信我的后人,总会有一个、有那么一天跟我一样,迟早会发现在自己生命历程中、心灵深处始终有那么一盏葵花灯为其照亮、引领其朝着正确的人生方向前进。

当然,更希望自己在文学这条铺满荆棘的崇山峻岭中行走,能够结识到更多的同仁义士,彼此温暖、相互鼓励,不再感到孤寂、悲观、困苦,走得轻松、稳健、长远一些。不论周围人怎么说怎么看,哪怕世上只要有一位读者,我也会真诚地感谢。

　　因为我深信赋予我生命的那些文字是有意义有价值的。

旷　野
2015 年 6 月 27 日